Taschenbuch 017 Zwielicht 6
erste Auflage 30.03.2015

Verlag Erik Schreiber
An der Laut 14
64404 Bickenbach
www.saphir-im-stahl.de

Herausgeber Michael Schmidt, Achim Hildebrand
Kontakt: mammut@defms.de

Titelbild: Björn Ian Craig
Zeichnungen: Oliver Pflug
Lektorat: Achim Hildebrand
Druck: bookpress, Olsztyn, Polen

ISBN: 978-3-943948-48-6

Herausgeber
Michael Schmidt
Achim Hildebrand

Zwielicht 6

Saphir im Stahl

Inhaltsverzeichnis

Vorwort

Liebe Leser,

das halbe Dutzend ist voll. Sie halten gerade die sechste Ausgabe unseres Magazins in den Händen. Viel hat sich geändert seit wir 2009 mit dem Magazin gestartet sind. Seitdem hat der Siegeszug des E-Books Einzug gehalten und sich auch wieder relativiert. Auch ist es immer einfacher geworden, ein Buch zu produzieren und zu vertreiben. Kein Wunder, dass es mittlerweile eine Vielzahl an Publikationen gibt, die Kurzgeschichten oder Artikel des Genres Horror und Unheimliche Phantastik veröffentlichen. Einige davon wollen dies auch regelmäßig tun. Ein Erfolg bleibt abzuwarten.

Zwielicht hat seit dem Neustart bei Saphir im Stahl im August 2013 Konstanz bewiesen. Zwei Ausgaben sind 2014 erschienen und gleiches ist für 2015 geplant.

Um dies auch in Zukunft leisten zu können wurde das Herausgeberteam erweitert, und so stößt Achim Hildebrand hinzu, der den Zwielicht Lesern ja durch seine Beiträge wohlbekannt ist.

Wie unschwer zu erkennen ist, veröffentlichen wir nicht nach Autoren sondern nach Geschichten. Zwielicht bietet abwechslungsreiche Geschichten auch und gerade abseits der aktuellen Trends. Natürlich finden sich auch Vampire oder Zombies, Serienkiller oder Geister in den Geschichten wieder.

Aber Zwielicht legt immer Wert darauf, Abwechslung zu bieten und auch scheinbar ausgetretene Pfade zu beschreiten und neu zu vermessen. Sollten Ihnen Themen am Herzen liegen, die Ihrer Meinung nach nicht ausreichend berücksichtigt werden, schreiben Sie uns, wir werden Abhilfe schaffen.

Im Artikelteil widmen wir uns diesmal Jonathan Carroll und Bruno Schulz, zwei Autoren, die es verdient haben, aus dem Schatten gezogen zu werden. Dazu feiern wir das Jubiläum Lovecrafts mit einer kleinen Huldigung über sein Werk.

Wie immer freuen wir uns über Rückmeldungen. Schreiben Sie einfach an zwielicht@defms.de und geben Ihre Meinung zu unserem kleinen, aber feinen Magazin wieder.

Wir wünschen Ihnen angenehm gruselige Lesestunden und verbleiben mit dunklen Grüßen,

Geschichten

Christian Weis

Kleiner Vogel, flieg!

Die schwarze Kapuze raubte ihr die Sicht, der Gurt um ihren Hals den Atem. Ihr Schädel dröhnte. Der Schweiß brannte in den Augen und lief zusammen mit den Tränen ihre Wangen hinunter. Eine Plastikhandfessel schnitt ins Fleisch, und ihre linke Seite scheuerte auf dem Fahrzeugboden wund.

Dumpf drangen die Umgebungsgeräusche durch den kratzenden Stoff der Kapuze. Das Dröhnen des Motors, wenn der Fahrer einen Gang runterschaltete. Stöhnen, Schniefen, manchmal ein Wimmern. Angeregtes Geplauder. Männer, die sich in einer fremden Sprache unterhielten. Immer wieder derbes Lachen, gelegentlich ein Husten.

Das Letzte, an das Mara sich erinnerte, war der zweite Cocktail im ROXY, wo sie um Mitternacht Verstecken mit den Türstehern gespielt hatte, weil sie noch minderjährig war. Ein plötzlicher Schwindelanfall hatte sie frische Luft im Gartenbistro des Clubs schnappen lassen, wo sie Kai aus den Augen verloren hatte. Dann war der Film gerissen.

Ihr Freund lag nicht neben ihr in diesem Fahrzeug, bei dem es sich wohl um einen Transporter oder Kleinbus handelte. Sie würde es fühlen, würde sein Aftershave riechen, wenn diese Kerle ihn ebenfalls hier herein geschleppt hätten. Statt Kai roch sie Schweiß und Gummi. Und Angst; die stank am übelsten.

Die Reise ins Ungewisse schien sich endlos hinzuziehen, bis sich irgendwann die Fahrt verlangsamte. Die Bremsen quietschten, und nach einer scharfen Kurve holperte das Fahrzeug über geschotterten Untergrund. Das Vibrieren übertrug sich auf Mara. Als sie über eine Bodenwelle rumpelten, biss sie sich die Zunge blutig. Der Eisengeschmack überlagerte wenigstens dieses eklig Bittere und Saure, das vermutlich daher rührte, dass diese Kerle ihr irgendwas ins Glas getan hatten. Und dass sie sich beim ersten Aufwachen nach dem Knock-out übergeben hatte, als sie in die weit aufgerissenen Augen des toten Mädchens geblickt hatte, das von den Kerlen in einen versifften Schlafsack eingewickelt worden war.

Wieder bog das Fahrzeug ab, diesmal auf glatteren Untergrund, bis nach kurzer Zeit das Ziel erreicht war.

Die Männer stellten ihr Geplauder ein, stattdessen ertönten scharfe Befehle - fast militärisch. Etwas Schweres wurde an Mara vorbeigeschleift. Etwas, das plötzlich einen Schrei ausstieß und mit den Füßen strampelte. Im nächsten Moment erstarb der Schrei zu einem Krächzen.

Mara fühlte sich unter den Achseln gepackt. Mit dem Kopf voraus wurde sie über den Boden ins Freie gezerrt. Hände umschlossen ihre Oberarme und stellten sie auf die Füße, auf denen sie sich nur mit Mühe halten konnte.

Orientierungslos stolperte sie neben einem Mann her, der sie eisern festhielt. Der Untergrund veränderte sich, bald spürte sie glatte Steinfliesen unter den Sohlen. Über mehrere Stufen ging es in einen Raum,

in dem die Schritte von den Wänden widerhallten. Auf einen knappen Befehl hin blieben sie stehen. Der Gurt am Hals löste sich, und schließlich zog ihr jemand die Kapuze vom Kopf.

Mara sog die Luft gierig ein und blinzelte, da die Glühbirne der Wandlampe in ihre Augen stach. Ihr Wächter ließ ihren Arm nicht los, packte vielmehr noch schmerzhafter zu.

Neben ihr stand eine junge Frau mit rötlichen Haaren, ebenfalls im Griff eines bulligen Kerls. Sie tauschten kurze Blicke, und in den Augen dieser Frau las Mara alles, was ihnen beiden in den letzten Stunden widerfahren war.

Hinter ihnen schleiften zwei Schlägertypen eine dritte Gefangene herein. Nachdem sie durch einen Kahlgeschorenen von ihrer Kapuze befreit worden war, zeigte sich ein blonder Strubbelkopf. Die junge Frau war höchstens zwei oder drei Jahre älter als Mara.

Über eine Treppe wurden sie ins Tiefgeschoss gebracht, wo auf einem langen Korridor rechts und links jeweils drei Türen in Kellerräume führten. Als Mara erkannte, dass es sich um Zellentüren mit schmiedeeisernen Schlössern und Gucklochklappen handelte, zuckte sie zusammen. Der Glatzkopf hob die Abdeckung des ersten Gucklochs auf der rechten Seite an und schaute kurz hindurch, dann wiederholte er es beim zweiten. Zufrieden nickte er seinen Kumpanen zu. Sie zerrten die Mädchen zum Ende des Ganges, wo sie von einem Maskierten erwartet wurden. Der Hüne hatte die Kapuze seiner schwarzen Joggingjacke über den Kopf gezogen. Vor Nase und Mund trug er eine braune Kunststoffmaske, die Mara an den Gesichtsschutz eines Eishockeytorwarts erinnerte. Seine Augen reflektierten das kalte Licht der Neonröhre, die viel zu modern für das alte Gemäuer wirkte.

Mara wurde zur letzten Zelle geführt, vorbei an dem Maskierten, der sie um einen Kopf überragte. Tief im Innern seiner grünen Augen glomm ein seltsames Funkeln, bevor er ihr zuzwinkerte. Mara verspürte einen Stoß im Rücken und stolperte in den kleinen Raum hinein.

Drinnen hielt sie sich am Metallrahmen eines Stockbetts fest. An der gegenüberliegenden Seitenwand stand ein weiteres. Anderes Mobiliar gab es nicht. Von der Decke hing eine nackte Glühbirne herunter, die Mara wie das leuchtende Auge eines Gefangenenwärters erschien. Anstelle eines Fensters entdeckte sie in der Rückwand ein Eisengitter, hinter dem sich vermutlich ein Luftschacht befand. Dennoch stank es in der Zelle nach altem Schweiß, Urin und ranzigem Fett. Oder verfaultem Fleisch ... Es brauchte nicht viel Vorstellungskraft, um sich auszumalen, woher der Verwesungsgeruch stammte. Mara bekam das Bild von den weit aufgerissenen Augen des toten Mädchens nicht aus dem Kopf, das inzwischen wahrscheinlich in diesem Schlafsack verscharrt worden war. Oder irgendwo auf einer Müllhalde abgeladen ...

Widerwillig und voller Ekel starrte Mara auf das Bett. Ihre Beine wollten sie nicht mehr tragen, also sank sie kraftlos auf die untere Matratze.

Die anderen beiden Frauen blieben zwischen den Stockbetten stehen. Ein Kerl mit fettigen Haaren und einer Hakennase durchschnitt die Plastikfesseln an ihren Handgelenken und wies auf die freien Betten.

„Sucht euch Platz“, befahl er in gebrochenem Deutsch, „und haltet Maul!“

Er schien es zu genießen, vor Maras Nase mit der gebogenen Klinge seiner Waffe herumzufuchteln. Es handelte sich nicht um ein gewöhnliches Taschenmesser, und der Kerl konnte zweifellos damit umgehen. Geplatzte Adern durchzogen das Weiß seiner Augäpfel wie Spinnennetze. Sein Atem stank nach Schnaps. Einen Moment fürchtete Mara, er würde zustoßen, doch dann beugte er sich nach vorn, um auch ihre Fessel zu durchtrennen. „Schreien hilft nix“, sagte er, während er das Messer zusammenklappte, „hört euch niemand hier. Aber trotzdem: Maul halten, sonst wir kommen. Und ihr nicht wollt, dass wir kommen – glaubt mir!“

Mara schluckte hart. Erst als der Messerschwinger auf dem unteren Bett gegenüber ein Mädchen am Arm packte und von der Matratze zerrte, bemerkte sie, dass es bereits eine Gefangene in dieser Zelle gab. Lange, verfilzte Haare rahmten ein blasses Gesicht ein, aus dem dunkle Augenringe hervorstachen. *Vielleicht ein oder zwei Jahre jünger als ich,* schätzte Mara. Die nackten Arme des Mädchens ragten aus den kurzen Ärmeln heraus wie Besenstiele. Ihr T-Shirt war an mehreren Stellen zerrissen.

Zwei Männer nahmen das ausgemergelte, bemitleidenswerte Geschöpf in die Mitte und führten es hinaus wie eine Puppe, deren Beine mechanisch dahinstaksten. Der Messerschwinger folgte. Krachend fiel die Tür ins Schloss, ein Schlüssel wurde zweimal umgedreht. Dann entfernten sich Schritte.

„Was passiert jetzt mit uns?“, fragte Mara in die Stille hinein.

„Schscht“, erwiderte die Blonde flüsternd, „du hast es doch gehört: Mund halten.“ Mit fiebrigem Blick schaute sie sich in der Zelle um und wählte das obere Bett an der gegenüberliegenden Wand.

„Ach was“, murmelte die Rothaarige, „das Reden können sie uns nicht verbieten.“ Ihr Akzent ähnelte dem des Messerschwingers, aber sie beherrschte das Deutsche perfekt. „Ich bin Nadja.“

„M... Mara.“

Die Blonde kniff die Lippen zusammen und drehte den Kopf zur Seite. Sie schien mehr über ihre Zellengenossinnen verärgert zu sein als über ihre Entführer.

„Was haben die mit uns vor?“, fragte Mara leise.

Achselzuckend nahm Nadja neben ihr Platz. „Schätze, das sind Mädchenhändler“, flüsterte sie. „Ich hab das schon einmal erlebt, als ich nach Deutschland gekommen bin. Damals ... haben sie mich in ein Bordell gesteckt. Da war ich noch nicht mal fünfzehn. Wie alt bist du?“

„Nächsten Monat werde ich siebzehn.“

Schweigend stierten sie vor sich hin, während gegenüber die Blonde nach der Bettdecke griff, um sich darin einzuwickeln. Zweifellos hatte sie gelauscht, aber wohl nichts verstanden, wie ihr unsicherer Blick verriet.

„Ich hab Angst“, sagte Mara mit gedämpfter Stimme.

„Ich auch“, seufzte Nadja. „Bei einer Razzia haben sie mich damals rausgeholt, bevor der erste Freier über mich hergefallen ist. So viel Glück hab ich bestimmt nicht noch einmal.“

Mara drehte den Kopf und starrte zur Tür. Und starrte. Irgendwann merkte sie, dass Nadja nicht mehr neben ihr hockte. Wie viel Zeit inzwischen vergangen war, konnte sie nicht sagen. Sie schaute auf ihr Handgelenk, wo sie normalerweise eine Armbanduhr trug. Aber die hatten diese Kerle ihr abgenommen. Als sie tief durchatmete, roch sie intensiv den schimmeligen Moder, der die Zelle und das Bettzeug durchdrang. Sie erschauderte und bemühte sich, an etwas anderes zu denken. Verdammt, warum gelang es ihr nicht? Wenn ihr in der Schule langweilig war, flogen ihre Gedanken doch auch irgendwohin, wo es erträglicher war.

Plötzlich beschlich sie ein eigenartiges Gefühl, und sie blickte zum Guckloch in der Zellentür. Es stand offen. Dahinter entdeckte sie zwei Augen, die grün leuchteten. Wie die Augen eines Raubtiers.

Als Mara gerade in einen unruhigen Dämmerschlaf gefallen war, wurde die Tür geöffnet und das Licht eingeschaltet. Zwei Männer brachten die Gefangene zurück, die sie vorhin geholt hatten. Sie hievten das Mädchen auf das gegenüberliegende Bett, wo es stocksteif dalag und den Matratzenrost über sich anstarrte. Anstelle des zerrissenen T-Shirts trug es jetzt eine saubere Bluse.

Bevor das Licht wieder gelöscht wurde, konnte Mara erkennen, dass die Haare des Mädchens frisch gewaschen glänzten, außerdem war das Gesicht übertrieben geschminkt. Durch das grelle Rot wirkten die Lippen übergroß.

Eine ganze Weile, nachdem das Echo der Schritte draußen verhallt war, fragte Mara flüsternd in die Dunkelheit: „Wo ... wo haben sie dich hingebracht?"

Keine Reaktion.

Kurz darauf wiederholte Mara ihre Frage.

Die Antwort kam von Nadja im Flüsterton: „Lass sie besser in Ruhe. Entweder haben diese Schweine sie für ihre Kartei fotografiert, vielleicht auch fürs Internet, oder sie wurde zu einem ... na ja, du weißt schon."

Maras Herz krampfte sich zusammen. Wusste sie es? Wollte sie es überhaupt wissen?

Beim nächsten Erwachen aus dem Dämmerzustand vernahm Mara ein Wimmern. Es kam vom Bett gegenüber und schwebte durch die Dunkelheit wie ein Unheil verkündendes Signalhorn durch dichten Nebel.

Die Blonde und Nadja schienen zu schlafen, jedenfalls regte sich bei den beiden nichts. Mara kroch aus dem Bett und krabbelte tastend auf allen vieren hinüber, direkt auf das Wimmern zu.

„Hallo", flüsterte sie, „ich bin Mara. Und wie heißt du?"

Das Schniefen hörte sich beinahe wie ein Erstickungsanfall an. Mara trat kalter Schweiß auf die Stirn. Sie ertastete den Rahmen des Bettgestells und wollte sich hochziehen, als das Schniefen abebbte.

„S... Silke-e", kam es zittrig aus dem Dunkel.

„Wo ... wo haben sie dich hingebracht?", fragte Mara, obwohl sie grässliche Angst vor der Antwort hatte.

„Nach oben. In ein Zimmer."

„Und ... dann?“

„Zwei Frauen haben mich gewaschen und geschminkt. Kein Wort haben die mit mir gesprochen, kein einziges Wort. Sie haben mir frische Klamotten angezogen und mich fotografiert. Erst wie eine Kriminelle von allen Seiten, dann in ... Posen.“ Sie schluckte und fügte hinzu: „Die Klamotten durfte ich dabei anbehalten. Nur die Bluse ... die hat eine von den Frauen weit aufgeknöpft. Als Belohnung, weil ich still gesessen bin, durfte ich was essen.“

„Gibt es hier sonst kein Essen?“

„Nicht regelmäßig. Wenn ... sich hier unten eine von uns ... aufführt und schreit ... gibt es erst mal für alle nichts.“

„Wie lange bist du schon hier drin?“

Ehe Silke antworten konnte, erklangen draußen Schritte und gedämpfte Stimmen. Mara erstarrte. Und fühlte jetzt die Kälte, die vom Boden ihre Beine hochkroch und sie zu lähmen drohte. Langsam, ganz langsam, als wären ihre Muskeln verkümmert, kroch sie zurück zu ihrem Bett und kletterte so leise wie möglich hinein. In der verzweifelten Hoffnung, die Tür möge sich nicht öffnen, bevor sie sich schlafend stellen konnte. Oder möge sich überhaupt nicht öffnen.

Mit angehaltenem Atem lag sie schließlich unter ihrer Decke und lauschte. Nichts mehr. Keine Schritte. Keine Stimmen.

Als sie schon glaubte, sie habe sich ihren Ausflug zum gegenüberliegenden Bett und die Geräusche draußen nur eingebildet, vernahm sie Silkes Flüstern.

„Seit Wochen.“

Mit einem Ruck wurde die Tür aufgerissen, gleichzeitig das Licht eingeschaltet. Der Messerschwinger und ein Kerl mit einer Boxernase stürmten herein wie Derwische und zerrten Silke aus ihrem Bett. Dabei konnte Mara die Goldzähne des Messerschwingers aufblitzen sehen. Sie schob sich nach hinten, bis sie die Wand im Rücken spürte.

Wortlos und ohne Gegenwehr ließ Silke sich hinausführen. Zwei andere Männer betraten die Zelle und stellten drei Halbliterflaschen Wasser und eine Plastikschale mit Brotscheiben und Schokoriegeln zwischen den Betten auf dem Boden ab. Einer von ihnen, der Glatzkopf mit dem Stiernacken, leckte sich mit der Zunge über die fleischigen Lippen, während er Mara anglotzte. Grinsend verließ er den Raum und schloss die Tür.

Niemand rührte die Speisen und Getränke an.

„Ob Silke wohl wiederkommt?“, fragte Mara irgendwann.

Das Essen und die Wasserflaschen standen noch immer an Ort und Stelle.

Nadja schob ihren Kopf über den Matratzenrand und schaute zu Mara herunter. „Wie lange ist sie schon weg?“

„Keine Ahnung. Ich hab keine Uhr. Diese Typen haben sie mir weggenommen.“

„Mir auch.“

Nadja hob den Kopf, und Mara sah ebenfalls zur Blonden hinüber, die ihre Bettdecke bis über die Nase hochgezogen hatte, sodass nur ihre Augen und die Strubbelfrisur herausschauten. Zögerlich schüttelte sie den Kopf. „Mir haben sie auch alles abgenommen“, flüsterte sie erstickt. „Sogar die Schnürsenkel.“

Mara setzte sich aufrecht hin. „Was, denkst du, haben sie mit Silke angestellt?“

„Ich weiß es nicht“, antwortete Nadja leise. „Im Bordell war es damals so, dass wir für Fotos hergerichtet wurden. Die Zuhälter haben die Bilder manchmal auf speziell verschlüsselte Internetseiten gestellt, um die Mädchen ... für Auktionen anzupreisen. Der Höchstbietende hat den Zuschlag bekommen, daraufhin wurde diejenige abgeholt und ...“

Mara schüttelte sich bei dieser Vorstellung.

„Wir müssen was essen“, sagte Nadja und schwang sich von oben herunter. Sie reichte Mara eine Flasche. „Und vor allem trinken, sonst trocknen wir aus.“

Mara hob die Hand, zögerte jedoch, das Wasser entgegenzunehmen. „Ich weiß nicht ... dann muss ich pinkeln, und wir haben kein Klo hier drin.“

„Die werden uns schon aufs Klo lassen, wenn wir müssen“, meinte Nadja.

„Traust du dich, sie deswegen zu rufen? Diese Kerle?“

Nadja überlegte lange, schließlich stellte sie die Flasche wortlos vor dem Kopfteil von Maras Bett ab. Mit ihrem Wasser verzog sie sich nach oben. Mara lauschte. Sie hörte nichts. Nadja lag still auf ihrer Matratze, schien nicht einmal mehr zu atmen.

Nach einer kleinen Ewigkeit kam die Blonde auf der anderen Seite herunter, griff nach der letzten Flasche und öffnete sie. Mit gierigen Schlucken trank sie, als wäre sie kurz vorm Verdursten. Sie schnappte sich zwei Schokoriegel und verkroch sich wieder in ihre Bettfestung, wo sie die Zudecke wie einen

Schutzwall um sich herum drapierte, bevor sie zu essen begann.

Mara schraubte schweren Herzens den Verschluss von ihrer Flasche. Er saß nicht fest, also nippte sie zögerlich an dem stillen Wasser. Es schmeckte seltsam, leicht bitter.

Später, als sie nach kurzem Wegdämmern ihren zweiten kleinen Schluck nahm, sah sie die Blonde mit heruntergelassener Hose in der Ecke der Zelle hocken und hörte es plätschern.

Die Dunkelheit wirkte wie ein Käfig, in den Maras Verstand eingesperrt war. Sie blockierte jeden vernünftigen Gedanken und hielt die Hoffnung fern wie einen Besucher, der keine Zutrittserlaubnis für das Gefängnis erhielt.

Obwohl ihre Lider schwer wie Blei wogen, konnte Mara nicht schlafen. Silke war vor dem Löschen des Lichts nicht zurückgebracht worden, und in der Zelle stank es nach Urin. In der Ecke befand sich ein Abflussgitter, doch die Blonde hatte nicht zielgenau getroffen.

Mara war klar, dass sie dem Druck ihrer eigenen Blase nicht ewig würde standhalten können. Außerdem war es mit Pinkeln allein ja nicht getan ... Aber sich von diesen schmierigen Kerlen mit den brutalen Augen auf die Toilette begleiten zu lassen ... oder wer-weiß-wohin ...

Allerdings durfte sie sich nichts vormachen: Ihr stand Schlimmeres bevor, als sich unter den lüsternen Blicken eines Muskelprotzes, der sich dabei womöglich am Sack kratzte, aufs Klo zu setzen.

Ihre Leidensgenossinnen schienen zu schlafen. Jedenfalls hatte Mara schon lange nichts mehr anderes von ihnen vernommen als gleichmäßiges Atmen und gelegentlich ein röchelndes Schnarchen von der Blonden. Sie hatte jegliches Zeitgefühl verloren; konnte nicht einmal sagen, ob gerade Tag oder Nacht war. Minuten und Stunden verschmolzen zu einem zähen Einerlei.

Mara dachte an Kai. Stellte sich ihn in einer glänzenden Ritterrüstung vor, wie er in den Schlosshof preschte und den Messerschwinger und seine Kumpane mit seinem Streitross in Grund und Boden ritt. Wie er den Glatzkopf mit einem Schwertstreich niederstreckte und Mara seinen starken Arm reichte, damit sie sich daran festhalten und zu ihm aufs Pferd klettern konnte. Das Tier stieg mit den Vorderläufen in die Höhe, als Kai ihm die Sporen gab. Wiehernd galoppierte es auf das Tor zu, hinter dem im hellen Sonnenlicht die Freiheit lag.

Durch ein Geräusch wurde Mara aus ihren Gedanken gerissen.

Da - noch einmal.

Ein Kratzen und Schaben. Von draußen.

Sie drehte den Kopf und starrte zur Tür. So sehr sie sich auch anstrengte, in dieser alles verzehrenden Finsternis konnte sie rein gar nichts erkennen. Bis plötzlich ein kleiner Silberstreif am Horizont auftauchte. Aber nicht Kai in einer glänzenden Rüstung, sondern Licht, das vom Korridor durch das geöffnete Guckloch hereinfiel. Es war jedoch kein kaltes Neonlicht, sondern das warme Grün der Augen des maskierten Hünen.

Maras Herz machte einen Sprung. Sie schluckte den Kloß hinunter, der ihr das Atmen erschwerte. Dann nahm sie allen Mut zusammen und schwang die Beine aus dem Bett. Auf Socken schlich sie zur Tür und blieb einen halben Meter davor stehen.

Über den Augen erkannte Mara eine sichelförmige Narbe, auch die Oberkante der Gesichtsmaske konnte sie sehen. Warum trug er dieses Ding? Die anderen Männer zeigten unbekümmert ihre Visagen. Sie schienen sich absolut sicher zu sein, dass keines der Mädchen je in der Lage sein würde, sie der Polizei zu beschreiben oder in einer Verbrecherkartei wiederzuerkennen. War sein Gesicht etwa so entstellt, dass er den Anblick niemandem zumuten wollte?

„Möchtest du fliegen, kleiner Vogel?"

Seine Stimme klang dumpf, und Mara hörte nicht heraus, ob er mit Akzent sprach wie die anderen Kerle. Er wiederholte die Frage so leise, dass sie daran zweifelte, ob er sie überhaupt ausgesprochen hatte.

„Wenn du fliegen willst, dann übe, kleiner Vogel. Halte dich fit, dehne deine Muskeln regelmäßig. Wenn die Gelegenheit kommt, um aus dem Käfig zu schlüpfen, musst du bereit sein. Vielleicht kann ich dich hier herausholen."

Maras Atem setzte kurz aus. „Sie ... würden ..."

„Schscht! Zu keinem ein Wort darüber! Ich kann höchstens eine von euch rausbringen. Hast du mich verstanden? Halte noch ein Weilchen durch. Ich komme wieder, wenn die Luft rein ist", versprach er und schloss die Klappe.

Maras Herz pochte wild, als wollte es aus ihrem Brustkorb springen. Sie lag auf der Matratze und ertrank beinahe im Adrenalin. Doch jedes Mal, wenn sie zu ersticken drohte, presste die Hoffnung Luft in ihre gierenden Lungenflügel und ließ sie weiteratmen.

Sie wollte so gern Nadja aufwecken und ihr alles erzählen, und es marterte sie, dass sie es nicht konnte. An die Warnung musste sie sich halten, sonst gefährdete sie alles. Oder vielleicht ... konnte er zumindest Nadja ... Aber nein, Mara musste sich beruhigen, durfte sich nichts anmerken lassen. Musste ihr Herz verschließen und den Schlüssel gut verwahren. Durfte es niemandem ausschütten. Auch nicht Nadja.

Mara begann, ihre Muskeln zu lockern und zu dehnen. Ließ die Füße kreisen, um die Durchblutung anzuregen. Mit ausgestrecktem Arm hob sie im Liegen die Wasserflasche an und wiederholte die Übung so lange, bis der Arm abzufallen drohte. Dann kam der andere an die Reihe.

Ein markerschütternder Schrei gellte durch den Keller. Mara riss die Augen auf und starrte in die Dunkelheit. Sie brauchte einen Moment, um sich zu orientieren. Richtig, sie lag in ihrem Bett – nein, nicht in *ihrem*, sondern in einem modrigen Stockbett in einer stinkenden Zelle.

Wieder ertönte ein Schrei, bis die Stimme des Mädchens hinter den Mauern sich überschlug und nur noch ein Wimmern zu hören war. Schritte und Stimmen wurden im Korridor laut, eine Zellentür wurde geräuschvoll geöffnet.

„Halt's Maul!", knurrte draußen einer der Osteuropäer, dann vernahm Mara einen dumpfen Schlag, der sie zusammenzucken ließ. Und noch einen. Augenblicklich war das Mädchen still.

O Gott, durchzuckte es Mara, *o lieber Gott* ...

Aber der kam nicht, um zu helfen. Stattdessen kam einer der Männer, schaltete das Licht in der Zelle ein und spähte durchs Guckloch, um sich davon zu überzeugen, dass hier niemand aus der Reihe tanzte. Scheppernd wurde die Klappe wieder geschlossen. Mara blickte zur Blonden hinüber, die mit schreckgeweiteten Augen über den Rand ihrer Bettdecke hinweg ins Leere starrte. Ihre Strubbelhaare standen noch wilder vom Kopf ab als sonst. Von oben schaute Nadja zu Mara herunter und versuchte, sich die Panik nicht anmerken zu lassen. Doch Mara konnte sie spüren. Der Schweiß roch umso saurer, je angstdurchtränkter er floss.

Dann verlosch das Licht.

„Ich will nach Hause", hörte Mara die Blonde mehrfach wiederholen, und es deckte sich mit ihren eigenen Gedanken, die in einer Endlosschleife kreisten, während draußen die Stimmen und die Schritte verhallten.

Erneut schreckte Mara aus dem Schlaf und hob den Kopf. Aus dem Dunkel vernahm sie ein Plätschern. Ein befreiender Seufzer erklang, bevor Nadja nach oben kletterte und sich hinlegte. Als Mara sicher war, dass Nadja wieder schlief, kroch auch sie aus dem Bett. Sie zog Jeans und Unterhose herunter, ging in der Ecke in die Hocke und kehrte danach erleichtert zu ihrem muffigen Nachtlager zurück.

Ehe sie wieder wegdämmerte, kamen drei Kerle herein, angeführt vom Messerschwinger. Er deutete auf Mara und Nadja. „Du und du, mitkommen!"

Sie wurden hinausgeleitet und schlurften stumm und mit hängenden Köpfen zur Treppe, als würde der Weg sie direkt aufs Schafott führen. Im Erdgeschoss wurde Mara unsanft in einen schlecht beleuchteten Raum mit verschmutzten Bodenfliesen gestoßen, Nadja stolperte hinterher. Zunächst erschrak Mara, weil sie befürchtete, bei den Flecken handele es sich um getrocknetes Blut, doch dann roch und erkannte sie, dass sie sich in einer heruntergekommenen Toilette mit zwei Kabinen und einem Waschbecken befand.

„Macht, los, nicht ewig Zeit!", raunzte der Messerschwinger sie an.

Mara betrat zögerlich eine der Kabinen und versuchte, den Ekel abzuschütteln. Angesichts der versifften Schüssel, die schon seit Ewigkeiten kein Reinigungsmittel mehr abbekommen hatte, kostete es sie alle Überwindung, die sie aufbringen konnte, um sich hinzusetzen. Die Tür konnte sie zwar nicht verriegeln, aber wenigstens schließen.

Danach wurden sie in die Zelle zurückgebracht, und die Männer nahmen die Blonde mit. Sie warf Nadja und Mara einen unsicheren Blick zu, während sie auf den Korridor hinaustrat. Dabei schimmerten ihre Augen feucht.

Als sie allein waren, setzte Nadja sich neben Mara auf die Matratze. „Hast du unterwegs hierher mitbekommen, wohin die Fahrt ging?", fragte sie. „Einen Ortsnamen oder was in der Art?"

Mara schüttelte den Kopf.

„Ich denke, wir sind hier irgendwo in einem Waldgebiet, in einem abgelegenen Landhaus oder einem alten Schloss."

„Wie kommst du darauf?“

„Diese Typen reden untereinander in einer Sprache, die ich nicht verstehe, vielleicht Ukrainisch oder Tschetschenisch. Zwischendurch hab ich während der Fahrt ein paar Brocken Russisch aufgeschnappt. Soviel ich mitbekommen hab, ging es darum, wie einsam und weitläufig dieser Wald ist.“

„Denkst du, die bringen uns von hier weg? So wie Silke?“

Ohne Mara anzusehen, entgegnete Nadja: „Ich weiß es nicht - keine Ahnung. Und wenn, dann fragt sich, wohin. Manchmal werden Frauen sogar nach Arabien oder Asien verkauft.“

Sie klang niedergeschlagener als am ersten Tag, und Mara überlegte, ob sie nicht doch wenigstens eine Andeutung darüber machen sollte, was der Maskierte ihr gesagt hatte. Aber sie traute sich nicht. Stattdessen ergriff sie Nadjas Hand, die nervös an der Naht ihrer Jeans zupfte. Ihre Blicke trafen sich, und Nadja hatte Mühe, die Tränen zurückzuhalten.

Endlich wurde die Blonde zurückgebracht. Sie trug jetzt ein altmodisches, kindlich wirkendes Kleid, das ihre Knie zeigte. Dazu hochhackige Lackschuhe. In ihren Strubbelhaaren klebte Gel, außerdem hatte man ihr Gesicht geschminkt. Der Kajal lief über ihre Wange, und als der Glatzkopf sie böse anschaute, wischte sie die Träne sofort weg und half mit Spucke nach, um die schwarzen Spuren zu beseitigen. Sie wollte auf ihr Hochbett klettern, doch sie schaffte es nicht. Kraftlos, als hätten diese Kerle ihr nicht nur die Klamotten weggenommen, sank sie auf die untere

Matratze und kroch zur Wand, wo sie sich zusammenrollte wie ein Igel.

Mara beobachtete sie und kaute dabei nervös auf einem Fingernagel herum.

Nach einigen Minuten, als sie sicher sein konnte, dass die Kerle weg waren, stieg Nadja von oben herunter und ging drüben, vor dem Bett der Blonden, in die Hocke.

„Alles ... okay?“, fragte sie unsicher.

Ohne sich umzudrehen, schniefte die Blonde und sprach gegen die Wand. Ihre Worte waren kaum zu verstehen. „Oom ... foda ... kama ... gefe-ehmt ...“

„Ganz ruhig“, sagte Nadja bedächtig, „beruhig dich erst mal, jetzt ist es ja vorbei.“

„Nig-gs ... vo... bei“, vernahm Mara zwischen den Schluchzern und musste sich anstrengen, um wenigstens einige Silben herauszuhören. „Die haam ... foda ... kama ... un gefeeehmt ...“

„Tut mir leid“, sagte Nadja, „ich versteh kein Wort.“

Zögerlich drehte sich die Blonde um. „Ich ... die ...“ Ihr Kiefer vibrierte. Schwarze Tränen liefen über ihre Wangen. Sie zog den Rotz hoch. „Die ... die ...“

Nadja streckte eine Hand nach der Blonden aus, die sofort zurückwich. „Ich tu dir nichts“, sagte Nadja, „und wenn du es jetzt nicht erzählen willst, dann musst du nicht.“

Die Blonde wischte über ihre Nase und den Mund. „Die haben dort oben ... eine Fol... eine Folterkammer, ich hab’s im Vorbeige-ehen gesehen ... Tür stand offe-en ...“ Ihre Augen wurden immer größer. „Drinnen ha-am sie ... gefe-ehm... *gefiiilmt.*“

Nadjas Rückgrat versteifte. Sie musste sich am Bettgestell festhalten. „Was ... gefilmt?“

„Mäd...che-en“, brachte die Blonde stockend über die Lippen. „Vielleicht ... Silke ... hab sie nicht genau erkannt ...“ Sie schloss die Augen, ihr Oberkörper zuckte, als der Tränenstrom weitersprudelte.

In diesem Augenblick wurde die Tür aufgerissen. Der Messerschwinger stürmte herein, gefolgt vom Glatzkopf. Nadja sprang auf und stolperte vom Bett der Blonden weg. Die Kerle beachteten sie gar nicht, hatten nur Augen für die Blonde.

„Was gibt's zu quatschen, he?“, bellte der Messerschwinger. „Und wie siehst du aus? Was hab ich gesagt, he?“ Sein Knurren glich dem eines Raubtiers. „Wir brauchen dich hübsch, hässliche Weiber sind wertlos wie Scheiße.“

Der Glatzkopf packte brutal zu und zerrte das Mädchen von der Matratze. Er schimpfte in seiner Sprache, und der Messerschwinger schlug der Blonden mit der Faust auf den Hinterkopf. Sie schrie, Speichel rann über ihr Kinn.

Mara biss in ihren Handballen. Sie schaute nach draußen, hoffte den Maskierten zu sehen, ihn um Hilfe bitten zu können, doch er ließ sich nicht blicken.

Die Blonde wurde an beiden Oberarmen gepackt und zur Tür geschleift. Anfangs strampelte sie mit den Füßen, aber ihr fehlte die Kraft. Bevor sie aus Maras Sichtfeld verschwand, drehte sie den Kopf und rief: „Ich heiße Nicole! *Nicoooo* ...“

Dann wurde die Tür zugeknallt.

Die Schwingen des Vogels waren gebrochen. Flügellahm saß er in seinem Käfig und rührte sein Futter nicht mehr an. Wartete nur noch auf die

Krallen, die ihm bald das Gefieder ausrupfen würden. Und auf die Reißzähne, die sich in seine Kehle schlagen würden.

Blicklos starrte Mara nach oben, wo die Maschen des Matratzenrostes vor ihren Augen verschwammen. Sie roch noch immer das Erbrochene, das Nadja mit dem Wasser aus den Flaschen notdürftig in den Gully im Eck gespült hatte. Es war nichts mehr zum Trinken da, aber das kümmerte Mara wenig. In diesem Leben würde sie sowieso nichts mehr runterbringen.

Nadja lag oben. Von Zeit zu Zeit quietschte der Matratzenrost, wenn sie sich von einer Seite auf die andere wälzte. Es hörte sich beinahe so an wie das ferne Kreischen von Nicole, die um ihr Leben gebrüllt hatte, während sie durch den Korridor geschleift worden war. Das Echo ihrer Schreie würde bis in alle Ewigkeit in diesem alten Gemäuer hängen.

Mara grübelte darüber nach, wie es wohl wäre, jetzt einfach mit dem Atmen aufzuhören. So schlimm konnte das doch nicht sein, oder?

Später kam Nadja zu Mara herunter. „Darf ich mich zu dir legen?“, fragte sie im Dunkeln. Mara stimmte zu. Sie schob sich nach hinten und machte Platz. Nadja krabbelte unter die Decke, tastete zaghaft nach Maras Hand. Sie verschränkte ihre Finger mit denen von Mara. Dabei zitterte sie, und ihr Atem flatterte. Sie rückten ganz eng zusammen, spürten die Wärme der anderen. Rochen den Angstschweiß. Ihre bebenden Körper bildeten einen einzigen, der sich allmählich beruhigte und in ein Niemandsland hinweg dämmerte, in dem die Gedanken wie schwerer Bodennebel herabsanken und auseinanderdrifteten.

Nadja atmete tief durch. „Bevor ich mich von denen foltern lasse“, flüsterte sie, „bring ich mich lieber um.“

Stimmen weckten Mara, und sie öffnete mühsam die verklebten Lider.

Nadja stand zitternd vor dem Bett, flankiert vom Glatzkopf und dem Kerl mit der Boxernase. Sie schaute sich nach Mara um, als sie aus der Zelle geführt wurde. In ihren Augen flackerte es, aber es war ein lebloses, kaltes Flackern. Wie ein Gefühl der Furcht, das vor langer Zeit abgestorben war.

Mara drehte sich zur Wand und umschloss ihr Kissen mit verkrampften Armen. Als die Zellentür ins Schloss fiel, zuckte sie zusammen. Dann zog sie die Beine an den Körper, machte sich so klein wie möglich.

„Kopf hoch, kleiner Vogel.“

Ruckartig wandte Mara sich um und riss die Augen weit auf. Sie war eingenickt.

Der maskierte Hüne stand an der Tür, die Hände in den weiten Taschen seiner Joggingjacke vergraben. Die Kapuze hing ihm tief in die Stirn. Zwischen dem Stoff und der Gesichtsmaske lugten nur die beiden Augen heraus, aus deren Tiefe sich das Grün empor kämpfte.

„Du hast es bald geschafft!“, sagte er leise und drehte den Kopf, um nach Geräuschen auf dem Korridor zu lauschen.

„W... wirklich?“

Er nickte.

„Du musst auch Nadja helfen - bitte!“

Er sah sie lange an. „Ich werde sehen, was ich tun kann."

„Sie haben sie vorhin geholt."

„Ich weiß, sie ist oben."

„Wird sie ..."

„Sie kommt bald zurück."

„Und ... ich bin die Nächste?"

„Ja, dann gilt es."

Kurz darauf wurde die Tür geöffnet, der Maskierte trat zur Seite. Er nahm die Hände aus den Jackentaschen und verschränkte sie vor der Brust. Der Glatzkopf brachte Nadja herein, während der Kerl mit der Boxernase draußen wartete.

Die Männer verließen die Zelle, einer zog dabei ein Handy aus der Hosentasche. Nadja stand unsicher und verloren zwischen den beiden Stockbetten. Ihre roten Haare waren gewaschen und so hochgesteckt, dass seitlich Strähnen herunterhingen. Geschminkt sah sie aus wie ein Model. Sie trug ein Paillettenkleid und dazu passenden Modeschmuck, silbrig-glitzernde Armreifen und Ohrringe. Ihre Füße steckten in hochhackigen Stiefeln, deren hautenge Schäfte bis über die Knie reichten.

Mara schluckte. Wenn diese Kerle sich so viel Mühe gaben, Nadja hübsch herzurichten, dann doch wohl nicht, um sie in einer Folterkammer umzubringen und ihren Tod zu filmen, oder?

Nadja machte einen vorsichtigen Schritt auf das Bett zu, und noch einen. Zögerlich nahm sie neben Mara Platz.

„Was ... wie war es dort oben?"

Nadja klemmte die Hände zwischen die nackten Oberschenkel. Das Kleid war gerade lang genug, um den Slip zu verdecken. „Ich war im dritten Stock, dort haben sie mich ... zurechtgemacht. Anschließend haben sie mich in einen Raum geführt, wo es rote Vorhänge und Kissen gibt, und roten Samt."

„Für Fotos?"

Nadja nickte. „Ich musste ... die Träger des Kleids herunterziehen, damit meine ..." Achselzuckend senkte sie die Lider. „Na ja, es war weniger schlimm, als ich befürchtet hatte."

„Keine ... Folterkammer?"

„Keine Folterkammer."

„Denkst du, Nicole hat sich das nur eingebildet?"

Nadja zuckte die Achseln. „Vielleicht, wir sind alle ganz schön durch 'n Wind. Ich hab fette Ratten durch die Zelle rennen sehen, die gar nicht da waren. Aber ... möglich ist hier alles. Andere Mädchen hab ich nicht getroffen, nur die beiden alten Hexen, die mich geschminkt haben." Nach einem Stoßseufzer fuhr sie fort: „Wir brauchen uns nichts vorzumachen, Mara. Aus dieser Scheiße kommen wir ohne Hilfe nicht wieder raus. Egal, ob sie uns hierbehalten oder in ein Bordell oder an einen stinkreichen Scheich verkaufen, wir werden ..." Sie unterbrach sich und legte den Kopf schief: „War in der Zwischenzeit irgendwas?"

Mara atmete tief durch und nickte.

Nadjas Augen weiteten sich. „Nun sag schon!"

„Vielleicht ... hilft uns jemand."

„Wer?"

„Einer von den Männern."

Nadjas Wangenmuskeln zuckten. „Echt? Welcher?"

„Der mit der Maske."

Jetzt kniff Nadja die Augen zusammen. „Maske? Wer von denen trägt eine Maske?"

„Der Große mit den grünen Augen."

„Ich hab diesen Kerlen in die Gesichter gesehen - da war keiner mit grünen Augen dabei."

„Der Maskierte war doch vorhin hier, als sie dich zurückgebracht haben!"

Nadja sah Mara ungläubig an. „Von denen hatte keiner eine Maske auf. Die haben alle Schlägervisagen, aber keine Masken."

„Na, ich meine den mit der Joggingjacke und der Kapuze!"

„Kapuze?" Nadja schüttelte den Kopf. „Nimm's mir nicht krumm, Mara, aber ich fürchte, du halluzinierst! Das kommt von den Drogen, die sie in unser Trinkwasser schütten, um uns ruhig zu stellen."

„Nein. Er war hier, glaub mir."

„Das alles ist ein bisschen viel für dich ... für uns. Du hast eine lebhafte Fanta..."

Weiter kam Nadja nicht, denn die Tür wurde aufgerissen. Der Glatzkopf trat ein und warf erst ihr, dann Mara einen bösen Blick zu. „Was reden, he? Ihr sollt Maul halten!" Er deutete auf Nadja. „Du, mitkommen!"

Nadja erstarrte. „Nein, bitte ..."

In der Tür tauchte der Messerschwinger auf. „Ready for the next one", sprach er in sein Smartphone, dann verstaute er das Handy in der Hosentasche und stieß einen kurzen Befehl in seiner Sprache aus.

Der Glatzkopf ergriff Nadjas Unterarm und zog sie von der Matratze. Sofort packte der Messerschwinger ebenfalls zu. Gemeinsam zerrten sie Nadja auf den Korridor.

Als die Tür zuknallte, hört es sich für Mara an wie ein Fallbeil, das nach unten krachte.

Irgendwann ließ die Starre nach, und Mara spülte sich den Mund mit Wasser aus. Sie schluckte es nicht hinunter, wegen der Drogen - sie brauchte einen klaren Kopf. Dann dehnte sie ihre Muskeln, bemühte sich, sie geschmeidig zu machen. Sie zwang sich, einen Bissen zu essen und schaffte es mit Mühe, ihn im Magen zu behalten. Zum Liegen war sie zu nervös, also wanderte sie in der Zelle auf und ab.

Schließlich war es so weit: Die Tür wurde aufgeschlossen, der Messerschwinger trat ein.

„Jetzt du", sagte er und puhlte mit der gebogenen Klinge Dreck unter seinem Daumennagel hervor.

Mara ging an ihm vorbei und atmete erleichtert auf, als sie draußen neben dem Glatzkopf den maskierten Hünen entdeckte.

„Da lang!", befahl der Messerschwinger und deutete mit der Klingenspitze auf die Treppe am Ende des Ganges.

Der Glatzkopf schritt voraus, Mara folgte ihm freiwillig. Die anderen Männer trabten hinterher. Im Erdgeschoss durchquerten sie einen leeren Raum, dessen Wände mit Graffiti besprüht waren, dann gelangten sie in ein Treppenhaus und stiegen die Stufen hinauf bis unters Dach. Maras Beine wurden schwerer und schwerer.

In der obersten Etage angekommen, stieß sie der Glatzkopf unsanft den Korridor entlang, an dessen Ende der linke Flügel einer Doppelglastür offen stand. Dahinter war die steinerne Balustrade eines Balkons zu erkennen.

Ein Balkon! Maras Herz übersprang einen Schlag. Aber sie befanden sich hier im dritten Stock ...

Aus einer Tür rechter Hand traten zwei Frauen mit faltiger Haut und dünnen, fettigen Haaren, die Mara bereits erwarteten. Die beiden Alten brachten sie in den kleinen Raum, der entfernt an einen Friseurladen erinnerte. Dort musste sie sich vor einem Waschbecken auf einen Stuhl setzen.

Bevor er den Raum verließ, erteilte der Messerschwinger den anderen Anweisungen. Der Maskierte nahm auf einem Polstersessel Platz, der Glatzkopf hockte sich daneben und stocherte mit einem Streichholz zwischen seinen Zähnen herum. Maras Magen verkrampfte sich. Sie hatte gehofft, der Glatzkopf würde auch verschwinden.

Ein Handy klingelte. Der Glatzkopf warf das Streichholz weg und brummte etwas, das Mara nicht verstand. Er kramte das Telefon aus seiner Tasche und meldete sich. Während er zuhörte, erhob er sich aus dem Sessel und trabte nach draußen. Sein Redefluss wurde immer wieder unterbrochen, er schien sich für irgendetwas rechtfertigen zu müssen.

Eine der alten Vetteln suchte ein Shampoo aus einem Regal heraus und sprach mit der anderen in der Sprache der Entführer. Mara wechselte kurze Blicke mit dem Maskierten, dessen Augen jetzt dunkel, wie tot, in den Höhlen lagen. Als er ihr ein Zeichen gab, sprang sie vom Stuhl auf und rannte zur Tür. Die Vetteln fingen an zu kreischen. Mara wartete nicht auf den Maskierten, sondern stürmte hinaus. Auf dem Korridor entdeckte sie den Glatzkopf, der das Handy noch immer ans Ohr hielt.

„Zur anderen Seite!“, rief ihr der Maskierte zu, während dem Glatzkopf die Kinnlade herunterfiel. „Das ist der einzige Ausweg!“

Mara wandte sich nach rechts und sah am Ende des Flurs die Glastür, die auf den Balkon hinausführte. Sie rannte darauf zu und kam an einer halb offenen Zimmertür vorbei, hinter der sie aus den Augenwinkeln etwas registrierte. Auf einer Rollbahre lag ein Körper, von einem fleckigen Bettlaken verhüllt. Seitlich hing ein nackter Frauenarm herunter, am Handgelenk ein silbrig-glitzernder Armreif. Blut war heruntergelaufen und auf den Boden getropft.

Nur kurz hielt Mara inne, schüttelte sich und hetzte weiter. Auf die Flügeltür zu, die aus dem Dunkel ins Licht führte. Sie ignorierte die Schreie, das wütende Schimpfen und Fluchen. Nur den Maskierten hörte sie heraus, weil er als Einziger in ihrer Sprache redete.

„Flieg, kleiner Vogel, flieg!“

Mara trat auf den Balkon hinaus und stützte sich auf die steinerne Brüstung. Rechter Hand erhob sich ein Turm mit schmalen Fenstern in den wolkenverhangenen Himmel, links zog sich ein verwitterter Seitenflügel bis zu den Bäumen hin. Das heruntergekommene Schloss stand mitten im Wald. Ringsum sah sie nur grüne Wipfel, die sich im Wind wiegten. Unterhalb des Balkons lag eine Terrasse mit großen Steinfliesen, umrahmt von tönernen Blumentöpfen mit längst verdorrten Pflanzen. Hinter der Begrenzungsmauer vergammelten schwarze Müllsäcke und alte Autoreifen.

In weiter Ferne entdeckte Mara Rauch aus Schornsteinen. Fabriken bedeuteten Menschen! Dorthin musste sie. Oder irgendwohin. Alles war besser als das, was hinter ihr wartete. Alles.

Also kletterte sie auf die Brüstung, breitete die Arme aus wie Schwingen und stieß sich vom Geländer ab. Sie sah Vögel aus den Baumwipfeln aufsteigen und streckte sich nach ihnen, um sich von ihnen forttragen zu lassen. Einen Moment lang hatte sie das Gefühl, die gefiederten Freunde würden in der Luft stehen bleiben und auf sie warten, um mit ihr davonzufliegen. Doch dann kippte die Welt, die Vögel verschwanden aus ihrem Blickfeld. Stattdessen kamen die Terrassenfliesen näher, kamen näher und näher, und der befreiende Gedanke von Flucht und Erlösung wurde verwirbelt wie eine Feder im Sturmwind.

Henrike Curdt

Das letzte Müsli

„Setz dich!"

Illy rammte ihre Barbie auf einen rosa Plastiksessel. Die Puppe kippte mitsamt dem Sessel hintenüber und streckte ihre gespreizten Beine in die Luft.

„Die haben nicht mal Kniegelenke!", schimpfte Johanna.

„Für hier draußen reicht's." Illy angelte ein grünes Paillettentop aus dem Kleiderkoffer. „Meine geht heute in die Disco."

Sie kaute auf ihrer Unterlippe, während sie ihre Puppe in dem grünen Top kritisch begutachtete. Es passte nicht richtig, und an der Seite fehlten ein paar Pailletten.

„Meine ist verheiratet", behauptete Johanna.

„Wir haben doch keinen Mann!"

„Na und? Der ist halt auf Dienstreise."

„Dann kann sie doch in die Disco mitkommen."

„Nö. Keine Lust." Johanna knotete ein Haargummi um einen der beiden blonden Zöpfe ihrer Puppe.

„Komm schon!", bettelte Illy.

„Nein."

„Jo-han-na!"

„Nein!"

Illy riss die Puppe aus Johannas Hand und wedelte damit vor ihrer Nase herum. „Dann ... Dann ... werf ich sie –"

„NEIIIN!"

Klatschend landete die Barbie in dem steinernen Trog am anderen Ende der Terrasse, den Johannas Mutter als Sommerquartier für den Goldfisch benutzte.

„A-ha!", kreischte Johanna. „A-ha!"

„Was – A-ha?", kreischte Illy zurück. „JOHANNA!"

Ein grünes Paillettentop flog an ihr vorbei. Es gab ein hässliches Geräusch, als ihre Barbie vom Rand des Steintrogs abprallte.

„Du hast sie kaputt gemacht!", jammerte sie.

Sie wollte ihre Barbie aufheben, aber als sie die Puppe mit verdrehten Armen und Beinen auf den Terrassenfliesen liegen sah, überlegte sie es sich anders. Sie holte mit dem Fuß aus und kickte die Barbie quer über die Terrasse zu Johanna zurück.

„Doppelpass!", kicherte Johanna.

Die Barbie schlitterte an Illy vorbei und knallte gegen die Terrassenmauer.

Neugierig beugte Illy sich über den Steintrog. Johannas Barbie trieb immer noch im Wasser. Sie lag auf dem Rücken, einen Arm rechtwinklig nach oben gestreckt, als ob sie um Hilfe bitten würde. Illy drückte die Puppe bis auf den Boden des Trogs. Der Goldfisch zuckte im Wasser hin und her.

„WAS MACHST DU DA?", schrie Johanna.

„Ich ertränk sie!"

Luftblasen stiegen an die Wasseroberfläche. Die Barbie starrte aus ihren blauen Augen zu Illy auf.

Johanna hockte sich daneben. „Ist sie tot?"

„Sieht so aus."

Illy ließ die Barbie los. Die Puppe ploppte wieder an die Oberfläche. Johanna fischte sie aus dem Wasser.

„Schau mal, jetzt pullert sie."

„Die Zöpfe sind blöd."
„Stimmt."
„Schneid sie doch ab!"
Johanna sprang auf. „Warte."

Die Schere war schon ein bisschen stumpf. Johanna schwitzte vor Anstrengung. Aber sie schaffte es.

„Jetzt sieht sie echt ätzend aus", meinte Illy.

„Ja. Skalpiert."

„Amputiert." Illy leckte sich die Lippen und schielte zu ihrer eigenen Barbie hinüber.

„Was hast du vor?", fragte Johanna.

„Gib mir die Schere!"

Illy musste die Barbie auf die Mauer legen und beidhändig arbeiten. Krrrz, krrz, machte die Schere.

„Jaah!"

Der Fuß hüpfte über die Fliesen und landete unter einem der Gartenstühle. Mit spitzen Fingern hob Illy ihn auf.

„Uaah - gruselig!"

„Den fass ich nicht an!", kiekste Johanna.

„Nein?" Illy warf den Fuß in ihre Richtung.

Johanna schrie auf.

„Stell dich nicht so an!" Illy untersuchte den Beinstummel ihrer Barbie. „Hey! Das sieht richtig schick aus!"

„Meine zieht mit!" Johanna zerrte angestrengt am Arm ihrer Barbie, bis er schließlich nachgab. „Arm ab ist besser als arm dran."

„Das gilt nicht!"

„Wieso?"

„Den kann man wieder reindrehen."
„Dann gib mir die Schere!"
„Hier."
Johanna machte sich am verbleibenden Arm ihrer Barbie zu schaffen. Die Hand ließ sich erstaunlich leicht abschneiden. „Her mit der Schere!"
„Was soll das werden?"
„Partnerlook!"
Schon fiel die zweite Hand auf den Boden. Illy setzte die Schere am Hals der Barbie an, hielt aber plötzlich inne und lauschte. Johanna riss die Augen auf.
„Deine Ma!"
„Mist! Hast du die Klingel gehört?"
Hastig stopfte Illy die verstümmelte Barbie in ihr Köfferchen. Als sie die Hand vom Boden aufklaubte, pikste ihr ein kleiner, spitzer Plastikzacken in den Finger, der beim Abschneiden stehengeblieben war.
„Hallo, ihr zwei!"
„Hallo Mama!" Hektisch nestelte Illy am Schloss des Köfferchens. Endlich rastete der Bügel ein.
„Habt ihr schön gespielt?"
„Jaha."
Mama runzelte die Brauen. „Gut. Dann pack deine Sachen zusammen."
„Bin schon fertig." Illy ging an Johanna vorbei, ohne sie anzusehen.

An diesem Abend schaute sie vor dem Schlafengehen nicht unter ihr Bett. Wie ein Brett lag sie da und hoffte, dass Susann bald einschlafen würde. Aber ihre Schwester war noch hellwach.
„Warum hast du den Barbiekoffer unter deinem Bett versteckt?"

„Hab ich nicht."

„Ach nein?"

„Ich hab ihn nicht versteckt, sondern weggeräumt."

„Unterm Bett. Soso."

Illy presste die Lippen aufeinander. Es war verdammt schwer, etwas vor Susann geheim zu halten. Susann entging nichts. Und sie hatte einen Heidenspaß daran, Illys Geheimnisse auszuplaudern, vorzugsweise bei ihren Eltern. Wenn sie den Koffer unter dem Bett entdeckt hatte, dann hatte sie womöglich auch hineingesehen, und dann ... Illy krallte ihre Finger in das Bettlaken. Sie musste etwas unternehmen.

Die Dunkelheit kroch von allen Seiten ins Zimmer. Susann hatte ihre Zahnspange in den Mund geschoben und sich auf die andere Seite gedreht. Illy schwitzte, aber sie verharrte reglos unter ihrer Decke, wagte nicht, sich zu rühren. Endlich schlief Susann ein. Illy lauschte auf die ruhigen Atemzüge und das gleichmäßige Klappern der Zahnspange.

Zur Sicherheit wartete sie noch ein paar Minuten, bevor sie sich leise aus dem Bett rollte und das Köfferchen darunter hervorzog. Ungeduldig tastete sie über die glatte Oberfläche, bis sie das Schloss gefunden hatte. Mist. Das blöde Ding klemmte schon wieder. Sie hakte zwei Finger unter den Bügel und zog. Klickklick. Das Zahnspangenklappern setzte aus. Illy hielt die Luft an. Susanns Bettzeug raschelte, dann war alles still. Illy schluckte. Sie klappte das Köfferchen auf und schob ihre Hand hinein. Die Puppenkleider fühlten sich weich und leicht an. Dazwischen stieß Illys Hand auf etwas Hartes. Sie zuckte zurück. Es ist nur eine Barbie, versuchte sie sich einzureden. Nur eine Barbie. Irgendwo da musste der Kopf sein ... Ja. Und das ...

Als Susanns Zahnspangenklappern wieder einsetzte, zog Illy die Barbie an den Haaren aus dem Köfferchen. Eiskalt lief es Illys Arm hinauf, als sie an den verstümmelten Körper dachte, der an diesen Haaren hing. Fast hätte sie die Puppe fallen gelassen. Aber sie schaffte es, aufzustehen und zur Tür zu schleichen, begleitet von Susanns Zahnspangenklappern.

Die Straßenlampe draußen schickte ein wenig Licht in den Flur. Aus dem Wohnzimmer hörte Illy die gedämpften Geräusche des Fernsehers. Sie tappte über die kalten Fliesen zur Kellertür. Die Barbie schlenkerte an ihrem ausgestreckten Arm hin und her. Illy schaute nicht hin, aber sie spürte, wie die blauen Augen sie im Dunkeln anstarrten. Es ist nur eine Barbie ...

Die Stufen der Kellertreppe waren noch kälter als die Flurfliesen. Aus dem Kartoffelverschlag kam modriger Grabgeruch. Illy drückte sich daran vorbei zur Mülltonne und klappte den Deckel hoch. Als die Barbie hineinfiel, hörte sie nur ein dumpfes Rascheln. Geschafft. Sie wollte schon den Deckel zuklappen, als ihr einfiel, dass die Puppe jetzt oben auf dem Müll lag. Jeder, der groß genug war, um von oben in die Tonne hineinzuschauen, konnte sie sehen. Illy selbst war *nicht* groß genug. Gehetzt sah sie sich um. Ein Sprudelkasten – das musste gehen.

Zitternd trat sie von einem Bein auf das andere. Ihre Füße fühlten sich an wie tiefgefroren. Sie nahm die Flaschen einzeln aus dem Kasten und stellte sie so leise wie möglich auf den kalten Steinboden. Dann drehte sie den Kasten um und kletterte hinauf.

Die Barbie lag mit dem Gesicht nach unten auf einem vollen Müllsack. Reste vom Mittagessen drängten sich gegen die Folie, als ob sie daraus ausbrechen wollten: Ravioli in blutiger Tomatensoße. Illy gab sich einen Ruck und packte die Barbie wieder an den Haaren. Mit der anderen Hand hob sie den Müllsack ein Stück an, dann ließ sie die Barbie los und wälzte die blutigen Ravioli obendrauf.

Als sie am nächsten Tag zum Frühstück ging, war der Rest der Familie längst am Küchentisch versammelt.

„Na? Gut geschlafen?", fragte Mama.

„Hmh ..." Illy schob sich auf ihren Stuhl. „Sind noch Brötchen da?"

„Nein, nur noch Müsli."

„Aber Susann hat eins!", protestierte Illy.

Susann zuckte die Achseln und biss herzhaft in ihr Honigbrötchen. „Dann muschu ehm früher aufschehn."

„Könnt ihr nicht einmal beim Frühstück nett zueinander sein?", seufzte Papa.

Illy schüttelte die Schachtel mit dem Müsli. „Die ist ja auch fast leer!"

„Dumm gelaufen", grinste Susann.

Wütend ließ Illy den Rest aus der Schachtel in ihre Frühstücksschale rutschen. „Gestern hast du noch gesagt, du kannst Brötchen zum Frühstück nicht mehr sehen." Sie goss einen Riesenschwall Milch über den mickrigen Müslihügel.

Susann spähte angewidert in Illys Schüssel. „Das war gestern. Heute hab ich keine Lust auf Milchpampe."

„Es kann doch jeder essen, was er will", warf Papa ein.

Illy schob sich einen Löffel voll Müsli in den Mund. Eigentlich hatte sie gar keinen Hunger, und sie musste sich fast zwingen, das pappige Zeug zu kauen. Die Haferflocken lösten sich in einen klebrigen Brei auf, und es kam Illy so vor, als ob sich die Masse in ihrem Mund aufblähen würde. Das ekelhaft süße Gemisch quoll zwischen ihren Zähnen hindurch, kroch an ihrem Gaumen entlang und schwemmte dabei einen Klumpen Rosinen mit. Irgendwo in der widerlichen Pampe war ein halber Walnusskern. Illy presste die Hand auf den Mund und versuchte krampfhaft zu schlucken, aber der Nusskern schob sich in ihren Hals und blieb dort stecken.

Sie hustete und würgte, schnappte verzweifelt nach Luft. Tränen schossen ihr in die Augen. Wie durch einen Schleier sah sie die Gesichter ihrer Eltern. Papa saß starr auf seinem Stuhl. Mama sprang auf und stürzte auf sie zu. Doch ehe sie Illy erreichte, verschwand die ganze Küche in einem wilden Wirbel tanzender Farbflecken. Susanns Gesicht tauchte darin auf, verwischt wie auf einem verwackelten Foto.

In diesem Moment wurde Illy klar, dass es kein Nusskern war, an dem sie erstickte. Es war eine winzige, blassrosa Puppenhand. Das letzte, was sie hörte, war Susanns Stimme:

„Das wollte ich nicht!"

Dann wurde Illy in eine bodenlose schwarze Tiefe gezogen.

Jörg Kleudgen

Penventinue

„Du magst mir vielleicht nicht glauben, James, aber ich habe Beweise für die Richtigkeit meiner Theorien." Selten zuvor hatte ich meinen Gastgeber Ian Emerith so erregt gesehen, wie an diesem Abend in Penventinue, als die Luft schwer und gesättigt war mit dem betörenden Duft von Hartriegel und wilden Narzissen.

Gegen Mittag war ich hier angekommen, auf einer der schmalen Straßen von Lostwithiel in Richtung Meer. Kurz bevor die A 3269 in Fowey zur Küste stieß, war ich in den Weg abgebogen, der zwischen Schafweiden einen sanften Hang hinauf zu dem Anwesen meines Freundes führte.

Es war ein herrlicher Tag. Das Weiß des Farmhauses vor azurblauem Himmel erinnerte mich an Photographien Santorins.

Emerith war mir am niedrigen Holzgatter in der Umfassungsmauer entgegengekommen und hatte mich herzlich begrüßt. Ihm zu begegnen, nach langen Wochen im verregneten und nebligen Moloch London, war stets, als trete man einem der Riesen biblischer Vorzeit entgegen. Diesen Eindruck erweckte er jedoch nicht, weil er so außerordentlich gewaltig von Statur war, sondern weil seine Erscheinung ihn über jeden anderen erhaben wirken ließ, als einen unversiegbaren Quell sprudelnden Lebens in der blutleeren Gesellschaft, die er anzog, und die ihn umgab wie ein aufdringlicher Fliegenschwarm, um an seiner unerschöpflichen Weisheit teilzuhaben. Mit Emerith befreundet zu sein, galt in gewissen Gesellschaftskreisen als chic.

Stolz hatte er mich hinter das Haus geführt, wo sich einer der prächtigsten Gärten Cornwalls erstreckte, und einer der sonderbarsten, bestenfalls vergleichbar mit dem Park von Bomarzo.

„In meinem Garten“, so hatte er einmal zu mir gesagt, „finde ich den Weg in mein innerstes Selbst. Aber er ist auch Ausgangspunkt all meiner Reisen in die äußere Welt.“

Was er damit gemeint hatte, verstand ich erst später, nämlich als er mich zu einem eingezäunten Areal führte. Das von einer zwischen vier Pflöcken gespannten Schnur gebildete Rechteck war in zwei Quadrate unterteilt, von denen eines hölzerne geometrische Figuren in blauer und roter Farbe beherbergte.

„Versuch es!“, hatte er mich aufgefordert, das leere Feld innerhalb der Umzäunung zu betreten. Nur zögerlich war ich gefolgt und augenblicklich von einem höchst eigentümlichen Gefühl befallen worden.

Als sei ich elektrisch geladen standen mir die Haare nach allen Richtungen ab, während meine Wahrnehmung eine seltsame Schärfung erfuhr. Die Farben kehrten sie um, wobei das Gras plötzlich in kräftigem Purpur erstrahlte. Und dann ...

... als ich wieder zu mir kam, taumelte ich und fand mich in Emerith's Armen wieder.

„Nun, was hast du gefühlt?“, fragte er mich neugierig und erklärte mir dann, dass ich nicht weniger als drei Stunden in diesem Zustand verbracht hatte. „Diese drei Stunden in meinem Garten..."

„Was war das, was mir da passiert ist?" Ich blickte mich um Orientierung bemüht um. „Wo bin ich gewesen? Die Dinge, die ich gesehen und gefühlt habe ... es war wie ein Traum, aber ..."

„Frag mich nicht nach einer Erklärung! Es ist eines der Rätsel meiner Freunde, die ich nie verstanden habe, so sehr ich mich auch darum bemühte. Nur so viel: In diesen drei Stunden habe ich hier gesessen und auf dich gewartet. Wenn jemand weiß, wo du gewesen bist, dann nur du selbst!"

Viele solcher Rätsel kannte der Alte, der nach Niederlegung seiner Professur in Oxfordlange mit Zigeunern durch die Welt gereist und erst in den letzten Jahren hier in Penventinue sesshaft geworden war. Eines Tages war er einfach auf der Farm geblieben. Zwei- bis dreimal im Jahr kehrte seine Sippe mit ihren klapprigen Wagen bei ihm ein. Meist kamen sie mitten in der Nacht und fuhren schon am nächsten oder übernächsten Tag weiter, so als ob sie es nicht ertrügen, zu lange am selben Ort zu verharren, doch manchmal nutzten sie sein Gut als Winterstellplatz.

Ich war einst Emerith's Schüler gewesen, ohne wirklich zu wissen, wo er sein einzigartiges Wissen erworben hatte. Sein Vorbild hatte entscheidend mit dazu beigetragen, dass ich selbst ein Leben abseits materieller Sicherheit gesucht und gefunden hatte. Ich übertreibe nicht, wenn ich sage, dass er für mich wie ein Vater war.

In all den Jahren, in denen ich ihn kannte, schien er allerdings, im Gegensatz zu mir, kaum gealtert.

Auch jetzt wirkte er ausgesprochen vital, und sein Händedruck war kräftig. Während ich ihm auf dem Weg aus lose verlegten Steinplatten vom Garten zum Haus folgte, wurde ich mir der Tatsache bewusst, dass wir nicht allein waren. An Penventinue hatte mich seit jeher die schiere Allgegenwart der Katzen gestört, die geheimnisvoll schweigend auf Kaminsimsen und Schränken hockten, und durch nichts aus ihrer Ruhe zu bringen waren.

„Versuch gar nicht erst, sie zu zählen“, sagte Emerith, der meine Blicke bemerkte, als er mich zum Salon führte. „Bei deinem letzten Besuch waren es dreizehn, aber sie kommen und gehen, wie sie wollen. Der älteste ist Iacopo. Du müsstest ihn noch kennen, oder? Er begleitet mich schon seit vielen Jahren.“

Ja, ich erkannte das Tier wieder. Es lag auf einem Samtkissen am Fenster, von wo sich ein phantastischer Ausblick über die Bucht bot. Es war ein auffallend großer Kater, und ich hätte einen Finger darauf verwettet, dass er eine Wildkatze war, die Emerith von einer seiner Reisen mitgebracht hatte. Die kurzen Ohren, ausgefranst und vernarbt, zeugten von zahlreichen Revierkämpfen. Er musterte mich mit Augen einer undefinierbaren Farbe zwischen Lindgrün und Bernsteingelb, bevor er den schwerfälligen Kopf gelangweilt wegdrehte.

Emerith lud mich ein, an dem für den Nachmittagstee gedeckten Tisch Platz zu nehmen. Die Scones waren noch warm, Clotted Cream und Sevilla-Marmelade hatte seine Haushälterin Hannah offensichtlich gerade frisch zubereitet.

„Du musst hungrig und durstig sein, James“, stellte Emerith fest, als Leander uns mit unbewegter

Miene Tee einschenkte. Ich wusste, dass Emerith's stummer Diener mich genauso wenig leiden konnte, wie ich ihn. Mitsamt seiner Sprachfähigkeit schienen ihm auch die Gefühle abhanden gekommen zu sein.

„Weißt du, warum ich mich damals für Leander entschieden habe?“, hatte mich Emerith während eines früheren Besuchs gefragt. „Er hat nie gelernt zu schreiben, und da er stumm ist, kann ich ihm all meine Geheimnisse anvertrauen. Nicht, dass ich welche hätte ...“, hatte er spitzbübisch grinsend hinzugefügt.

Ich hatte nie herausgefunden, ob meinen Gastgeber und sein stummes Faktotum wirkliche Sympathie verband, aber Emerith schien ihm bedingungslos zu vertrauen.

„Vielen Dank, Leander“, sagte er und gab dem Diener zu verstehen, dass wir allein zu sein wünschten. „Sie können James' Gästezimmer im Obergeschoss vorbereiten. Er leistet uns ein paar Tage Gesellschaft.“

Als wir alleine waren, hatte Emerith von seinen Forschungen berichtet. Seit Jahren beschäftigten ihn die Artussage und der Gralsmythos. In einer farbenfrohen Erzählung schilderte er das Leben am Hofe König Artus‘ und beschwor das Bild eines ungebändigten Barbaren herauf.

Ich widersprach ihm nur zögerlich, doch er spürte wohl, dass ich seine Meinung nicht teilte. Und dann war jener Satz gefallen, der mir später immer wieder durch den Sinn ging: „Ich muss es wissen, ich war schließlich selber ...“ Er hielt inne und sagte dann mit Nachdruck: „Ich habe Beweise für die Richtigkeit meiner Theorien, James!“

„Dann solltest du sie veröffentlichen. Aber die Wissenschaftler zerreißen dich in der Luft, wenn sie nicht hieb- und stichfest sind."

„Ach, mir geht es schon lange nicht mehr darum, mich jemandem zu beweisen. Mein ganzes Leben lang habe ich das tun müssen. „Sein Gesicht nahm einen traurigen Zug an. „Weißt Du, James, ich bin müde, ... so unendlich müde. Nicht wahr, Iacopo, wir sind lebensschwer, satt an Freude und Glück, aber auch Enttäuschung und Verlust."

Bei der Nennung seines Namens hatte der Kater den schweren Schädel gedreht und sah mir nun geradewegs in die Augen. Ich konnte mich nur mit größter Mühe von diesem hypnotischen Blick lösen und hoffte, Leander hätte wenigstens aus dem Gästezimmer die Katzen verjagt.

„Nehmen wir an", fuhr Emerith fort und griff in ein Regal hinter seinem Rücken, „dieser schlichte Kelch aus Blei sei der sogenannte Gral. Meinst du, jemand würde mir glauben, wenn ich das behauptete? Mal ehrlich, James, würdest du mir glauben?"

Ich lachte trocken auf. „Dir glaube ich alles, alter Freund!"

„Darauf wollen wir trinken! Ich habe letzte Woche in meinem Keller einen vorzüglichen andalusischen Sherry wiedergefunden, ich glaube, es ist der beste, den ich je getrunken habe. Ich habe ihn mir für einen besonderen Tag wie diesen aufgehoben."

Dann wechselte er das Thema und begann von seinen Reisen zu berichten, die ihn durch ganz Europa und in entferntere Gegenden geführt hatten. Selbst wenn er sein Leben lang unterwegs gewesen war, waren viele, die seinen Berichten lauschten, versucht, diese als Hochstapelei abzutun.

War ein einziges Leben genug, um diese Fülle von Eindrücken zu gewinnen?

Ich muss gestehen, dass ich mir in diesem Moment nicht zum ersten Malunbedeutend neben dem alten Freund vorkam.

Leander brachte den Sherry, wir tranken und redeten, redeten und tranken, bis unsere Zungen schwer und unsere Glieder müde geworden waren.

Schließlich dankte ich Emerith für die angeregte Unterhaltung und verabschiedete mich mit dem Hinweis, dass ja in den nächsten Tagen noch genügend Zeit für eine Fortsetzung sei.

„Man kann nie wissen, James", entgegnete er orakelhaft. „Man kann nie wissen ...".

Ich stieg die knarrende Treppe hinauf und fand mein Zimmer für mich vorbereitet. Erschöpft sank ich aufs Bett, kam jedoch nicht zur Ruhe. Mir war, als sei ich nicht allein, und mehrmals musste ich das Licht anschalten, um mich zu vergewissern, dass nicht eine der Katzen mit herein gehuscht war.

Als ich der Unruhe endlich überdrüssig wurde, entschied ich mich, im Garten frische Luft zu schnappen.

Ich verließ das Haus durch den Vordereingang und umrundete es dann auf dem Kiesweg, der im Mondlicht unwirklich hell leuchtete.

Durch das große Fenster sah ich Ian Emerith dort sitzen, wo ich ihn zurückgelassen hatte. Er las in einem Buch und trank aus dem schweren Becher, der seinen Worten nach aus Blei gefertigt war.

Eine Weile lang beobachtete ich ihn. Ich war sicher, dass er mich hier draußen im Dunkeln nicht sehen konnte.

Sollte ich mich zu ihm gesellen? Die Tür stand einen Spaltweit offen. Nur ein paar Schritte trennten uns.

In diesem Moment vernahm ich aus dem Dunkel des Gartens ein Geräusch. Schlich dort eine dieser verwünschten Katzen herum? Ich konnte nichts sehen. Wenn es eine Katze gewesen war, war sie vermutlich zwischen den dichten Hortensienbüschen verschwunden, in denen sich eine ganze Armee hätte verstecken können.

Es war ein lauer Maiabend und der Boden war noch aufgeheizt von der Tagessonne. Leuchtkäfer schwirrten, von den Duftstoffen ihrer Artgenossen angelockt, durch den Abendhimmel.

Ich beschloss, einen Spaziergang hinunter nach Fowey zu machen und folgte der schmalen Straße, die ich am Nachmittag heraufgekommen war, bis sie auf die Hauptstraße stieß. Schon bald sah ich die ersten Häuser des Ortes, der um diese Stunde einen verlassenen Eindruck machte. Den Verlauf der Küste nachahmend schlängelte sich die Straße zwischen den schiefen, alten Häusern hindurch.

Ich bog auf einen Pfad ab, der zum Strand führte. Schon bald sah ich mich der weiten Bucht von Fowey gegenüber. Ich wusste, dass ich, wenn ich auf diesem Weg weiterging, durch den Wald zu einem einsam gelegenen Fort gelangte, doch schreckte mich der Rückweg ab.

Ich fühlte nun eine hinreichende Bettschwere und war sicher, in Penventinue den erhofften Schlaf zu finden.

Als ich jedoch dorthin zurückkehrte, fand ich das Anwesen hell erleuchtet vor. Ein ungutes Gefühl überkam mich. Es musste etwas geschehen sein, während der geschlagenen Stunde, die ich unterwegs gewesen war.

In der Einfahrt parkte ein Auto. Als ich näher heran war, sah ich, dass es ein Polizeiwagen aus dem nahe gelegenen St. Austell war. Die Rückseite des Hauses wurde von tragbaren Scheinwerfern fast taghell erleuchtet. Jemand war ohne Rücksicht durch Emerith's Garten getrampelt und hatte die eigentümliche Ordnung der geometrischen Figuren durcheinander gebracht. Mir schoss der Gedanke durch den Kopf, dass mein Freund dies nicht gutheißen würde, und dann ...

„Sind Sie Mr. Walker?", rief mir eine Stimme von jenseits der blendenden Scheinwerfer zu. „Wir haben uns bereits Sorgen um Sie gemacht!" Ein Mann trat aus der alles verschlingenden Schwärze ins Licht. Es handelte sich um einen Polizeibeamten.

„Was ist passiert? Ich habe einen Spaziergang zur Küste gemacht, ..."

„... dem Sie unter Umständen verdanken, dass Sie noch leben." Er trug einen ernsten Gesichtsausdruck zur Schau. „Die Haushälterin von Mr. Emerith hat uns gerufen. Als sie nach ihm schauen wollte, konnte sie ihn im Salon nicht finden. Der Boden jedoch war mit Blut verschmiert ... einer großen Menge Blut, um genau zu sein. Mr. Emerith und Sie waren verschwunden. Unsere Experten suchen den Garten und die nähere Umgebung ab. Sie sind alleine gegangen? Sind Sie auf dem Weg hierher jemandem begegnet?“

„Nein, ich ...“, Ich musste schlucken. „Entschuldigen Sie bitte, aber ich bin völlig fassungslos. Als ich ging, saß Ian ... also, ich meine Mr. Emerith ... am Tisch. Mein Gott, er hatte doch keine Feinde. Wer sollte ihn getötet haben? Ein Einbrecher? Er war immer so großzügig. Alle haben ihn geliebt. Ich kann mir einfach nicht vorstellen, dass er nicht mehr lebt.“

„Waren Sie schon lange mit ihm befreundet?“

„Ja, seit vielen Jahren schon. Ich habe ihn auf der Universität kennen gelernt, lange bevor er sich enttäuscht von der Lehre zurückzog.“

„Mr. Emerith hatte zahlreiche illustre Gäste ... Rockstars, Modesternchen, Politiker ... Leute, die sich gerne mit seiner Bekanntschaft schmückten. Könnte einer von ihnen ...?

„Nein, ich denke nicht. Ich kenne viele dieser Leute. Niemand wäre in der Lage einen Mord zu begehen. Als ich ihn gestern zuletzt sah, war Ian außerdem allein. Womit glauben Sie, wurde er getötet?“

„Die Tatwaffe haben wir leider genauso wenig finden können wie den Vermissten.“ Der Polizist seufzte. „Ich muss Sie bitten, Fowey nicht zu verlassen. Solange diese Sache nicht geklärt ist, gelten Sie alle als Verdächtige. Die Spurensicherung wird ihre Arbeit in etwa einer halben Stunde abgeschlossen haben. Wir kehren bei Tagesanbruch zurück. Versuchen Sie bitte, etwas Schlaf zu finden. Wir werden Sie morgen früh verhören müssen.“

„Ja, selbstverständlich. Ich werde tun, was ich kann, um dabei zu helfen, dieses Verbrechen aufzuklären."

In diesem Moment betrat Leander mit gewohnt undefinierbarem Gesichtsausdruck den Raum. Seine Augen ruhten forschend auf mir und folgten mir, als ich mich von dem Polizeibeamten verabschiedete und zu meinem Zimmer hinaufging. Weder er, fiel mir ein, noch die Katzen, die mich ebenfalls mit ihren rätselhaften Blicken belegten, würden der Polizei sagenkönnen, wer Ian Emerith's Mörder war.

Am nächsten Morgen weckte mich helles Sonnenlicht. Ich blieb noch eine Weile liegen und versuchte mich davon zu überzeugen, dass das, was am Abend geschehen nur ein furchtbarer Traum gewesen war.

Ian Emerith tot? Wer könnte ein Motiv gehabt haben, ihn zu töten?

Wer würde als Mörder verdächtigt werden?

Leander? Hatte Emerith ihn vielleicht unwillentlich gedemütigt, so dass der Mann ihn im Affekt getötet hatte?

Hannah? Welches Verhältnis hatte sie wirklich zu Emerith gehabt? Konnte vielleicht Eifersucht das Motiv für diese Tat gewesen sein?

Oder sollte es einen Einbrecher geben, der meinen Freund erschlagen hatte?

Würde die Polizei in der Vergangenheit forschen, die Zigeuner befragen, mit denen Emerith so viele Jahre umhergezogen war?

Und was war mit mir? Welches Motiv würde man mir unterstellen können?

Als ich mich angekleidet hatte und zum Frühstück die Treppe hinunter stieg, hatte ich das Gefühl, keinen Bissen herunter zu bekommen.

Hannah erwartete mich mit verweinten Augen in der Küche.

„Leander ist verschwunden. Stellen Sie sich vor, die Polizei hält ihn für den Schuldigen. Glauben Sie das? Er war Mr. Emerith so treu ergeben, dass er sein Leben für ihn gegeben hätte. Ich habe versucht, das den Beamten verständlich zu machen, aber sie wollen mir nicht glauben. Wo mag er sich bloß herumtreiben?"

„Machen Sie sich keine Sorgen, Hannah", versuchte ich sie zu beruhigen. „Er wird zurückkehren. Im beschauliche Fowey geht so leicht niemand verloren."

Der Polizeibeamte, der in der vorangegangenen Nacht die Ermittlungen geleitet hatte, betrat in Begleitung zweier Männer die Küche. Er grüßte mich knapp und sagte zur Haushälterin: „Miss Harper, wir werden jetzt die Zimmer und den Keller gründlich durchsuchen. Wollen Sie uns begleiten?"

Hannah schüttelte den Kopf. Ihre Antwort ging in einem neuerlichen Schluchzen unter, und sie machte sich daran, frischen Tee aufzubrühen, um sich von dem Gedanken an Emerith' Tod abzulenken.

Bis die Polizisten zu uns zurückkehrten, tranken wir schweigend, jeder in seine Grübeleien versunken.

„Wir hoffen, dass wir den Diener bald finden. Durch sein Verschwinden macht er sich sehr verdächtig", erklärte der Polizeibeamte, als die Männer nach ergebnisloser Suche zurückkehrten. „Die Straßen sind abgeriegelt, ein Hubschrauber kreist über der Gegend.

Es könnte sein, dass er versucht, sich zum Moor durchzuschlagen. Aber glauben Sie uns ... wir werden ihn finden!"

Der Verdacht schien sich zu bestätigen, als der stumme Diener am Nachmittag gefunden wurde, nur wenige hundert Meter vom Haus entfernt zwischen Hecken kauernd. Man brachte ihn nach Penventinue, um ihn zu verhören, doch ich ahnte, dass dieses Unterfangen aussichtslos war. Er war und blieb stumm und - wie Emerith mir versichert hatte - des Schreibens unkundig. Die finsteren und hasserfüllten Blicke aber, die er den Beamten und mir zuwarf, sprachen gegen ihn.

Er machte keine Anstalten, sich in irgendeiner Weise zu äußern. Nicht einmal durch Gesten wollte er sich verständlich machen. Vielmehr schien er vollkommen unter Schock zu stehen. Wenn er nicht der Täter war ... hatte er vielleicht mit angesehen, wie sein Herr getötet wurde?

„Wir vermuten, dass er das Haus verlassen hat, um die Tatwaffe zu verstecken", sagte der Polizeibeamte. „Er wird uns verraten, wo er Mr. Emerith' Leiche versteckt hat. Es gibt hier unendlich viele Möglichkeiten, etwas verschwinden zu lassen, aber wir werden es herausfinden."

Der rasche Fahndungserfolg schien ihn zu erfreuen.

Ich bezweifelte jedoch, dass die Beweislage ausreichte, um Leander dauerhaft festzuhalten.

Als die Polizisten abgezogen waren, blieb ich neben Hannah vor der Tür stehen. Wir schwiegen betreten.

„Halten Sie Leander für den Schuldigen?", fragte sie mich nach einer Weile.

„Ich habe ihn nie leiden können", gestand ich, doch nach einem Zögern fügte ich hinzu. „Aber nein, er hat Mr. Emerith nicht getötet. Können Sie sich das vorstellen? Sie kennen ihn besser als ich. All die Jahre, die er Emerith gedient hat ... Und wohin sollte er die Leiche geschafft haben? Aber er muss etwas wissen. Etwas, das ihn völlig verstört."

Dichte Wolken trieben über den Himmel. Es würde bald Regen geben.

„Es wird bis zu seiner Rückkehr für Sie sehr einsam auf Penventinue sein, Hannah", stellte ich fest. „Werden Sie hier bleiben? Und wer kümmert sich um die Katzen kümmern, wenn Sie gehen?"

„Nein, ich werde bleiben. Ich glaube, das bin ich Mr. Emerith schuldig. Ich werde das Haus so erhalten, wie er es geliebt hat. Dabei werde ich immer das Gefühl haben, dass er wie früher nur ein paar Tage verreist ist und bald zurückkehrt."

Ich hingegen wollte nicht länger in Penventinue bleiben.

Als ich in meinen Wagen stieg und die schmale Straße hinab fuhr, stand Hannah am Fenster im ersten Stock und blickte mir hinterher.

Sie winkte mir nicht zu. Ich fragte mich, was wohl in ihrem Kopf vorging.

Neben ihr tauchte eine zweite Gestalt auf. Es war Iacopo, Ian Emerith's alter Kater.

Die Hecken rückten näher zusammen. Es war beinahe so, als wollten sie mich nicht gehen lassen.

Ich musste dornigen Zweigen ausweichen, und Schlaglöchern, die sich in der Straße auftaten.

Durch das Rütteln hatte sich die Tasche auf dem Beifahrersitz geöffnet. Ich hatte meinen Koffer am Morgen hastig gepackt, aber die lederne Tasche, in der ich meine Bücher zu transportieren pflegte, hatte die ganze Zeit im Wagen gelegen.

Bleiern schimmerte etwas durch den Spalt. Das verkrustete Rot darauf war nur notdürftig abgewischt. Für eine gründliche Säuberung hatte ich keine Zeit mehr gehabt.

Noch einmal durchlebte ich jenen Abend, an dem ich die unverschlossene Tür zum Salon geöffnet hatte und eingetreten war. Emerith hatte keineswegs erschrocken über den unangemeldeten Besuch reagiert. Im Gegenteil, er schien ausgesprochen gelassen, als er mich bemerkte: „James! Schön, dass du noch einmal herabkommst. Ich habe dich erwartet, und ich glaube, ich weiß, weshalb du gekommen bist."

„Weißt du das wirklich, Ian? Wahrscheinlich hast du wie immer Recht. Ich habe keinen Schlaf finden können. Mir geht nicht aus dem Kopf, was du gesagt hast ..."

Aus dem Kopf ... ja, etwas war in meinem Kopf gewesen und hatte mir befohlen neben ihn zu treten und mich zu ihm herabzubeugen. Ohne dass Emerith es sah, hatte ich den bleiernen Kelch ergriffen und hinter meinem Rücken angehoben.

„Was meinst du, James?", hakte der Alte nach. „Das, was ich über König Artus gesagt habe? Meine Theorien über Nero und Marc Aurel? Das Bild, das ich von Jesus gezeichnet habe, als hätte ich ihn persönlich gekannt?“ Er lächelte gütig. „James, ein Leben ist nicht genug, um ...“

Der Kelch lag schwer wie ein Hammer in meiner Hand. Ich hatte nicht erwartet, dass er eine so vortreffliche Waffe sei. Iacopo gab ein kurzes Fauchen von sich. Ich sah, wie sich die Haare seines Schattens an der Wand steil aufrichteten. Dann herrschte Stille. Totenstille.

Emerith wog trotz seiner Statur erstaunlich wenig.

Leuchtkäfer umschwirrten uns, als ich ihn auf meiner Schulter zu jenem Bereich seines Gartens hinüber trug, in dem ich meine seltsame Erfahrung gemacht hatte.

Während ich ihn vorsichtig dort ablegte und er vor meinen Augen verschwand, fragte ich mich, warum Emerith mir all das erzählt hatte. All diese Geschichten vom Gral und von Artus, Dschingis Khan, Oliver Cromwell, Karl V. ... all diese historischen Ereignisse, die er so farbenfroh schilderte, als sei er selbst ihr Zeuge gewesen.

Es stimmte.

Er war müde gewesen, satt an Leben. Und er hatte einen Freund gebraucht, der das vollbrachte, was er selbst nicht gewagt hatte. Jemanden, der das ihm angebotene Geschenk annahm und sich nicht vor dem fürchtete, was er selber nicht länger ertragen hatte.

Tanja Hanika

Wer den Schorchengeist schimpft...

Vor vielen Jahren, als unsere Ururur...-urgroßeltern noch munter in ihren Wiegen schaukelten

Dorothea erreichte nach einem atemraubenden Marsch durch den Wald das Häuschen ihrer Gevatterin Ursel, und kaum klopfte sie an die Türe, da wurde sie bereits hineingezogen. Ihr wöchentlicher Besuch führte sie jeden Dienstag von Würzbach nach Altburg und bot den beiden Frauen Gelegenheit gemeinsam zu spinnen und den neusten Klatsch auszutauschen.

„Da bist du ja endlich, Dorle!“, rief Ursel und bedachte Dorothea mit ihrem Kosenamen aus der Kindheit.

„Ja, tut mir leid. Du weißt ja, die Hausarbeit...“

„Jetzt bist du ja da. Und vor dem Abendbrot lasse ich dich gar nicht erst gehen.“

„Lass uns erst einmal anfangen zu spinnen. Und hast du schon das vom Bärbele gehört?“

Schnell verging Dorothea und ihrer Patin beim einträchtigen Schwatzen die Zeit, und als das Abendbrot gerade verzehrt war, gesellten sich Klara und Astrid zu den beiden in die Wohnstube. Ursels noch unverheiratete Töchter hatten rote Backen und zerzauste Haare.

Mit zusammengekniffenen Augen betrachtete Ursel die beiden und fragte: „Wo habt ihr denn gesteckt? Was ist euch zugestoßen, dass ihr das Abendbrot verpasst?“

„Mutter, du wirst es nicht glauben! Die Bäckerstochter hat ein Gespenst gesehen!“, brachte Klara, die Ältere der beiden, aufgeregt hervor.

„Gespenster, dass ich nicht lache! Holt euch erst einmal einen Kanten Brot und setzt euch dann zu uns und erzählt.“

Die Töchter gehorchten und Klara berichtete eine skurrile Geschichte, wie ihre Freundin beim nächtlichen Verrichten der Notdurft angeblich einen nebelhaften Schatten über den Hof hatte huschen sehen. Astrid nickte zur Untermauerung der Geschichte immer schneller, bis Dorothea befürchtete, ihr Kopf würde bald von den Schultern kullern. Obwohl der Altersunterschied kaum erwähnenswert war, ließ sie die fast kindliche Lebhaftigkeit der Mädchen eigenen Nachwuchs schmerzlich vermissen.

Neugierig geworden fragte sie: „Und glaubt ihr diesen Schmarrn?“

„Sie hat´s doch beschworen!“, beteuerten beide wie aus einem Munde.

„Gespenstergeschichten gibt es hier viele“, gab Ursel grüblerisch von sich und tippte mit ihrem rechten Zeigefinger an ihr Kinn.

Dorothea wollte diesen Augenblick auf keinen Fall ungenutzt lassen. Sie liebte es, wenn Geschichten erzählt wurden und eine besondere Vorliebe hatte sie für Gespenstergeschichten. Sie glaubte zwar nicht an Geister, genoss jedoch den wohligen Schauder, den so manche Geschichten mit sich brachten.

„Gevatterin, erzähle deinen Töchtern doch die Geschichte vom Schorchengeist!“, bat sie und wusste selbst nicht, wie sie gerade auf diese Geschichte gekommen war.

„Diese alte Mär habe ich doch schon hundertmal erzählt“, sträubte sich Ursel halbherzig. Als sie in die bittenden Augen ihrer Töchter und in die von Dorle blickte, seufzte sie einmal und gab nach. Lächelnd schüttelte sie ihren Kopf und eine bereits ergraute Haarsträhne, die sich aus dem Zopf gemogelt hatte, wippte munter. „Na gut. Entzündet zunächst ein paar Kerzen, Mädchen, damit ich weiterspinnen kann. Und schürt mir das Feuer im Kamin, meine Finger werden schon ganz steif vor Kälte. Dann erzählen Dorle und ich euch gemeinsam vom Schorchengeist.“

Die Kerzen flackerten heimelig und Ursels Spinnrad ratterte wieder gleichmäßig, da setzten sich Klara, Astrid und Dorothea zu ihren Füßen auf den flauschigen Teppich und lauschten Ursels Worten: „Einst zog ein einsamer Wanderer durch diese Wälder. Seine Beine waren nicht nur vom weiten Weg müde, sondern auch von der Last seines Gewissens, die ihn niederdrückte. Er hatte Rom zu seinem Ziel auserkoren, denn dort wollte er eine Beichte ablegen, um seine Seele zu reinigen und nach seinem Tod ins Himmelreich eingehen zu können. Er war allerdings vom Weg abgekommen.“

Ursel blieb daraufhin stumm und konzentrierte sich auf ihre Fäden. Dorle spann deshalb die Geschichte weiter, die sie von Kindesbeinen an so häufig gehört hatte, dass sie ihren Wortlaut auswendig kannte. „Die letzten Strahlen der Sonne glommen nur noch sacht wie das Licht der Glühwürmchen, und da er sich nächtens vor Vagabunden im Wald fürchtete, klopfte er an die Pforte eines kleinen Bauernhäusleins. Der Bauer war jedoch Fremden gegenüber misstrauisch und schickte den Mann weiter. Unter all dem Schmutz von der Wanderschaft war der Adelige nicht mehr zu erkennen, der er war. Das Wenige, was der Bauer zu ihm sagte, missverstand der Wanderer, da er den hier einheimischen Dialekt nicht kannte, und verirrte sich im Wald zwischen Altburg und Würzbach."

„Fremden kann man schwerlich trauen! Aber Gastfreundschaft zur rechten Zeit sollte ein jeder Christ walten lassen!", fuhr Ursel aufgeregt dazwischen und erschreckte damit die jungen Frauen, sodass sie zusammenzuckten. „Damals waren die Wälder noch dichter als heute. Voller Gefahren! Dunkel und tief. Wenn man sie nächtens betrat, wusste man nicht, ob man sie lebendigen Fußes wieder verlassen würde, oder aber, ob man im Leichensack hinausgeschleppt werden würde."

Dorle nahm den Faden der Gespenstergeschichte wieder auf: „Der wandernde Pilger fürchtete sich also zu Recht! Er irrte umher und hatte sich hoffnungslos verlaufen. Das Licht des Vollmonds drang nicht durch die Baumkronen und es gab nichts, woran er sich orientieren konnte. Die Schatten waren tief und lasteten schwer auf ihm und seiner sündigen Seele. Es war als bildeten sich Fratzen, die ihn verhöhnten und erschreckten. Lange, dünne Äste, die wie Finger nach ihm griffen, ließen ihn seine Schritte beschleunigen."

„Getrieben von Angst und Schuld hetzte er durch den Wald", erzählte Ursel mit schaudernder Stimme. Das Kerzenlicht flackerte schwach und die Ecken des Raumes blieben dunkel. Ein Holzkarren rumpelte vor dem Haus über das Kopfsteinpflaster und Ursels Stille schien sich zu vertiefen. Es lag eine Spannung in der Luft, die nicht einmal die zur vollen Stunde schlagende Uhr unterbrechen konnte. Klara und Astrid saßen mit weit aufgerissenen Augen da und waren völlig von der Geschichte vereinnahmt.

Schier atemlos wollte Klara wissen, wie es denn mit dem sündigen Wanderer weitergegangen war.

Ursel schob die widerspenstige Haarsträhne unter ihre Haube zurück, seufzte und sprach weiter: „Die kühle, nach Moos duftende Luft prickelte auf seiner Haut und vermochte nicht den Schweiß zu trocknen, der sich durch den strammen Marsch bei ihm bildete. Er stolperte über Stock und über Stein, verhedderte sich in Ästen und zerkratze sich die Haut an dornigen Büschen. Nichts als hinaus aus diesem Wald, dachte er. Bald begann er Stimmen zu hören, die ihm zuflüsterten, wohin er gehen sollte. Kleine Waldgeister, die ihn in den Wahnsinn trieben, ihm heimtückisch wieder und wieder andere Richtungen wiesen. Er muss die ganze Nacht hindurch durch das Waldstück geirrt sein. Schließlich verstarb der bedauernswerte Sünder an Erschöpfung oder weiß Gott an was."

Dorothea erklärte: „Am nächsten Morgen fand man seine Leiche nur 500 Meter weg vom ungastlichen Bauernhof. Er hatte keine Verletzungen und war nur wenige Schritte weit im Wald darinnen gestorben. Nur ein paar Meter trennten ihn davon, selbst den Waldesrand trotz aller Schwärze der Nacht erkennen zu können. Weshalb er verschied, das konnte nie geklärt werden."

„Jedenfalls spukt seither der Schorchengeist in diesem Wäldchen und führt nachts jeden Wanderer in die Irre, der ihm begegnet. Er sucht Rache dafür, dass er seine Seele nicht mehr von seinen Sünden freisprechen lassen konnte, und zögert nicht, weitere Sünden auf sich zu laden“, beendete Ursel die Geschichte.

Die auf diese letzten Worte folgende Stille knisterte fast und legte sich wie ein kratziger Schal, den es schnell anzulegen gilt, um die beiden Schwestern. Unruhig rutschten sie auf dem Boden umher. Klara räusperte sich schließlich und wollte wissen, ob es den Mann tatsächlich gegeben hatte.

Ausweichend sagte Ursel: „Den Schorchengeist, den jedenfalls gibt es! Und der vermoderte Stein im Wald ist das Zeichen einer seiner Gräueltaten. Wenn man ihn vom Moos befreite, dann könnte man drei Spindeln und einen Spinnrocken darauf erkennen. Er wurde einer armen Frau zum Gedenken gesetzt, die eines Morgens mit drei Spindeln in der Brust aufgefunden wurde. ´Landstreicher´, sagen viele. Pah! Wenn das nicht der Beweis seiner Existenz ist, verschling' ich das gesamte Spinnrad, Mädchen!“

Klara und Astrid standen die Münder offen und sie schauten verängstigt von Ursel zu Dorle und wieder zurück. Da brachen das Patenkind und ihre Gevatterin in schallendes Gelächter aus.

Während Dorle sich ein Tränchen aus dem Augenwinkel wischte, beruhigte Ursel ihre Töchter: „Ach Mädchen, es gibt doch keine Geister. Solche Geschichten wurden nur erdacht, um angenehme Stunden zu verbringen, so wie wir. Und um euch Gören nachts aus dem Wald fernzuhalten.“

„Aber irgendwoher muss die Geschichte doch kommen. Ein wahrer Kern wird schon darin stecken!“, verteidigte Astrid ihre Leichtgläubigkeit.

„Wenn es den Schorchengeist gibt“, sagte Dorle, „dann soll er mich später ruhig mit nach Hause begleiten. Das wäre mir eine nette Bekanntschaft. Den guten Gesellen gibt es nie und nimmer. Ich glaube nicht an Geister und schon gar nicht an den Schorchen. Niemals!“

Aus Ursels Gesicht wich alle Farbe. Ihre Haut wurde blass und fast so hell wie die Fäden, die sie den Abend über gesponnen hatte. „Kind!“, fuhr sie mit erhobenem Zeigefinger dazwischen, „Sich eine Geschichte zu erzählen und sich zu amüsieren ist die eine Sache. Aber schimpfe niemals über den Schorchen! Du darfst ihn nicht herausfordern. Da könnten üble Mächte am Werke sein! Wer den Schorchengeist schimpft...“

„Gevatterin, du glaubst doch ebenso wenig daran, wie ich es tue.“

Ursel presste die Lippen aufeinander, blickte zu Boden und schüttelte leicht den Kopf. „Einerlei. Du führst eine gefährliche Rede. Du solltest heute Nacht hierbleiben. Geh nicht mehr in den dunklen Wald, ich bitte dich!“

Dorle dachte an ihren Mann, zu dem sie zurückkehren wollte. Ihre zweijährige Ehe war seither kinderlos geblieben, und dem galt es tatkräftig entgegenzuwirken. Sie wehrte ab und verwies auf die vielen Male, wo es schon spät geworden war, und sie unversehens alleine nach Hause gefunden hatte. „Außerdem ist heute Nacht Vollmond. Du weißt selbst um die empfängnisfördernden Mächte, die dieser Nacht nachgesagt werden!“

Ursel gab fürs Erste nach und die Frauen vergnügten sich noch mit Klatsch und fröhlichen Anekdoten.

Bald war es aber sehr spät geworden und Dorothea wusste, dass sie sich auf den Weg machen musste, sonst würde ihre Patin sie gar nicht mehr aufbrechen lassen. Sie stand auf, packte ihre drei Spindeln und den Spinnrocken sowie ihr restliches Hab und Gut in ihren Korb. Nach einigen Umarmungen war sie schon fast zur Tür hinaus, da hielt Ursel sie am Ärmel fest.

„Dorle", sagte sie, „lass mich Georg bitten, dich nach Hause zu bringen. Ich seh ja, wie es dich heimtreibt. Dein Onkel würde das gerne für dich tun, wenn du unbedingt gehen musst!"

Dorothea wehrte ab, da sie ihren leicht humpelnden Onkel so spät nicht mehr durch den Wald hetzen wollte.

„Bitte, Kind. Nur dieses eine Mal. Ich habe so ein schlechtes Gefühl."

„Gruselt dich schon deine eigene Geschichte, liebe Gevatterin?", fragte Dorle keck. Das Zugeständnis wollte sie einfach nicht machen, denn sonst hätte es ausgesehen, als fürchtete sie sich doch vor dem Schorchengeist.

Nach einigem hin und her war es ihr gelungen, sich zu verabschieden, und ohne Begleitung den Nachhauseweg anzutreten.

Kaum hatte sie das letzte Häuslein von Altburg hinter sich gelassen und den Waldesrand überschritten, kam ihr die Luft eisig kalt vor. Sie zog ihr Mäntelchen enger um ihre Taille und dachte an ihr behagliches Zuhause im nahe gelegenen Würzbach, an ihren Mann und das Ehebett, das sie bald schon wärmen würde. In dieser Nacht musste es mit dem

Nachwuchs einfach klappen, und sie setzte zielstrebig einen Fuß vor den anderen. Ein Käuzlein schuhute und im Gestrüpp rechter Hand raschelte es. Im Wald wurde es zunehmend dunkler, je weniger Licht durch das Blattwerk drang und ihre Augen konnten sich nur schwer an die Düsternis zu gewöhnen. Kaum ihre eigenen Füße konnte Dorothea noch erkennen und sie fragte sich, ob es sonst auch so dunkel gewesen war, wenn sie nach Hause lief. Es liegt wahrscheinlich nur an der späten Stunde, sagte sie sich ein ums andere Mal vor. Hin und wieder stolperte die junge Frau über einen Stein, konnte aber nach einem kurzen Schrecken ihren Weg stets fortsetzen. Dennoch konnte sie ein mulmiges Gefühl nicht unterdrücken und schalt sich im Stillen selbst dafür.

Insgesamt betrug der Heimweg keine Stunde zu Fuß, aber es kam ihr vor, als wäre sie schon eine halbe Ewigkeit unterwegs. Ihr wurde es unheimlich, sie fühlte sich beobachtet und verfolgt. Dorothea fragte sich, ob sie nicht doch umkehren und bei ihrer Gevatterin die Nacht verbringen sollte. Nun war sie allerdings bereits so weit gelaufen, dass sie fast zu Hause sein müsste. Wenn sie sich umschaute, erkannte sie jedoch den Weg nicht wieder. War sie an der Lichtung überhaupt vorbeigekommen? War sie in Gedanken versunken gewesen oder hatte sie einen anderen Weg gewählt?

Die Unsicherheit nagte an ihr und sie blieb stehen. Dorothea stemmte die Hände in die Hüften und schaute sich um. Sie kannte den Wald wie ihre Westentasche: Seit sie ein kleines Kind war, hatte sie darin gespielt. Aber sie konnte nicht sagen, wo sie sich nun befand. Wieder raschelte es im Gebüsch.

Ein Ast knackte und machte ein Geräusch wie ein brechender Knochen. Das hatte sie bei ihrem Onkel damals gehört und nie vergessen. Es half nichts, sie setzte sich wieder in Bewegung und hoffte die nächste Weggabelung zu erkennen. Die Blätter flüsterten Warnungen in den Wind.

Hinter ihr hörte sie schlurfende Schritte. Na, wenn man vom Teufel spricht, dachte Dorothea und drehte sich in der Erwartung um, gleich ihren Onkel zu sehen. „Hat dich die Gevatterin doch noch losgejagt, lieber Oheim?“, fragte sie und schwieg verdutzt, als sie weder auf dem Weg noch im Blattwerk jemanden ausmachen konnte.

„Onkel Georg? Bist du da?“, rief sie und konnte das Zittern ihrer Stimme nicht verhindern. „Hallo? Ist da wer?“ Es blieb still, niemand antwortete ihr. Kurz darauf hörte sie es erneut rascheln, begleitet von einem krächzenden Stöhnen.

Dorle setzte so schnell wie möglich einen Fuß vor den anderen, ohne dass sie anfing zu rennen. Sie sagte sich im Stillen vor, dass gewiss all die Geräusche erklärbar seien, wollte ihnen aber nicht auf den Grund gehen. Sie stolperte erneut über eine Wurzel. Dünne Ästchen rissen ihr die Gesichtshaut auf, als sie strauchelte und versuchte, sich zu fangen. Dorle war völlig außer Atmen, hetzte umher, immer weg von den Schritten, die sie verfolgten. Sie hoffte irgendwann endlich wieder etwas zu erkennen, und so den Heimweg zu finden. Der Wald wirkte dichter und bedrängender denn je. Die Bäume neigten sich scheinbar zu ihr und wollten sie festhalten, es drang so gut wie kein Mondlicht zu ihr durch und eine Eule verspottete sie mit ihrem Geschrei. Nimm dir diese verdammte Gespenstergeschichte nicht so zu Herzen!, schimpfte Dorothea mit sich selbst. Aber es half nichts. Immer wieder hörte sie Schritte, aber niemand war da, wenn sie den Mut fand, sich über die Schulter zu blicken. Tränen der Verzweiflung rannen Dorles Wangen hinab und ihre Sicht verschwamm. Sehen konnte sie unterdessen fast gar nichts mehr.

Als sie sich über die Augen wischte und eine Gestalt vor sich erkannte, wusste sie, dass sie nun verloren war. Sie blieb wie angewurzelt stehen und vermochte sich nicht mehr zu rühren. Dorle keuchte atemlos und ihr Harz raste. Ihr Verstand hatte sich einmal noch aufgebäumt und ihr zugeraunt, dass es keine Gespenster geben konnte, aber ihre schreiende Angst übertönte das. Im tiefsten Inneren hatte sie sich stets vor Geistern gefürchtet. Den Schorchengeist hatte sie lediglich geschimpft, um das zu überdecken, sich selbst und die anderen zu täuschen.

„Dorle!“, rief eine atemlose Stimme.

Ihre Erstarrung löste sich und sie wich zitternd zurück. Dorothea ließ ihren Korb fallen, dessen Inhalt sich auf dem Waldboden verteilte. Nach wenigen Schritten prallte sie mit ihrem Rücken an einen Baum, dessen Rinde sich fest und rau gegen sie drückte. Sogar durch all die Kleiderschichten meinte Dorle das hölzerne Hindernis wie auf nackter Haut zu spüren. Das Hindernis, das ihr den Tod zu bringen vermochte, da es sie nicht weiter zurückweichen ließ, und sie zwang, sich dem Schorchengeist zu stellen. Sie suchte mit den Händen am Baumstamm halt und merkte vor Angst nicht, wie sich einige Splitter in ihre Finger bohrten. Dorothea hatte den Schorchengeist geschimpft und da war er nun, um seine tödliche Rache zu zelebrieren.

„Kind!", krächzte eine ihr bekannte Stimme und schnaufte heftig. „Habe ich dich endlich eingeholt! Hast du mich denn vorhin nicht etliche Male rufen hören? Ich konnte dich mit meinem schlimmen Bein einfach nicht einholen."

Inzwischen war Dorle ihrem Oheim Georg um den Hals gefallen und vergoss ein paar heimliche Tränen der Erleichterung.

„Ich habe dich tatsächlich nicht gehört und dachte schon, dass mich nun der Schorch holen kommt", gestand sie und konnte ihre Glieder kaum davon abhalten zu zittern.

„Albernes Weibergewäsch! Alles ist in Ordnung, ich bringe dich heim. Hat es doch ein Gutes, dass mich meine unbarmherzige Frau Gemahlin noch zum Haus hinaus hetzte." Georg legte seine Hand an Dorles Rücken und schob sie in Richtung Würzbach, ihrem Zuhause entgegen. Weit war es nicht mehr, aber er plapperte betont heiter, um seine Nichte aus ihrer schwermütigen Stimmung zu reißen. Dies misslang.

Bald sagte Dorothea: „Weißt du, Onkel, ich hätte schwören können, dass er mir auf den Fersen ist. Und noch immer habe ich dieses schreckliche Gefühl, dass etwas Böses geschehen wird."

Georg nahm seine Nichte, die er ansonsten für ihren wachen Geist bewunderte, sehr ernst und bemerkte fortan selbst so manches unheimliche Rascheln im Gebüsch. Er schalt sich, vernünftig zu bleiben und sich nicht anmerken zu lassen, dass es ihm selbst unheimlich zumute wurde. Waren das etwa

Schritte? Nein, das kann nicht sein, dachte er und wiederholte für sich, dass er diesen Ammenmärchen keinen Glauben schenken wollte.

Schließlich verließen die beiden unversehrt den Wald und Dorle nahm ihrem Oheim das Versprechen ab, dass er niemandem ein Wort über seiner Nichte Hysterie verriet. Vor allem nicht seiner Frau Ursel.

Beschwingt traten sie zur Haustüre hinein. Mattheis, Dorles Mann, würden sie gewiss nicht wecken, da er vor Sorge kein Auge zu tun könnte, bevor seine Frau nicht wieder zu Hause war. Allein in der Küche brannte noch ein schwaches Feuer, und Dorle erwartete, ihren Mann am Küchentisch sitzen zu sehen.

Mattheis war nicht da.

„Mattheis ist wohl zu Bett gegangen", vermutete Dorle und lief zur Küche hinein. Sie wollte dem Oheim gerade noch einen Schluck Wein zur Wegzehrung anbieten, da stolperte sie. Sie tat einen großen Schritt, doch sie fand noch immer keinen Halt, sondern rutschte in einer klebrigen Flüssigkeit aus und fiel unsanft auf ihr Hinterteil.

Was sie auf dem Boden sitzend erblickte, löste ein Gefühl in ihr aus, als fiele sie erneut: In seinem eigenen Blut lag Mattheis, grausam zugerichtet. Er war nicht bei Bewusstsein und Blut floss aus zahlreichen Wunden. Seine Kleidung hing ihm in Fetzen vom Körper und seine Haut war von unterschiedlich dicken Kratzern und Schlitzen überzogen.

„Onkel! Der Schorchengeist hat seine Rache an meinem armen Mattheis geübt!"

„Ich hole den Doktor!", antwortete Georg nach einem kurzen Blick auf das Unglück und stürmte, so schnell ihn seine Beine trugen, zur Tür hinaus.

Das Entsetzen lähmte Dorle sie blieb einige Sekunden lang noch immer mit ausgestrecktem Arm auf ihren Gatten deutend auf dem Boden sitzen. Ein leichtes Röcheln drang an ihr Ohr und sein Lebenszeichen riss sie aus der Starre. Dorle krabbelte auf ihn zu und legte ihm das Ohr auf die Brust. Mit angehaltenem Atem horchte sie dem zögerlichen Herzschlag nach. Sie befühlte Stirn und betupfte mit ihrer Schürze die Wunden, aus denen die Unmengen an Blut austraten. Noch bevor sie viel hätte tun können, kam Georg mit dem Arzt zurück, der glücklicherweise nur wenige Häuser entfernt lebte.

Mattheis wurde versorgt und überlebte letzten Endes seine schwere Verwundung.

Für Dorle stand fest, dass es die Rache des Schorchengeistes gewesen sein musste, denn es gab weder Einbruch noch konnte sich ihr Ehemann an einen Unfall erinnern. Woher seine Verletzungen stammten, blieb ein großes Rätsel. Sie konnten nur von der sprichwörtlichen Geisterhand stammen, soviel stand für Dorle und Mattheis fest.

„Eiskalt ist es plötzlich in der eigentlich so gut beheizten Küche geworden!", erzählte er jedem, der es hören wollte. „Dann flackerte das Licht, und ich fühlte unvorstellbare Schmerzen." Wo er überall diese Schmerzen verspürte, ließ er geflissentlich aus, denn Kinder würden dieser Ehe zu beider großem Bedauern wohl keine mehr vergönnt sein.

Solche Schrecknisse geschehen, wenn man den Schorchengeist schimpft!

Jerk Götterwind

Ich liebte ein Zombiemädchen

1.

Vor vier Wochen hatte ich die erste Meldung gehört. Der Nachrichtensprecher gab bekannt, dass am Rande unserer Stadt ein Giftmülltransporter verunglückt war. Ich hörte nur mit halbem Ohr zu und war damit beschäftigt meine Comicsammlung neu zu sortieren. Zwei Tage später glaubte ich mich verhört zu haben, als derselbe Sprecher bekannt gab, dass es einige Vorfälle auf dem Friedhof gegeben hatte. Angeblich hätten einige Typen dort randaliert, alte Gräber ausgehoben und Leichen gestohlen. Ich legte mir gleich die erste Death LP auf und zog mir in voller Lautstärke „Zombie Ritual" rein. Das Vergnügen wurde leider unterbrochen, als Noah in mein Zimmer stürzte und mit sich überschlagender Stimme hektisch auf mich ein plapperte.

Ich verstand nur Bahnhof und ab und zu 'Zombie'.

„Ja, das ist Death. Erste LP. Für mich die beste. Chuck Schuldiner war großartig."

„Ich meine nicht die Platte. Da draußen laufen Zombies herum. So richtige."

Ich schüttelte den Kopf.

„Wie kommst du immer auf so was?"

Noah zerrte mich am Arm quer durch den Raum und positionierte mich am Fenster.

„Da. Schau."

Ich sah, dass er nicht übertrieb. Auf der Straße vor unserem Haus lief eine Horde Menschen vorbei, die aussahen, als wären sie Zombies.

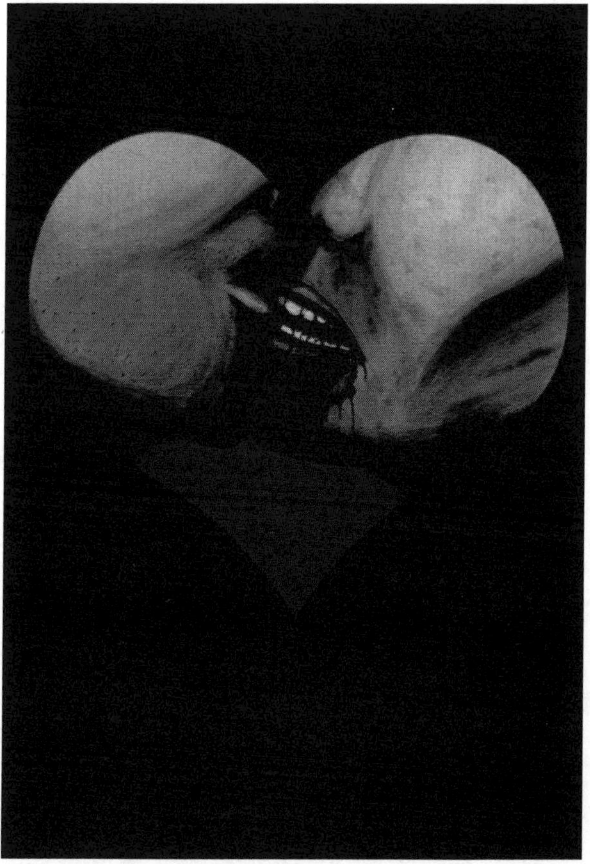

„Scheiße. Was ist da los?“

„Angeblich ist der Gifttransporter daran schuld. Das Zeug im Boden weckt wohl die Toten wieder auf. Es hat auch schon einige erwischt, die noch in der Leichenhalle lagen. Die alte Henderson beispielsweise.“

Ich blickte ihn an.

„Ich dachte die Henderson wäre eh ein Zombie gewesen.“

Noah gab mir eine Ohrfeige.

„Ey, was soll das denn?“

„Ich dachte du verlierst den Verstand, weil du Blödsinn redest.“

Ich nickte und schaltete das Radio an. Die Meldungen waren diesmal etwas panischer. Angeblich telefonierte der Bürgermeister mit dem Landrat und der wiederum wollte im Regierungspräsidium anrufen. Alle Polizisten waren zusammengezogen worden. Die Bevölkerung sollte in den Häusern bleiben, da es auch zu Schusswaffengebrauch kommen konnte.

„Los, lass uns mal auf der Straße umsehen.“

Jetzt war ich es, der zerrte, aber Noah setzte dagegen.

„Spinnst du? Musst du immer das Gegenteil machen von dem was vernünftig ist?“

„Nicht immer, aber diesmal schon.“

Ich lachte ihm ins Gesicht.

„Das ist vielleicht das größte Abenteuer unseres Lebens.“

Schließlich gab er nach und ich überhörte sein Gebrummel, von wegen „vielleicht auch dass Letzte“.

2.

Wir lugten um die Ecke des letzten Hauses in der Straße. Bis hierhin waren wir über die Gärten gekommen. Polizisten hatten wir keine gesehen, dafür jede Menge Zombies in allen Verwesungsstadien. Die alte Henderson war ebenfalls dabei. Das erste Mal, dass ich sie ohne Rollator sah. Gehen war immer noch nicht ihre Stärke.

Noah stieß mich an.

„Verdammte Scheiße. Schau dir das an. Sie haben Nadine erwischt. Fuck. Das einzige schöne Mädchen in dieser Stadt."

Ich schaute in die Richtung, die er mir zeigte und da konnte ich sie sehen. Nadine. Seit dem Kindergarten war ich in sie verliebt. Ich hatte mir oft vorgestellt wie wir heirateten und Spaß am Leben hatten. In späteren Jahren habe ich mir andere Sachen vorgestellt, aber ich blieb immer in sie verschossen. Das war ein herber Schlag, für den ich einen Plan brauchte.

Glücklicherweise fiel mir nicht nur einer ein, er war sogar durchführbar, da Nadine ziemlich am Ende der Horde ging.

Ich schaute mich um und griff einen größeren Stein, der in der Nähe lag. Noah blickte mich fragend an.

„Ich will versuchen die Aufmerksamkeit von Nadine auf mich zu lenken. Sie soll hierher kommen, dann packen wir sie uns."

Noah schüttelte den Kopf.

„Das ist Blödsinn. Was willst du denn mit der?"

„Sie aufheben. Vielleicht wird ja irgendwann ein Gegenmittel gefunden und wir können sie zurückholen."

„Alter, das ist so eine Schwachsinnsidee." Er hob die Hände über den Kopf. „Aber gut, mach was du meinst. Denk daran, dass sie auch essen muss, wenn du sie erhalten willst."

Ich wollte gerade den Stein werfen, hielt jedoch in der Bewegung inne.

„Das habe ich mich schon oft gefragt. Können Tote verhungern? Was soll passieren? Nochmal sterben werden sie wohl kaum."

„Alter, lass uns das nicht jetzt diskutieren."

Ich nickte. Nadine war gestolpert und ging jetzt ziemlich alleine hinter der Horde her. Ich holte aus und warf. Volltreffer. Direkt auf den Hinterkopf. Sie ging zu Boden und hatte einige Mühe sich aufzurappeln. Sie schaute direkt in mein Gesicht, als sie sich umblickte und mich an der Ecke stehen sah. Ich verschwand schnell hinter der Mauer und hoffte, dass der Rest nicht mitbekommen hatte, wohin sich Nadine bewegte. Noah riskierte ebenfalls einen kurzen Blick.

„Sie kommt allein. Und das dauert ewig, wenn die nicht einen Gang zulegt."

Wir zerrten unsere Gürtel aus der Hose. Mit meinem und unseren Socken bastelten wir einen Beißschutz. Der andere sollte als Handfessel dienen.

„Wenn sie um die Ecke kommt, lenke ich sie ab und du trittst ihr die Beine weg. Wenn alles klappt, lege ich ihr den Knebel an und du hältst die Arme. Alles klar?"

Noah nickte und murmelte etwas von „schwachsinnige Idee", sagte aber nichts weiter. Nadine kam um die Ecke und alles funktionierte ohne Probleme. So verpackt zerrten wir sie zurück zu meinem Haus.

3.

„Eigentlich gar nicht so schlecht.“

Noah hatte sich eine Dose Bohnen warm gemacht.

„Ja. Ich werde mir auch gleich eine machen.“

„Ich meine nicht die Bohnen. Nadine. Ihr Gestank lenkt die Aufmerksamkeit von unserem Haus ab. Im Nachhinein doch eine gute Idee. Ich bin stolz auf dich, mein Großer.“

„Halt die Klappe du Penner. Ich kontrolliere die Schlösser im Keller.“

Nadine war an einem Kellerbalken festgekettet. Sie konnte sich ca. einen Meter im Kreis bewegen. Wir hatten ihr einen richtigen Mundknebel besorgt und vorsichtshalber noch ein Halstuch darum gebunden. Sicher ist sicher und atmen keine Priorität von Zombies. Von daher schon okay.

Ihre schönen grau-blauen Augen waren in ein verwaschenes weiß übergegangen und ihre Nase war leider abgefallen. Ihr schöne Nase. Sie keuchte und wollte nach mir schnappen. Ich setzte mich auf die unterste Treppenstufe und starrte sie an.

Wir würden immer noch ein gutes Paar abgeben. Sie die verfallene Goth-Braut und ich der alte Death-Metaller. „Zombie Ritual“ könnte unser Hochzeitssong werden. Ich fragte mich, ob Zombies schwanger werden konnten und wenn, ob sie Untote oder Menschen gebären würden.

Ich geriet ins Schwärmen und zog den alten Kassettenrekorder hervor. Die „Gore Obsessed“ von Cannibal Corpse lag noch drin. Ich schaltete ein und „Pit of Zombies“ erklang. Ich drehte die alte Schepperkiste laut und tanzte einen Ein-Mann-Pit-Circle um meine Auserwählte. In meiner Verliebtheit hörte ich nicht wie Noah schrie und nahm die Horde erst war, als sie in den Keller eindrang.

Sascha Lützeler

Absurde Logik

Jonas schlug die Augen auf. Hatte Linda ihm Rattengift unters Essen gemischt?

Die Ellbogen in die Magengrube versenkt, fand er sich in der Kuhle des Zwei-Sitzer-Sofas zu einer Kugel eingerollt. In seinem Inneren tobte eine Schlacht. In hohen Wellen brachen die Krämpfe über ihn herein.

Auf der Suche nach einem Anker durchforstete er mit Blicken die Umgebung.

Ein Bild hing an der Wand.

Es lauerte in einem Trapez aus Sonnenlicht hinter dem antiken Fernsehmonstrum, unter dessen Gewicht ein Kneipenstuhl ächzte. Es stellte einen Fremdkörper dar, ein Krebsgeschwür, das sich in Jonas' Refugium fraß. Die Ordnung störte, die Realität ins Wanken brachte.

Er hatte es nie zuvor gesehen.

Stumm erduldete er die nächste Schmerzwoge und schwang die Beine vom Sofa. Die Augen zu Schlitzen verengt, den Rücken über dem Unterarm zum Buckel gekrümmt, stakste er auf die Absonderlichkeit zu. Die Schlaufe seines Bundeswehrgürtels pendelte zwischen den Knien. Er hatte ein extra Loch durch den Stoff gestochen, damit der Gürtel ihm passte. Die Pfunde, die er in lethargischen Stunden mit einer Pizza auf dem Bauch ansetzte, verlor er in den Nächten - und Tagen - hinter dem DJ-Pult. Speed, Korn, Koks - die beste Diät der Welt.

Bei dem Bild handelte es sich um den Ausdruck eines Schnappschusses, die Farben verwaschen, die Auflösung niedrig. Es war sogar leicht verwackelt. Ein Kreuz aus feinen Linien teilte das Blatt in vier Rechtecke. Jemand hatte es eine Zeitlang mit sich herumgetragen, vielleicht in der Arschtasche einer Röhrenjeans.

Jemand, vermutlich derselbe Jemand, hatte die Mühe auf sich genommen, den Ausdruck zu rahmen. Der blau getünchte Holzrahmen mit der blitzblanken Glasfront stand in krassem Gegensatz zum improvisierten Charakter der Aufnahme, die das Passepartout einfasste.

Plötzlich erkannte Jonas, was er hinter dem Glas sah. Ein Schlag traf seinen malträtierten Magen.

Linda - mit einem anderen Mann!

Schnee auf Schultern und Kapuzen, die Köpfe wie Turteltäubchen Stirn an Stirn, die Wangen rosig. Sie warf ihm aus den Augenwinkeln einen verliebten Blick zu. Himmelte ihn an. Lächelte, bis die Grübchen sich zeigten - und die Grübchen in den Grübchen. Er strahlte selbstverliebt ins Objektiv und präsentierte das Gebiss. Auf dem Schneidezahn trug er eine Goldblende. Ihre polierte Oberfläche spiegelte die Silhouette des Fotografen.

Linda mit einem anderen Mann, auf einem gerahmten Foto, in seinem Wohnzimmer ...

Kreidebleich wich er zurück. Er stolperte über den Couchtisch, verlor das Gleichgewicht und polterte mit der Schulter voran auf den Dielenboden.

Seine Linda! Mit einem Anderen!

Zischend stieß er den Atem aus. Er rieb die schmerzende Stelle und blieb liegen. Aus der Froschperspektive bemerkte er weitere Veränderungen. Neben der Wohnungstür, auf einem umgedrehten Schirmständer, ein Stapel Schallplatten. *Seine* Schallplatten. Sein DJ-Vinyl, sein Arbeitswerkzeug. In dem Wäschekorb, in dem sich sonst das Altpapier stapelte, Bücher. Seine Bücher, achtlos zusammengeklatscht. Aufgeblättert, die Seiten geknickt.

Die bedeutendste Veränderung fiel ihm zuletzt auf: Joshua war weg. Sein Xone 92, sein Mischpult. Die Schaltzentrale, die Steuerungseinheit, unter dessen Pult aus Knöpfen und Reglern und Displays die schäbigen Kacheln des Couchtisches vollständig verschwanden. Verschwinden *sollten.*

Joshua, das Allerheiligste, das Herzstück der Wohnung. Die Spinne im Netz aus Kabeln, das von der Buchsenleiste an der Rückseite ausging und alles umspannte, das Sofa in eine Kommandobrücke verwandelte.

Das Steckfeld an Joshuas Allerwertestem hatte wie eine Konsole ausgesehen, die Bruce Willis mit Fragezeichen auf der Stirn aus einem Alienschiff zog. Ein- und Ausgänge in allen erdenklichen Größen und Farben. Fünfpolig, sechspolig, Klinke, Cinch und Erde. Erst, als die letzte Buchse gestopft war, war Jonas zufrieden gewesen. Einen vierten Plattenspieler hatte er angeschlossen. Den hatte er, wenn er ehrlich war, extra für diese Buchse gekauft.

Umständlich kam er auf die Beine. Er stand auf und starrte auf den Couchtisch, als könne er durch einen Perspektivwechsel den gewohnten Anblick wiederherstellen. Die Fliesen der Tischplatte aber blieben hartnäckig sichtbar.

Von der zentralen Kachel mit dem Weidenbaummotiv aus grinste ihn ein Gebiss an.

Es war ein Übungsgebiss, eines dieser Dinger, mit denen dämliche Blagen beim Zahnarzt lernten, wie man die Beißer schrubbte. Obszön wie eine Tänzerin an der Stange präsentierte es sich, bot jeden einzelnen Zahn nackt den Blicken dar.

An mehreren Stellen blätterte die Farbe von Zähnen und Zahnfleisch. Links und rechts ragten die Köpfe von Schrauben aus dem Stahl-Ungetüm, ein plumpes Kiefergelenk. Eine Farce, das Gerät musste geradezu antik sein, heutzutage verwendete man Plastik. Seit Wochen faselte Linda davon, solch ein Teil anzuschaffen. Ein ewiger Zankapfel, die Dinger kosteten ein Scheißvermögen!

Zahnärztin wollte sie werden, ha!

Linda, Zahnärztin.

Zwei Wörter, die zusammenpassten wie Nitro und Chitin. Jonas schnaubte ein humorloses Lachen durch die Nüstern. Sie wollte nicht kapieren, dass er sie beschützte. Vor einer Blamage. Vor der Spießerwelt. Vor der eigenen Beschränktheit.

Er nahm das Gebiss wie Hamlet den Schädel in die Hand. War das Ding aus Blei? Damit konnte man locker einen Schädel einschlagen.

Er beschloss, sich wieder aufs Sofa zu strecken. Er brauchte Kraft, um Linda einen rauschenden Empfang zu bereiten. *Fremdvögelnde Schlampe!*

Er legte das Gebiss zurück auf den Tisch und sank in die Kuhle des Sofas wie in Treibsand. Mit den Zähnen knirschte er so emsig, als könnte er die Welt mit ihren Goldzahn-Lovern und Schlampenfreundinnen zwischen ihnen zermalmen.

Was hatte er verpasst? Wann hatte der Rosenkrieg begonnen, an dessen Ende die Aussortierung seiner Klamotten stand? *Seine* Aussortierung stand?

Im Treppenhaus näherte sich das Klapp-Klapp von Leinenturnschuhen auf Steinfußboden.

Linda!

Er versuchte, zu lächeln, doch wieder überwältigte ihn eine Schmerzwoge.

Das Gebiss. Man konnte einen Schädel damit einschlagen.

Das Telefon begann in dem Moment zu läuten, als sie die Wohnungstür zuschlug. Sie knallte den Schlüsselbund auf den Schallplattenturm. Bedrohlich schwankte der umgedrehte Schirmständer, der ihm als Fundament diente, hielt aber stand.

In drei Sätzen durchquerte sie Diele und Wohnzimmer, warf die Handtasche in die Kuhle des Zwei-Sitzer-Sofas und riss das Mobilteil aus der Ladeschale. Der Standort des Telefons zwang sie, sich bis auf den Boden zu beugen. Es lauerte unter dem Stuhl, auf dem die Glotze kauerte. Zeit, Jonas Krempel endlich zu entrümpeln, um die Wohnung nach ihrem Geschmack zu renovieren. Vorbei die Sperrmüll-Ära. Adieu, Kiffer-Chic.

Sie warf einen prüfenden Blick auf das Display, betätigte den grünen Knopf und steckte das Mobilteil zwischen Kapuze und Ohr.

„Papa?“

Ihr Vater brummte eine Entgegnung. Immer mischte er ein Seufzen unter die Begrüßung. Linda wartete, ließ ihn die erste Karte spielen. Sie betrachtete den gerahmten Ausdruck der Digitalaufnahme an der Wand. Verträumt zeichnete sie mit dem Finger die Konturen der Gesichter nach.

Sie liebte den Anblick, den das Foto bot. Sie und Tom, Tom und sie. Die Wangen rosig, der Atem aus Eis. Nach der Schussfahrt, eingerahmt vom Trubel auf dem Pistenauslauf. Die Sonne auf Toms Goldzahn, das Glück in seinen Augen. Es zu sehen war ein bisschen peinlich, das Glücksempfinden aber überwog.

Dr. Gernot Blumenthal holte Linda zurück in die Realität. Seine Stimme schnarrte metallisch aus dem Hörer, schlug ihr entgegen wie schlechter Atem.

„Ach, Papa! Reicht es fürs Erste nicht, dass wir wieder miteinander reden?"

Er schaffte es verlässlich wie Zahnschmerzen, Lindas Laune zu vergiften. Sie stellte sich vor, wie er über das Telefongerät mit der Brokatummantelung gebeugt im Schlafzimmer stand und argwöhnisch auf die Straße sah:

Die Lesebrille auf die Nasenspitze geschoben, ein stechender Blick über den Rand der Gläser hinweg. Den Hörer mit weißen Knöcheln ans Ohr gepresst. Ein Gesicht, das als Steckrübe aus dem Kragen des Polohemdes wuchs. Die Fingerspitze in die Schreibtischunterlage aus Filz gebohrt, als wolle er die Welt unter sein Prinzip zwingen.

Die Welt: Ein Ort hinter Ado-Gardinen, voll Abscheu ausgesperrt und schlechtgeheißen.

„Nein, du wirst mir nichts überweisen! Ich besorge mir das Stipendium, ich brauche dein verdammtes Geld nicht!" Zur Bestätigung umfasste sie das Übungsgebiss, wog das beruhigende Gewicht mit der Hand. Sie schloss die Augen und schüttelte den Kopf. „Ich schaffe das ohne dich, das habe ich doch -"

Wieder fiel Dr. Blumenthal seiner Tochter ins Wort. Linda verlagerte das Gewicht von einem Bein auf andere und überprüfte im Spiegelbild des Bilderrahmens den Sitz der Brille auf ihrer Nase.

„Ich ... ich ... das Mischpult? Verkauft, ja."

Sie wickelte das Spiralkabel, das die Bügel des Horngestells im Nacken verankerte, um die Fingerspitze und sagte: „Papa, das weiß ich nicht! Nein, du - Ah!"

Der Schrei galt nicht Dr. Blumenthal. Er war kein Ausdruck des Frustes.

Er war ein erstickter Entsetzensschrei.

Auf dem Glas, hinter dem sie mit Tom um die Wette strahlte, spiegelte sich ein Gesicht. Ein Gesicht neben dem eigenen Spiegelbild. Ein Gesicht, eine Fratze. Augen, konturlos, mit Wasserfarben flüchtig hingepinselt, die Pupillen feuerrot.

Hass, von wirr verklebten Haarnestern gerahmt.

Auf der Stelle wirbelte Linda herum.

Die Kapuze des Hoodies glitt ihr vom Kopf. Das Spiralkabel verhakte sich am Finger, die Brille rutschte von der Nase. Das Gestell baumelte vom Nacken wie ein Gehenkter, tanzte auf und ab und kam nach vollführter Drehung unter der Brust zur Ruhe.

Fieberhaft suchte sie mit Blicken alle Winkel gleichzeitig ab. Sofa, Wandschrank, Diele, im Nebenraum die Küchenzeile - nichts.

Sie war allein in dem Apartment.

Mit klammem Herzen untersuchte sie den Bilderrahmen. Ihr Ohr schmerzte, erst jetzt bemerkte sie die Wucht, mit der sie das Telefon gegen den Schädel presste. Sie formte die Augen zu Schlitzen und lugte an den Ort hinter dem Glas, den die Illusion der Spiegelung dort erschuf.

Nichts. Auch in der Spiegeldimension war sie allein.

Sie seufzte und widmete ihre Aufmerksamkeit dem Telefongespräch.

„Was hast du gesagt?"

Dr. Gernot Blumenthal wiederholte die Frage. Er betonte jede Silbe, als spräche er mit einem begriffsstutzigen Kind.

„Wie viel ich für das Mischpult ... 100 Eu ... Moment mal, wieso erzähle ich dir das überhaupt! Das geht dich gar nichts an!"

Die Stimme ihres Vaters wurde matt, die Sätze kürzer. Er verlor die Geduld - oder das Interesse - und trat den geordneten Rückzug an. Ein, zwei Minuten plätscherte das Gespräch dahin. Die Verabschiedung verlief förmlich - zwei Zufallsbekannte, die Konventionen zu wahren hatten. Erleichtert betätigte Linda den roten Knopf und ließ das Telefon in die Ladeschale gleiten.

Sie fröstelte. Der Frühling wärmte Straßen und Parks (in der U-Bahn roch es seit gestern nach Schweiß), doch das Telefonat mit ihrem Vater hatte alle Wärme aus ihrem Körper vertrieben.

Gib es zu: Es ist das Gesicht. Das Gesicht im Spiegel. Die wässrigen Augen. Du hast dir das nicht eingebildet, da war jemand mit dir im Raum.

Sie wies den Gedanken energisch zurück. Ausgeschlossen! Die Nerven, eine Überreizung. Ein schlimmes Jahr lag hinter ihr. Streit und Versöhnung mit Papa. Die endlos stupide Tortur im Enthaarungsstudio (ihre Finger verwandelten sich schon in

Wachs), deren Ertrag kaum für die Miete ausreichte. Das Studium von Karies und Parodontose und Zahnstein und Plaque und Mundfäule.

Jonas' Tod.

Sie brauchte eine Dusche.

Sie angelte das Brillengestell vom Brustbein, wand sich aus dem Spiralkabel und platzierte das Gebinde neben das Übungsgebiss auf den Couchtisch.

Sie schlüpfte aus den Leinenturnschuhen, ohne die Schlaufen zu öffnen, zog Hoodie und Spaghettiträger-Top im Kreuzgriff über den Kopf. Mit routiniertem Griff löste sie die Haken des BHs und ließ die Träger die Arme hinabgleiten. In mehreren Etappen tanzte sie unter Twisthüftschwüngen Jeans und Slip über Arsch und Schenkel und federte nackt durch die Diele zum Badezimmer. Sie konnte es nicht erwarten, die Duschkabine in einen Kokon aus Nebelschwaden und Hitze zu verwandeln und sich ihm hinzugeben.

Auf Zehenspitzen huschte sie über die kalten Fliesen. Sie schaltete das buttrig-trübe Licht des Allibert-Schranks ein und warf einen Blick in den Dreifach-Spiegel. Für einen Schlag setzte ihr Herz aus, sie erstarrte.

Jonas stand hinter ihr. Das Gesicht eine Fratze aus Zorn und Schmerz, Hass ließ seine Nasenflügel beben. Die Hände hatte er an den Hosennähten zu Fäusten geballt. Aus wässrigen Augen starrte er sie durch den Spiegel hindurch an. An seinen Mundwinkeln klebte Erbrochenes. Instinktiv bedeckte sie die Brüste mit den Unterarmen.

Sie wirbelte herum - nichts. Das Badezimmer (hinter dem speckigen Duschvorhang eine enge

Kabine, die Schüssel mit der schwarzen Klobrille vom Schachbrettmuster der Kacheln umgeben) lag verwaist vor ihr.

Sie brauchte einen Moment, um den galoppierenden Atem einzufangen. Ihr Herz raste. Langsam drehte sie den Kopf über die Schulter. Ihr Haarschopf füllte den gesamten Spiegel aus.

Sie vollendete die Drehung und registrierte mit flatternden Lidern, dass sie sich nicht getäuscht hatte. Es war Jonas, der hinter ihr stand; der vor ihr stand.

Der nur im Raum hinter den Spiegeln existierte.

Er starrte sie an, seine Lippen bewegten sich. Die Stimme, mehr Stoff als Hall, krabbelte auf Insektenbeinen ins Ohr.

[–.]

„Unmöglich! Du bist tot!“

Wieder die Insektenstimme. Diesmal verstand Linda, was Jonas ihr mitteilte:

[Das könnte dir so passen!]

Mit der flachen Hand holte der Geist im Spiegel zum Schlag aus. Linda war viel zu verdattert, um angemessen auf die Bedrohung zu reagieren.

Jonas' Geist stiefelte im Apartment auf und ab. Auf Lindas Seite der Realität war er unsichtbar. Sein Abbild sprang vom Raum hinter der einen spiegelnden Fläche (Lampenschirm, Guinness-Reklame) zu dem hinter der nächsten (Gitarrenbauch, Fensterscheibe).

[Meine Güte. Ist das seltsam.]

Der Anblick trieb sie in den Wahnsinn.

„Jonas, bitte ...“

Linda kauerte in ein Badetuch gehüllt auf dem Zwei-Sitzer-Sofa. Ihr Blick folgte der Route, auf der Jonas im Parallel-Apartment hinter den Spiegeln das auf ihrer Seite umkreiste. Der Geist pirschte umher wie ein Tiger im Käfig, sein Raubtierblick unstet. Er suchte einen Ausweg. Oder ein Opfer.

[So seltsam. Tot zu sein. Das ist echt abgefahren. „Ich bin tot".] Er schmeckte einzeln den Klang jeder Silbe. *[Abgefahren. Echt abgefahren.]*

„Jonas ..."

[Es war auch seltsam, lebendig zu sein. Eigentlich -]

Endlich blieb er stehen. Die widersprüchlichen optischen Signale - das leere Zimmer, Jonas' Silhouette hinter dem schwarzen Schirm des Röhrenfernsehers - lösten ein Schwindelgefühl aus. Er stand, so die Behauptung des Spiegelbilds, direkt vor ihr. Aber das tat er nicht. Trotzdem erkannte Linda, wenn sie den Blick auf die entsprechende Stelle fokussierte, etwas; einen leichten Nebel, mehr Gedanke als Gegenstand.

Jonas' Wut war in dem Moment verraucht, als die Hand, mit der er Linda hatte ohrfeigen wollen, durch ihr Gesicht hindurch gefahren war. Durch ihren Kopf gefahren war. Seitdem war der Geist verwirrt.

[Eigentlich war es noch seltsamer ... lebendig zu sein. Wie hatte ich das als normal ansehen können? Der Traum ist so kurz. Zu flüchtig, um ihn zu verstehen. Zu lang, um ihn zu lieben.]

Linda hatte eine Idee. Sie nahm die Brille vom Tisch, legte das Spiralkabel in den Nacken und setzte das Horngestell auf die Nase. Für eine Entspiegelung hatte das Geld nicht gereicht. Jetzt bedeuteten die Reflexionen am Rande des Gesichtsfelds einen Vorteil. Jonas' Spiegelbild im Brillenglas, verwaschen und peripher, löste einen dumpfen Kopfschmerz aus. Trotzdem fühlte sie sich wohler, wenn sie wusste, wo er war.

[Also habe ich mich umgebracht?]

Linda hielt den Atem an. Eine Gänsehaut wanderte über ihren Rücken, unwillkürlich schlang sie das Badetuch enger um den Körper. Dass er es nicht geschafft hatte, sie zu ohrfeigen, bedeutete nicht, dass er ihr keinen Schaden zufügen konnte.

Sie duckte sich hinter das Brillengestell und antwortete: „Ja. Du hast dich umgebracht."

Sein Spiegelbild im Brillenglas wuchs vom Rand Richtung Zentrum, wucherte wie ein Geschwür. Verdammt, sie konnte ihn sogar riechen. Ein Aroma von stockiger Wäsche und muffigen Haaren schlug ihr entgegen.

Linda fühlte sich genötigt, etwas zu sagen, und fügte tonlos hinzu: „Mit Tabletten."

[Tabletten?] Pfeifend stieß Jonas' Geist die Luft aus. Es klang wie das Summen eines Bienenschwarms. *[Tabletten! Die zuverlässigste Methode.]* Ein Quäntchen Stolz schwang in seiner Insektenstimme mit. *[Hätte ich allerdings geahnt, dass ich nach meinem Tod mit den Schmerzen ... existieren muss -]*

Abrupt kippte seine Stimme. Wehleidig brachte er hervor: *[Wegen des Kerls auf dem Foto?! Habe ich mich seinetwegen umgebracht?]*

Wehleidig. Und wütend.

Linda suchte aus den Augenwinkeln den Raum nach Gegenständen ab, die als Waffe taugen mochten.

„Nein! Jonas, hör zu -"

Plötzlich wirbelte der Geist herum. Er holte aus und klatschte die flache Hand gegen Lindas Wange.

Erneut fuhr sie durch den Schädel, ohne Kontakt herzustellen. Aber etwas war anders. Diesmal spürte sie den Schlag. Ein Kratzen. Ein Schaben im Kopf; auf der Hirnrinde, eine elektrische Entladung auf Nervenbahnen, die taub sein sollten.

Die Brille rutschte einen Fingerbreit die Nase hinab. Jonas Geist hatte die Membran zwischen der Welt hinter den Spiegeln und Lindas Welt durchstoßen. Die Nebelgestalt auf ihrer Seite verdichtete sich. Flüchtig, nur für einen Moment, aber ...

Langsam wich Linda zurück. Der Holzrahmen des Sofas bohrte sich ihr in die Nieren.

„Hör zu, es war nicht wegen ihm. Du warst krank. Depressiv. Richtig depressiv. Er war höchstens -"

[Höchstens was?! Dein Ticket aus Psychoville? Was noch? Besorgt er es dir besser als ich?]

Linda senkte den Blick und schwieg. Entsetzt beobachtete sie, wie der Geisternebel Gestalt annahm. Selbst die Fäden in seinem Pullover waren zu erkennen.

Die Wut half ihm herüber.

[Habt ihr es hier getrieben? Als ich noch lebte? Nebenan, in unserem Bett? Nein, sag nichts!]

Aber auch Jonas sagte nichts. Linda linste über den Rand der Brille und sagte vorsichtig: „Ich habe dir vorgelesen. Dir Musik vorgespielt."

Die Nebelgestalt entfernte sich. Nein, das traf so nicht zu: Sie entfernte sich nicht, sie schrumpfte. Wie ein Luftballon, aus dem durch einen winzigen Stich die Luft entwich.

„Du warst so fertig, dass du nicht einmal mehr aus dem Bett kamst. Ich habe bei dir gesessen. Dir aus deinen Büchern vorgelesen. Es war schwer zu sagen, ob ich zu dir durchkam, du warst vollkommen katatonisch. Hast nur unter die Decke gestarrt und gebrütet."

Der Geist hörte aufmerksam zu. Auf Lindas Seite der Spiegel schrumpfte er, verlor weiter an Gestalt.

„Bei einer bestimmten Geschichte hingegen war es anders. Dein Atem entspannte sich, wenn ich sie dir vorlas. Dein Blick, dein Gesichtsausdruck: Der Knoten des Grübelns löste sich. Du kamst aus deinem Schneckenhaus, begannst, zuzuhören."

[Welche Geschichte war das?]

„Die von der Wüstenpalme, dem Joshua Tree. Sie hieß Der Baum des Josua in der gelben Stunde. Ich fand sie in dem blass kopierten Heftchen. Du weißt schon, das schräg getackerte Traktat. Du hast es diesem Eso-Zausel abgekauft. Auf dem Flohmarkt, während des Austromoves, in Wien."

[Damit er uns in Ruhe ließ. Der Typ mit den Sepiaaugen? Den rahmgelben Augen und den Nosferatu-Nägeln? Ich erinnere mich. Die Fingernägel waren so gelb wie die Augen. Fast orange.]

„Ich stieß auf diese Geschichte, weil ... Joshua. Dein Mischpult. Ich hatte keine Ahnung, wieso du es so nanntest. Hatte gehofft, dass der Name etwas in dir auslöste."

Jonas Geist schrumpfte weiter. Seine Stimme klang hohl, ein Flüstern im Unterholz.

[Joshua. Ja. Irgendetwas hat es mit diesem Namen auf sich. Ich weiß aber nicht mehr, was.] Einen Moment war er still. *[Ist es das, was von einem Leben bleibt? Melodien, flüchtig wie Bergnebel, Rätsel ohne Fragezeichen? Absurde Logik?]* Hinter den Spiegeln blickte er auf die jenseitige Version des Couchtisches;

auf die Fugen zwischen den Fliesen und das Übungsgebiss. *[Ist es das, was bleibt? Brillen und Zähne?]*

Auf Lindas Seite der Realität flackerte die Nebelgestalt wie ein Fernsehbild, wenn ein vorbeifahrender Zug oder ein Gewitter den Empfang störte. Die Gestalt verschwand. Doch nicht nur das, auch hinter den Spiegeln begann Jonas' Abbild, zu verblassen. Es war die Wut gewesen, die ihn in dieser Welt verankerte.

Linda beschloss, es zu wagen. Vielleicht hatte die Geschichte wirklich eine magische Wirkung auf ihn?

„Ich habe da so ein Gefühl. Bestimmt kannst du das ein oder andere Rätsel lösen, wenn ich dir die Geschichte noch einmal erzähle."

Jonas Geist flatterte durch den Raum hinter den Spiegeln, lugte als Scherenschnitt aus der Milchglasscheibe der Badezimmertür. Er streifte den Schallplattenstapel in der Diele und glotzte aus dem Bilderrahmen an der Wand ins Diesseits. Sein wässriges Gesicht lauerte genau zwischen Lindas und Toms Abbild hindurch.

Das Blut schoss in Lindas Kopf, sie hielt den Atem an. Sie beugte sich über den Couchtisch, das Badetuch mit den Ellbogen um den Körper geschlungen. Die Fersen presste sie aneinander, streckte die Füße auf die Zehen, und reckte sich dem Bild, aus dem der Geist zu ihr herüberblickte, entgegen. Mit sanfter Erzählstimme begann sie:

„Es war einmal ein Mann, der war so traurig, dass er sich eines Tages in einen Baum verwandelte."

Tom trommelte einen Tusch auf das Lenkrad. So langsam teilte er die Vorfreude, die sein Schwanz den ganzen Tag gezeigt hatte.

Im Geiste spulte er alles ab. Ein Begrüßungskuss in der Wohnungstür. Lindas Arsch in den Händen, prall wie Ferrari-Schluffen mit 1000 Atü. Ihre Schenkel um ihn geschlungen, die Brüste am Hals, ihre Finger in seinem Haar.

Nach dem Essen - Pasta vielleicht, mit Oliven, Muscheln oder Lachs (kalte Ravioli aus der Dose würden auch genügen) - und einer Flasche Rosé vom Kiosk ein zweiter Kuss, der fast schon Sex war. Auf dem schrumpeligen Sofa, das unter jeder Regung ächzte. Hände, die Gürtel und Knöpfe aufrissen; Knie, die das Beinpaar des Anderen spreizten. Ein Biss ins Ohr, ein Kniff in die Nippel. Schnurren, Stöhnen. Beschlagene Brillengläser, im Laufschritt nach nebenan, lachend auf die Matratze stürzen.

Später, während ihr Kopf auf seiner Brust ruhte und ihr Finger die Konturen seines Bizeps nachzeichnete, würde er ihr vorlesen. Die Geschichte von dem traurigen Mann, der zum Baum wurde, und dem Dämon. Linda war geradezu besessen von dem seltsamen Märchen.

Er fletschte die Zähne und grinste in den Rückspiegel. Mit dem Zeigefinger wischte er über die vorderen Zahnreihen. Check - perfekt!

Vergnügt legte er den Leerlauf ein und stieg aus.

Jonas' Geist reagierte eigenartig auf die Geschichte, die Linda aus dem Gedächtnis rezitierte. Es war schwer zu sagen, ob er zuhörte. Die neblige Gestalt stand wabernd auf der Stelle, die wässrigen Augen auf einen Punkt hinter der Wand gerichtet. Sie schrumpfte nicht, sie schwoll nicht an. Mangels Alternative fuhr Linda fort:

„Aber der Mann war noch immer traurig. Da stand er nun im Herzen der Einöde und war knorrig wie die Zeit. Der Wind versuchte, seine Glieder zu beugen, doch das Holz war zu trocken. Er fühlte sich tausend Jahre alt."

Die Nebelgestalt begann, im Raum auf und ab zu laufen. Noch immer schien Jonas mit den Gedanken weit entfernt. Er wisperte Unverständliches, als ringe er mit einer Erinnerung, die sich dem Zugriff entzog. Als haderte er mit einem komplizierten mathematischen Problem.

„Immer, wenn eine gelbe Stunde den Himmel in einen Acker aus Schwefel verwandelte, kam der Mittagsdämon in die Einöde. Er pflegte die Josuapalme, wischte Sand von den kümmerlichen Blättern, stutzte die toten Triebe."

Wieder ging eine Veränderung mit der Nebelgestalt vor sich. Sie wechselte die Farbe. Ihre Silhouette wurde dunkler. Es beunruhigte Linda, es schien nicht richtig zu sein. Plötzlich begriff sie, welches Schauspiel sich vor ihren Augen abspielte.

Der Geist kam herüber.

Er wurde nicht dunkler. Er bildete einen Astralkörper aus, stofflich genug, sich dem Sonnenlicht in den Weg zu stellen. Er warf einen Schatten, der einen Streifen des Dielenbodens und den Couchtisch in Zwielicht hüllte.

Das Abbild Jonas hinter den Spiegeln vereinigte sich mit der Nebelgestalt in Lindas Apartment. Noch hingen die Glotzaugen leer in der Luft, doch schon nahm die Fratze um sie herum Gestalt an. Auf ihrer Stirn pulsierte eine Ader, fett wie ein Egel.

„Eines Tages fasste sich der Mann, der jetzt ein Baum war, ein Herz. Er sprach den Mittagsdämon an. ›Dämon, ich bitte dich! Du bist mächtig wie die See, kannst du mich aus dem Holz befreien, das meine Seele gefangen hält? Ich war traurig, bin es aber nicht mehr. Ich will wandern, die Welt erkunden, die Menschen sehen.‹“

Der Geist näherte sich Linda, das Leichentuch eines Schattens legte sich über sie. Sie begann zu zittern.

[Was. Für. Eine. Gequirlte. Scheiße!] Bei jeder Silbe wurde Jonas lauter. Den letzten Fluch brüllte er, ein feiner Speichelregen rieselte auf Lindas Brustansatz. Entsetzt wich sie zurück.

[Ich erinnere mich an die Geschichte! Oh ja, du hast sie mir vorgelesen. Ich hätte Hilfe gebraucht, keine Gruselmärchen von Vogelscheuchen, die auf Flohmärkten rumlungern und Leute zu Tode erschrecken!]

„Jonas, ich -“

[Halt die Fresse!]

Er hob die Hand zu einem Schlag. Mitten in der Bewegung verharrte er. Er neigte den Kopf, als lauschte er einem entfernten Geräusch. Im Treppenhaus näherten sich Schritte, das Klack-Klack von Absatzschuhen. Linda wurde kreidebleich: Tom stürmte die Treppen hinauf! Er kam hierher!

Der Geist ließ die Hand sinken und äffte sie mit näselnder Stimme nach: *[Und der Dämon erfüllte dem Mann seinen Wunsch.]* Voller Verachtung glotzte er sie an. *[Jeden Tag zur gelben Stunde konnte die Seele des Mannes den Baum verlassen. Sollte sie aber nicht rechtzeitig zurückkehren, würde der Baum verbrennen und die Seele auf ewig von dem Mann getrennt bleiben.]*

„Jonas, bitte." Jonas' Geist war nicht zu bremsen, er kam gerade erst in Fahrt.

[Und wie endet der Scheißdreck? Der Mann zieht in die Welt und beschließt, nicht wieder zu dem Baum zurückzukehren. Er wählt den Tod!]

„Jonas, hör mir zu!"

Jonas spuckte auf den Boden. Der Speichel klatschte zwischen Lindas Füßen auf den Holzfußboden. In einem Astloch warf er Blasen und verschwand. Wurde trübe wie dünner Kaffee und löste sich zu Nebel auf.

Erschrocken schoss Linda vom Sofa. Der Knoten des Handtuchs platzte auf. Der Frotteestoff geriet ins Rutschen. Reflexartig packte sie das Tuch, schlang es erneut um den Körper und machte einen Satz von Jonas weg. Der verharrte auf der Stelle, er hing einer Erinnerung nach, rang mit ihr.

[Großer Gott! Jetzt erinnere ich mich: Du!]

Jonas Geist kam näher. Die Ader auf seiner Stirn pulsierte. Panisch dachte Linda nach, zwang sich zu einem klaren Gedanken. Wenn er herüberkam, Materie wurde, konnte sie ihn dann bekämpfen? Ihm Schaden zufügen? Ihn zurücktreiben?

Ihr blieb keine Zeit. Der Geist streckte die Hände vor, verkrampfte sie zu Pranken, bereit, sie um Lindas Hals zu legen. Sie wich zurück, stieß mit der Wade gegen den Couchtisch.

Sie ließ Jonas nicht aus den Augen. Blind tastete sie über die Fliesen des Tisches, orientierte sich an dem Gitternetz der Fugen und fand, was sie suchte.

Das Übungsgebiss.

Sie ließ das Badetuch los und schloss beide Hände um das schwere Gerät. Das Tuch glitt hinab, legte sich als Bündel um die Waden. Sie stand nun nackt vor dem Geist ihres Ex-Freundes, doch fühlte keine Scham. Stolz reckte sie ihm das Kinn entgegen.

„Ja, es stimmt! *Ich* habe dich umgebracht *Ich* habe dir die Tabletten aufgezwungen. Es war kein Selbstmord."

Der Geist keuchte, schnaufte wie ein Bulle.

„Die Geschichte hat mich auf die Idee gebracht. Die Geschichte von der Palme des Josua. Die und dein Gekiffe. Ich konnte es nicht länger ertragen. Mein Gott, glaubtest du wirklich, das Rauchen würde gegen deine Depressionen helfen? Selbst jetzt stinkst du noch nach dem widerlichen Zeug. Weißt du was? Du selbst bist zur Kiffwolke geworden!"

Jonas Geist kam Schritt für Schritt näher. Schon konnte sie den Schmutzrand unter seinen Nägeln erkennen.

„Erinnerst du dich, womit ich dich gefesselt habe? Nein? Mit den Scheißkabeln von deinem Scheißallerheiligsten. Joshua!"

Draußen näherte sich das Klopfen von Toms Hackenschuhen der Wohnungstür. Es war Linda egal. Sie war gewillt, den Moment voll auszukosten.

„Die Tabletten? Ich werde eine Zahnärztin sein, schon vergessen? Wie leicht fällt es mir wohl, einen Gefesselten zum Schlucken zu zwingen?"

[Sei still!]

„Ha!" Linda triumphierte. Erst jetzt wurde ihr bewusst, dass Jonas tot war. Jonas war tot und sie war frei. Sollte Tom kommen! Sollte er Zeuge werden, wie sie Jonas zum zweiten Mal umbrachte. Was für ein

Zeichen! Die ultimative Liebeserklärung. Tom würde sie in die Arme schließen und -

Sie lachte. Leise, tief in der Kehle. Das Lachen schwoll an, ihr Körper bebte, von der Stirn löste sich eine einzelne Schweißperle und tropfte auf Lindas Brust. An der Brustwarze blieb sie hängen und wippte im Takt des aufbrandenden Gelächters. Schließlich röhrte Linda los wie Janis Joplin am Boden der Whiskeyflasche, die Stimme kratzig und rau. Es fühlte sich wunderbar an. Befreiend. Solange sie lachte, behielt sie Oberwasser.

Sie spannte jeden Muskel des nackten Körpers und machte sich zum Schlag bereit.

„Ich habe es mit ihm getrieben! Hier auf diesem Sofa, während du nebenan auf der Matratze lagst und an deiner Kotze ersticktest. Ich habe geschrien vor Vergnügen!"

Jonas machte einen Satz. Seine Füße waren nackt, sie patschten auf dem Boden. Linda riss das Übungsgebiss über den Kopf, hielt die Luft an und -

Ein Schlüssel drehte sich im Schloss, die Wohnungstür schwang auf. Tom lugte durch den Spalt, ein Grinsen eroberte sein Gesicht, als er Linda sah.

Jonas' Geist fuhr herum. Plötzlich flackerte in *seinen* Augen der Triumph. In wildem Sprung flog er auf die Wohnungstür zu, die Klauen wie ein Raubtier vor den Körper gestreckt, die Zähne gefletscht. Auf dem Boden hinterließ er eine Fußspur aus Schweiß, wenn auch ein letzter Rest der Umgebung durch ihn hindurchschimmerte.

„Nein!", kreischte Linda. „Das ist *meine* Stunde!"

Sie schleuderte das Übungsgebiss der Nebelgestalt hinterher, der Schwung riss ihren Oberkörper mit.

Sie wirbelte herum wie eine Diskuswerferin und biss sich auf die Zunge. Tränen schossen ihr in die Augen.

Als der Schleier sich hob, hatte die Materie mit kühler Mathematik eine Gleichung aufgelöst. Das Ergebnis erschien Linda so unmöglich wie die Division durch null.

Auf dem Treppenabsatz vor Lindas Wohnung blieb er stehen. Ihre Stimme dröhnte durch die Wohnungstür. Sie schrie, klang heiser. Sie hatte Streit. Mit wem? Hatte ihr Vater, der Zahnarzt, ihr einen Überraschungsbesuch abgestattet?

Lautlos schlich er zur Tür und legte ein Ohr ans Holz. Linda schien allein zu sein, niemand gab Gegenworte, obwohl sie die typischen Pausen eines Zwiegespräches setzte. Vielleicht stritt sie am Telefon.

Er sog an der Goldblende des Schneidezahns, das kalte Metall auf den Lippen half ihm, sich zu konzentrieren. Noch etwas war seltsam. Ein modriger Dunst quoll unter der Tür hervor, strömte durch das Holz. Ein übler Geruch nach feuchter Erde, Verwesung und - Gras. Cannabis.

Wie konnte das sein? Seit ihr Psychofreund sich umgebracht hatte, rührte Linda das Zeug nicht mit spitzen Fingern an. Die Reste von Jonas' Kraut hatten sie gemeinsam verbrannt, im Kugelgrill hinter Toms Parterrewohnung. Kein Zweifel, der schwere Rauch hatte genauso gerochen. Aufdringlich und süß, fast wie Oma-Parfüm.

Plötzlich hörte Tom *doch* eine andere Stimme, sphärisch, entrückt. Erstickt und falsch. Der Außerirdische im weißen Rauschen am äußeren Ende der Langwellen-Skala, der ins Wohnzimmer kroch, wenn er als Kind am Sendersuchlauf des Radios gespielt hatte.

Genug! Er fischte den einzelnen Schlüssel (nur für die Wohnung, die Haustür schloss ohnehin nicht richtig) aus der Hosentasche. Er fingerte ihn ins Schloss, drehte ihn und kickte gegen das Holz.

Die Tür verkeilte sich. Eine Diele ragte dort, wo sie bei einem Wasserschaden Feuchtigkeit gezogen hatte, aus dem Boden. Er musste ihren Widerstand überwinden, um die Tür ganz zu öffnen. Er steckte den Kopf durch den Spalt und hörte Linda kreischen: „Nein! Das ist *meine* Stunde!"

Beherzt rammte er die Schulter gegen die Tür und registrierte zufrieden das Quietschen, mit dem die Türkante über das gequollene Dielenholz sprang.

Obwohl er bemerkte, dass auf grundlegender Ebene mit der Realität etwas faul war, reagierte Tom mit Freude auf Lindas Anblick. Dass sie in wilder Panik schrie, von einem Bein aufs andere hüpfte, war seinem Schwanz egal. Im Gegenteil, zuckend erwachte er zum Leben. Bis auf die Brille war Linda nackt. Tom kapierte: Das Ganze war eine Überraschung! Für ihn! Sein Grinsen wurde ein paar Klafter breiter.

Dann sah er die Fratze. Die Augen funkelnd wie die Splitter eines Kirchenfensters, die Haare in wirren Strähnen aus dem Kopf ragend. Aus den Mundwinkeln quoll Halbverdautes, das als Brei vom Kinn auf die Brust tropfte. Die Gestalt schoss aus Lindas Richtung kommend auf ihn zu.

Entsetzt wich er zurück. Eine scharfe Kante bohrte sich zwischen seine Schulterblätter. Die gequollene Bodendiele verkeilte sich erneut unter dem Holz. Die Tür, sie steckte fest und versperrte den Rückzug.

Trotz des Schocks bemerkte ein Teil von Tom amüsiert, dass er Lindas Titten anstarrte; durch den

Körper des Angreifers hindurch anstarrte. Sie streckte das Kreuz durch und führte die Arme vom Rücken nach vorne. Er fühlte sich an dieses Video erinnert, das mit den Nazi-Athleten. Linda riss einen Gegenstand über den Kopf und holte Schwung zu etwas zwischen Kugelstoß und Hammerwurf.

Der Gegenstand wurde zum Geschoss, er peitschte heran, schimmerte durch die Nebelgestalt.

Tom erkannte, was da auf ihn zuflog: Es war das Gebiss, an dem Linda für die Akademie -

Das Geschoss vollführte eine Drehung, dann blieb es stehen. Regungslos hing es in der Luft.

Es schwebte, rotierte um die eigene Achse, ein Raumschiff in der Schwerelosigkeit.

Für eine Sekunde verschmolz das Gebiss mit der Fratze, fügte als materieller Kiefer in den ätherischen Schädel sich ein. Tom glaubte, ein Klicken zu hören wie von einem Gurt, der ins Schloss einrastete.

Die Nebelgestalt selbst wirkte überrascht, aber keineswegs unangenehm. Sie funkelte Tom böse an und schnalzte mit der Zunge, zum Biss bereit; sperrte den Schlund weit auf wie eine Kobra, präsentierte den transparenten Rachen, das durchsichtige Zäpfchen und schnappte zu. Schnappte, schnappte unter Geklapper in die Luft.

Schnappte nach ihm, Tom!

Das Geschoss durchpflügte die Nebelgestalt. Die Illusion verflog wie Tabakdunst und -

Die Wucht des Aufpralls rammte Toms Kopf gegen die Kante der Tür. Seine Nase brach mit trockenem Knirschen, ein metallischer Geschmack breitete sich auf Zunge und Gaumen aus. Dicke Flüssigkeit sprudelte den Rachen hinab. Tom wollte

Husten, doch bekam nur ein feuchtes Röcheln zustande; wollte sich von dem Blut in der Luftröhre befreien, doch etwas schnürte ihm die Gurgel zu.

Noch bevor er auf den Boden schlug, ertrank er in tiefer Schwärze.

Dietz glotzte auf einen Wald aus schwarzen Nylonstrümpfen und Hosenbeinen. Von dem Posten am Rande des Waldfriedhofs aus musste er sich strecken, um über die Kuppe einer Böschung hinweg den Verlauf der Beerdigung verfolgen zu können. Selbst die Regenschirme der Trauergäste schienen dem Anlass angemessener als Dietz' Uniform.

Mahler, Dietz' Partner, begleitete die Angeklagte. Für die Beisetzung ihres Freundes hatte man dem Mädchen Freigang gewährt. Für die Beisetzung des Freundes, den sie *ermordet* hatte (auch wenn die Anklage auf Totschlag lautete).

In die Beinpaare kam Bewegung. Die Trauergäste entfernten sich, verschwanden in einer Wolke aus Hüsteln und Gemurmel. Mahler führte die Angeklagte die Böschung herab, zwei Schritte dahinter folgte ihr Vater.

Dietz warf die Kippe in das Kiesbett und erhob sich von der Motorhaube. Die Dienstmütze hielt er mit beiden Händen vor den Bauch. Er schlug die Hacken zusammen, deutete eine Verbeugung an und setzte die Mütze wieder auf.

Der Vater, Dr. Blumenthal, erwiderte das Nicken mit würdevoller Miene. Er half Mahler, die Tochter über den Parkplatz zu führen, obwohl diese keine Gegenwehr zeigte.

Die Angeklagte ließ sich auf die Rückbank fallen. Wortlos verabschiedete sie sich vom Vater. Die Tür schlug mit dem Krachen eines Sargdeckels zu. Sie drückte die Stirn gegen die Seitenscheibe, ein Anblick endgültiger Hoffnungslosigkeit. Ihr Gesicht vereinigte sich mit dem Spiegelbild des Kastanienbaums, das die Scheibe in ein Mosaik aus dunklen Blättern verwandelte. Ständig murmelte sie vor sich hin, als spräche sie mit einem Unsichtbaren. Die Augen gerötet sah sie aus, als hätte sie seit Tagen nicht geschlafen.

Mahler schüttelte dem Vater die Hand und wünschte ihm Kraft für die schwere Zeit, die vor ihm lag. Der Vater nickte erneut, Mahler löste den Handschlag und zwängte sich auf den Beifahrersitz. Dietz umrundete den Streifenwagen, schwang sich hinters Lenkrad, justierte den Rückspiegel - und erstarrte.

Auf der Rückbank neben der Angeklagten hockte ein Penner. Er trug einen verfilzten Pullover, in dessen Stoff Reste von Erbrochenem klebten. Einen Arm hielt er um die Schulter des Mädchens geschlungen, klammerte sich wie ein Parasit an ihr fest, saugte sie aus. Die Lippen an ihr Ohr gelegt säuselte er in einem fort. Das Mädchen versuchte vor seinen Einflüsterungen zu fliehen, doch hinderte sie die Tür an ihrem Vorhaben.

Was war hier los? Hatte der Penner sich da hinten versteckt, während Dietz auf der Motorhaube Mails gecheckt hatte? Was zur Hölle wollte er von der Angeklagten?

Dietz tastete nach dem Pistolenholster und warf einen Seitenblick zu Mahler. Der schien nichts bemerkt zu haben. Langsam drehte Dietz sich um.

Da war niemand auf der anderen Seite des Gitters, das die Rückbank vom Cockpit trennte. Nur das Mädchen, das sich in den hintersten Winkel quetschte und aussah, als müsste sie sich übergeben.

Dietz wandte sich ab und starrte geradeaus durch die Windschutzscheibe. Seine Kieferknochen zuckten. Er traute sich nicht einmal, in den Rückspiegel zu schielen.

Schon begann er, den Penner als Ausgeburt seiner Phantasie zu betrachten, als ein widerlicher Gestank in der Fahrgastzelle sich ausbreitete, kalter Schweiß und Sperma.

Haschisch.

Mahler reagierte auf seine Weise auf das seifige Olfaktorium. „Verdammte Ebereschen!", rief er durch die Seitenscheibe der Ligusterhecke zu, die das Friedhofsgelände begrenzte.

Dietz legte den ersten Gang ein. Seine Knie zitterten. Er ermahnte sich, seiner Pflicht zu gedenken und den Penner als das Hirngespinst abzutun, das es war. Sorgenvoll blickte er in den Rückspiegel.

Der Mann war noch da. Die Augen glotzende Brunnen, die Haare in Nestern an der Kopfhaut klebend. In einem fort säuselte er mit sanfter Stimme: *[... brauchst keine Angst zu haben ich habe dir verziehen nie wieder werde ich ...]*

Der Kerl versenkte die Ellbogen in der Magengrube, seine Visage war schmerzverzerrt. Vielleicht ein Junkie? Unsinn, es war niemand da!

In dem Moment fuhr der Vater des Mädchens vorbei und hupte zweimal zum Abschied. Dietz schreckte im Fahrersitz zusammen. Mahler hob die Hand zu einem sparsamen Gruß.

Dietz bemühte sich, den Stoßatem vor Mahler zu verbergen. Mit fahrigen Bewegungen kramte er eine Sonnenbrille aus der Brusttasche und setzte sie auf. Er tippte dreimal gegen das Miniatur-Hundegeschirr am Rückspiegel, die Finger steif wie Klanghölzer, und bugsierte den Streifenwagen aus der Haltebucht.

„Hilfe." Das Mädchen wisperte gegen das Rascheln ihres Rocks an. *„Hilfe."*

Plötzlich klarte ihr Blick auf wie der Himmel nach einem Frühlingsgewitter. Ihre Stimme zitterte. *„›Wenn die Seele nicht zurückkehrte, würde sie auf ewig von dem Mann getrennt sein.‹* Es war das Märchen! Es hat mich auf die Idee gebracht; mich gelenkt. Ich wollte dich nicht umbringen!"

Sie schluchzte. Ihre Stimme brach. Tränenerstickt wimmerte sie wie ein Kind: „Die gelben Augen, die Vampirfinger ... der Kerl auf dem Flohmarkt, er muss ein Hexer gewesen sein! Die Palme... Josua, das Mischpult. Joshua, Josua. Jonas. Absurde Logik. Division durch null."

Mahler bedachte die Worte der armen Frau mit einer eindeutig kreisenden Geste im Schläfenbereich. Dietz rang sich ein gequältes Lächeln ab.

Die Fahrt zur Justizvollzugsanstalt verlief schweigend, bis auf das Säuseln von der Rückbank, das hin und wieder Worte gebar. Es verwob sich mit dem Zischen der Lüftung und schnürte Dietz den Atem ab.

Lothar Nietsch

Zertifiziert

Hubertus Sponger von der Zertifzierungsgesellschaft mit dem wohltönenden Namen Normproqual rutschte unruhig auf seinem Stuhl hin und her. Aus noch unbestimmtem Grund war ihm sein Gegenüber, Hermann Partikular, Eigentümer und Geschäftsführer des größten ortsansässigen Betriebes, unheimlich. Partikular hatte während seiner Ausführungen mit keiner Wimper gezuckt, hatte ihn angestarrt, wie eine Schlange das Kaninchen und Hubertus' Wortschwall mit keiner Frage unterbrochen.

Nun, da Hubertus nichts mehr sagte, lehnte sich Hermann Partikular in seinem Chefsessel zurück, stützte die Handflächen auf der penibel polierten Fläche seines Edelholzschreibtisches ab und erwiderte: „Sie meinen also, mein Betrieb benötigt eine Zertifizierung nach - wie sagten Sie noch gleich? DIN irgendwas?"

„DIN A 47 wäre die Norm, nach der Ihr Betrieb einzustufen wäre." Hubertus nickte erleichtert, irgendwann begriff einfach jeder die Vorzüge einer Zertifizierung.

„Ah ja. Hört sich nach einer bestimmten Papiergröße an." Partikular faltete die Hände vor dem Kinn, die Augen verengten sich zu Schlitzen und die Mundwinkel folgten in auffälliger Weise der Schwerkraft.

„Ja, in der Tat, haha", lachte Hubertus Sponger. „Komisch, dass mir das noch nicht aufgefallen ist", fügte er noch an. Hatte er eben geglaubt, diesen Kunden in der Tasche zu haben, so war er sich dessen jetzt, keine zwei Lidschläge später, überhaupt nicht mehr sicher. Schon dieser Gesichtsausdruck ließ nichts Gutes erahnen. Genaugenommen machte ihn der Typ nervös - gelinde ausgedrückt. Hubertus begann zu ahnen, dass er sich besser nicht freiwillig anerboten hätte, Hermann Partikular als Kunden gewinnen zu wollen. Eigentlich war für diesen Bezirk sein Kollege Daniel Chatter zuständig, aber ausgerechnet heute hatte er einen dringenden Zahnarzttermin. Hubertus beschlich das Gefühl, bei einer Wurzelbehandlung mehr Freude zu erfahren als in Partikulars Firma.

„Was bringt mir denn, Ihrer Meinung nach, so eine Zertifizierung ein?", holte ihn der unheimliche Firmeninhaber aus den Gedanken.

„Nun, wie ich vorhin bereits darlegte, eine Zertifizierung ist ein Qualitätsmerkmal, ein Siegel, das Ihren Kunden sagt, wie die Güte Ihrer Arbeit einzustufen ist." Hubertus lockerte die Krawatte um seinen Hals.

„So, so. Wird die Güte meiner Tätigkeit denn besser, sobald sie zertifiziert ist?"

„Äh, ja, nein, das kommt darauf an." Hubertus Luftröhre wurde immer enger. War die Klimaanlage ausgefallen?

„Worauf denn?" Partikular beugte sich über den Tisch.

„Nun, ja. Sollte uns während der Prüfung auffallen, dass Ihr Betrieb bestimmte Merkmale nicht erfüllt, haben Sie natürlich die Möglichkeit, den

Ablauf Ihrer Arbeit der geforderten DIN-Norm anzupassen."

„Aber versicherten Sie mir nicht vorhin, dass mein Betrieb der erforderlichen Norm in allen Kriterien entspricht?" Ein kaum merklicher, dennoch unzweifelhaft vorhandener Tonfall des Missfallens hatte sich in die bislang neutrale Stimme geschlichen.

„Äh, ja, gewiss. In Ihrem Fall wäre eine Anpassung nicht nötig." Hubertus' Stimme kratzte. Gott, er hatte wahnsinnigen Durst.

„Um diese Zertifizierung aber zu erhalten, muss ich einmal jährlich eine Prüfung über meinen Betrieb ergehen lassen, die Personal und Zeit in Anspruch nimmt und Ihnen diese dann auch noch vergüten – verstehe ich Sie richtig?"

„Ja, aber eine Zertifizierung bedeutet eine Menge Vorteile für Sie." Soweit war er doch vorhin schon gewesen. Was stimmte mit diesem Kerl nicht? Hubertus schielte zur Tür des Büros.

„Nun, davon abgesehen, dass ich den mir dadurch entstehenden Aufwand preislich an meine Kunden weitergeben muss, sich aber nichts an der Qualität meiner Produkte ändert, erkenne ich durchaus den Nutzen, den eine Zertifizierung meines Betriebes Ihrer Gesellschaft einbringt. Sie partizipieren aus den Umsätzen bestehender Betriebe, ohne wirklich etwas zu leisten. Haben Sie es eigentlich schon einmal mit richtiger Arbeit versucht?"

„Wie – äh, was? Ich verstehe nicht."

„Ich meine, um Ihren Lebensunterhalt zu verdienen. Haben Sie das schon einmal mit richtiger Arbeit versucht?"

„Haha, guter Witz." Allmählich wurde ihm dieser Partikular *wirklich* unheimlich.

„Ich sehe, so kommen wir nicht weiter. Ich will Ihnen anhand eines praktischen Beispiels veranschaulichen, auf welche Weise Sie Ihren Lebensunterhalt verdienen. Sie werden mir doch zustimmen, wenn ich feststelle, dass Sie körperlich ziemlich unversehrt aussehen, nicht wahr?"

„Äh, ja. Durchaus."

„Sehen Sie, und das bestätige ich Ihnen nun schriftlich, und nenne das ein Zertifikat. So, fertig. Macht zweihundert Euro."

Während er sprach fixierte Hermann Partikular Hubertus mit seinem Blick, zog aus der Schreibtischschublade ein Blatt Papier heraus, kritzelte einige Zeilen darauf, versah es mit Stempel und Unterschrift, schob es Hubertus über den Tisch hin zu.

Hubertus glotzte verwirrt auf das Schriftstück und dann zu seinem Gegenüber.

„Das ist ein Witz, oder? Ich meine, man kann nicht so einfach ein Zertifikat ausstellen. Man muss da bestimmte Kriterien erfüllen, man wird staatlich geprüft ..." Er verstummte, wusste nicht weiter.

Partikular starrte ihn regungslos an, dann, ohne auch nur einen Mundwinkel zu verziehen, holte er eine Pistole aus der Schublade hervor, die er in einer bedächtigen Bewegung neben sich auf die Tischplatte legte.

Der Kerl ist nicht ganz bei Trost! Hubertus Glieder durchlief ein Zittern, er fühlte sich wie gelähmt vor Angst. „Ich, ich habe kein Bargeld bei mir", brachte er endlich heraus, dabei drohte ihm die

Stimme zu versagen. Spürbar rann ihm der Schweiß übers Gesicht.

„So ein Pech aber auch. Dann bleibt Ihre Unversehrtheit dummerweise nicht erhalten.“ Ohne die Miene zu verziehen, griff sich Partikular die Pistole, erhob sich, beugte sich vornüber und schoss Hubertus ins rechte Knie. Der Schuss dröhnte im Raum, Pulverqualm breitete sich aus.

Hubertus schrie auf, der Schmerz raubte ihm fast den Verstand. Er kippte mitsamt seinem Stuhl nach hinten über und wälzte sich schreiend am Boden, dabei umklammerte er mit beiden Händen sein Knie.

„Die Wände meines Büros sind schalldicht, wissen Sie. Ist nur nicht zertifiziert. Wie soll das auch gehen? Ich meine, schalldicht ist schalldicht, oder etwa nicht? Eine Zertifizierung macht sie nicht noch schalldichter. Wäre auch eine ziemlich blöde Steigerung. Schalldicht, schalldichter, am schalldichtesten – finden Sie nicht auch?“

„Sie sind wahnsinnig!“ Hubertus stöhnte. Warum rief niemand die Polizei?

„Ich sehe schon, Sie verstehen immer noch nicht. Passen Sie auf, ich könnte Ihnen jetzt zertifizieren, dass Sie über ein zerschossenes Knie verfügen. Blöderweise führen Sie aber nicht die nötigen finanziellen Mittel mit sich. Habe ich Recht?“

„Nein, doch, bitte nicht! Ich flehe Sie ...?

Partikular zielte auf Hubertus zweites Knie, drückte ab.

Hubertus schrie, bis ihm die Stimme versagte, Tränen rannen ihm übers Gesicht, Speichel spritzte auf den Teppich. Er wünschte sich nur noch in eine gnädige Ohnmacht zu fallen - aber er blieb bei Bewusstsein.

„Nein, doch? Würden Sie sich bitte einmal entscheiden. Ich meine, Ihre beiden zerschossenen Knie sind offensichtlich. Aber gehen Sie einmal davon aus, Ihre Krankenkasse weigert sich das anzuerkennen. In diesem Fall wäre eine Zertifizierung ein ziemlicher Gewinn. Oder habe ich da etwas falsch verstanden?"

Hubertus hörte kaum noch was dieser Geisteskranke sagte. Sein Atem ging stoßweise, sein Gesichtsfeld bestand nur aus flirrenden Lichtpunkten.

„Andererseits wären Ihre zerschossenen Knie auch nicht besser oder schlechter dran, wenn ich sie zertifiziere. Oder doch?"

Als wäre sie aus einer anderen Dimension, ragte plötzlich der Lauf der Pistole in Hubertus' Gesichtsfeld. „Nein! Ich bitte Sie, hören Sie auf damit", flehte er mit letzter Kraft.

„Glauben Sie nicht, dass der Verbraucher intelligent genug ist, um selbst zu entscheiden, welche Dienstleister, Handwerker und Produzenten ihren Job verstehen und wer nicht? Was meinen Sie, ist schneller aufgebaut, ein guter Ruf oder ein schlechter? Aber wissen Sie was? Ich glaube, Sie haben mich überzeugt. Eine Zertifizierung Ihres Zustandes bringt mir nichts ein. Ich entzertifiziere Sie also und erledige meine Arbeit auf die gleiche unzertifizierte Weise, wie in den Jahren zuvor."

Ein greller Lichtblitz jagte Hubertus entgegen, den Knall des Schusses bekam er nicht mehr mit.

Nachdem die Klimaanlage den größten Teil des Pulverqualms abgesaugt hatte, betätigte Hermann

Partikular die Gegensprechanlage, die ihn mit seiner Sekretärin verband.

„Beseitigen Sie bitte die Sauerei in meinem Büro und lassen Sie die Überreste in den Kühlraum zu den anderen bringen. Nächste Woche liegt die Produktion der Tiefkühllasagne an. Sobald Sie das erledigt haben, benötige ich Sie für ein Diktat und dann können Sie für heute Schluss machen."

Marcus Richter

Whatever really Happened to Little Albert

Das kleine Blockhaus in den Apuanischen Alpen liegt so weit entfernt von der Zivilisation, wie man es sich nur wünschen kann, damit das Experiment gelingt. Ein kleines Tal liegt zu seiner Rechten, das Fundament des Gebäudes, welches sich an eine Serpentine schmiegt, wurde etwas oberhalb in den Hang gegraben und ist über ein paar leichte Windungen, welche den Berg hinaufkriechen, ohne große Anstrengung zu erreichen. Dahinter erstreckt sich ein Buchenwald bis hinauf zum Kamm, über den man in kaum einer Stunde die kleine italienische Siedlung auf der anderen Seite des Berges zu erreichen vermag. Versuchte man es mit einem Fahrzeug, so müsste man hinunter ins Tal, die ewigen Serpentinen, die sich schmal an den Hang pressen, hinab, eine Stunde vielleicht, wenn man es eilig hat, dann durch einen Tunnel, und auf der anderen Seite wieder hinauf – man wäre einen halben Tag unterwegs, hat man das Gefühl.

Soweit so gut.

Schließlich, über allem thronend, den Kamm als Schulter, erhebt sich der Kopf eines gewaltigen Berges und blickt über die anderen hinweg bis ans Meer und weit bis an den Horizont. Das steinige Haupt trägt selbst im Frühsommer noch einen Schopf von weißem Schnee und liegt die meiste Zeit in einem Wolkendunst verborgen, der sich rasch zu einem

Unwetter verdichten kann. Oft geschieht es, dass man den Wetterumschwung gar nicht bemerkt. Von einer Arbeit beschäftigt, von einem Gedanken gefesselt, von einer Sache nur wenige Minuten abgelenkt, und man findet sich wieder an einem Ort der Angst, unter einem pechschwarzen Himmel - das Unglück nur eine Armeslänge entfernt...

Der Mann, der John Bernard Watson in dem kleinen Spiegel neben der Tür anblickt, ist immer noch der aufrechte, gebildete und geistig gesunde Mensch, der in Phoenix Arizona das Flugzeug nach Europa bestiegen hat. Er stellt die Koffer, die er die Serpentinen herauf getragen hat, neben die Anrichte und sieht sich in dem kleinen Zimmer um, das den Hauptteil des Blockhauses in den Bergen ausmacht. Die Einrichtung wirkt leicht überladen, sehr rustikal und dunkel. Eine weiße Tischdecke und andere helle Accessoires, wie gehäkelte Deckchen auf den Schränken mit Glastüren geben dem Innenraum den Charme einer Gruft.

John Watson zieht unwillkürlich die Schlinge des Schlipses über den Kopf und wirft das Würgegerät auf ein Canapé, vor dem ein Rundtisch steht. Er ist angekommen, endlich. Gott sei Dank, denkt er, und ihm kommt noch ein Gedanke, ein fahriger, plötzlicher, der einen Mann zu überrollen vermag, wenn er nicht durch schwerwiegende Ereignisse darauf vorbereitet wurde. Wie also, kommt es ihm in den Sinn, kann eine ganz spezielle menschliche Natur von einer bösartigen Erinnerung, die über Jahre dessen Seele bis ins Innerste zerfressen und gemartert hat und den Verstand an den Rand des Wahnsinns getrieben, wie also kann solch ein Zustand, der mittlerweile die betreffende Person ganz in die Unvernunft und in den Irrsinn getrieben hat, umgekehrt oder wenn nicht anders möglich an seinem Fortschreiten gehindert werden? Wie von einem heißen Fieber überwältigt, greift sich Watson an den Hals. „John, denke heute lieber an dich selbst“, sagt er. Auch sagt er es so, als hätte er sehr lange nicht an sich selbst gedacht und erwachte nun, beim unerwarteten Erkennen seiner Selbst im Spiegel. Man muss zuerst wissen, dass man existiert, bevor man an sich denken kann, kommt es Watson wie ein beruhigendes Gedankenspiel in den Sinn. Er schaut in den Spiegel und nickt sich aufmunternd zu.

„Der klarste Gedanke ist nichts ohne den Verstand, der ihn denkt, John“, sagt er.

Nachdem er penibel seine Kleidungsstücke, Schuhe und Schreibutensilien aus den Reisekoffern entfernt und in den Schränken und Verwahrungsmöglichkeiten des Hauses untergebracht hat - er benutzt dabei ein System, mit dem sich jede Sache zielgerichtet wieder finden lässt - rückt er einen der Stühle von dem großen Esstisch fort und schiebt ihn an das Fenster, durch das er einen guten Ausblick auf den Weg hat, der sich in Serpentinen den Berg hinauf windet. Es ist nicht einfach, die Blockhütte auf andere Weise zu erreichen. Will man es über den Berg versuchen, muss man die in Dunst gehüllte Bergspitze neben sich lassen und über einen Ziegenpfad eine halsbrecherische Böschung hinab, bevor man etwas oberhalb des Blockhauses aus dem Wald tritt und sich sofort einem Steilhang gegenübersieht, unter dem sich das Blockhaus eng an den Berg schmiegt. Sicher, von dort gibt es Lösungen und Möglichkeiten, um das Blockhaus ungesehen zu erreichen, aber man würde sich mit einer Bergsteigerausrüstung versehen müssen, oder musste mit der Gewandtheit der Bergziegen von Fels zu Fels springen, um sich dann, wenn es nicht mehr weiter ginge, wie ein Gecko mit klebrigen Fingern kopfüber an Felsvorsprüngen entlang zu hangeln. Um es kurz zu machen, eine Zeitlang ist der Bewohner dieses Hauses von dieser Seite des Berges sicher vor unerwarteten Besuchern.

Sobald es Nacht wird, stellt John Bernard Watson seine Beobachtung des Weges unterhalb der Blockhütte ein. Es ist jetzt sinnlos, die pechschwarze Nacht nach einer Bewegung auszukundschaften. Im Licht der Deckenbeleuchtung kontrolliert Watson zuerst die Tür und dann die Fenster, die glücklicherweise auch auf der Innenseite schwere Fensterläden besitzen, so dass sich alles recht zuverlässig verriegeln lässt. Jetzt ist es an der Zeit einen klaren Gedanken zu fassen, einen ebenso zuverlässigen, wie die verriegelbaren Fensterläden.

Um zu verstehen, was John Bernard Watson beunruhigt und was ihn schließlich bis hinauf in die Apuanischen Alpen getrieben hat, muss man vor allem etwas über die Konditionierung emotionaler Reaktionen bei Kindern wissen, ein Fachgebiet, auf dem Watson in den letzten dreißig Jahren bedeutende Fortschritte gemacht, aber noch lange nicht den großen Durchbruch errungen hat. Er hat dabei einiges über die menschliche Seele erfahren. Auch wie zerbrechlich sie ist. Und natürlich auch etwas über die Seelen von weißen Ratten, von denen es keine Meile entfernt ein paar Hundert geben soll, die sich in einer alten Mülldeponie eingenistet und dort vermehrt haben. Sie sind anpassungsfähig, die kleinen Biester. Aber das hat John B. Watson an ihnen von Anfang an zu schätzen gewusst.

Was gibt es sonst über John Bernard Watson zu wissen? Nun, er hat 1963 seinen Abschluss an der Universität von Chicago absolviert und promovierte dort mit einer Arbeit über die „Möglichkeiten der Steuerung des Gehirns der Weißen Ratte". Des Weiteren hat er einige Jahre in einem Krankenhaus gearbeitet, sich dort verliebt und eine der bedeutendsten wissenschaftlichen Leistungen vollbracht. Die junge Frau, welche nicht unbeteiligt an jenen geistigen Errungenschaften gewesen war, hieß Anne-Marie Karley. Watson hatte sie verehrt, zunächst ihrer Traurigkeit wegen, die sie zuerst in seine Arme, und wie er es nun besser weiß, in das Verderben getrieben hatte. Später hatte er sie vergessen und sich in ein anderes Leben geflüchtet. In diesem hatte er eine Familie gegründet, ein Leben gelebt, alle Hochs und Tiefs durchschritten, einer wundervollen Tochter den Weg in ein erfolgreiches Leben geebnet, einer Frau alle Annehmlichkeiten verschafft bis sie daran erstickte, wie sie ihm später freundlicherweise in einem Brief mitteilte. Aber sie waren sich damals noch nah genug gewesen, dass er es ihr nicht übelnahm und er dankt auch heute noch für jeden Tag, der ihm mit ihr vergönnt gewesen war. Dazwischen war Watson ein Arbeitstier, vergrub sich bis zum Hals in seine Papiere, schwelgte in Visionen einer herauf brechenden Revolution der Psychotherapie, ging unbekannte und gefährliche Wege, die ihn schließlich der Welt und der Wissenschaftlichkeit entfremdeten. Deshalb auch sein Hang zur Eigenbrötlerei.

Und dann, wie aus dem Nichts, der Tag als seine Tochter die Treppe hinabstürzte, Watson irgendwo, er fand sie am Nachmittag; danach die Polizei, das ganze Prozedere. Es ist unmöglich nachzuvollziehen, was in John Bernard Watsons Kopf vor sich ging, während er sich mit dieser Angelegenheit auseinander setzte. Ein leichter Schweißausbruch kommt ihm immer noch, wenn er daran denkt, er kommt mit der Einsamkeit nicht zurecht, aber wer würde das schon. Es liegt in der Natur des Menschen, sein eigen Fleisch und Blut zu vermissen. Aber es liegt eben auch darin, sich nach einiger Zeit anderen Dingen zu widmen, wie etwa der Sache mit dem Jungen, die nun schon einige Jahre zurück lag.

Während er am nächsten Morgen einen kleinen Rucksack schultert, in dem sich alles befindet, was ein Mann benötigt, um einen halben Tag ohne Mühen oder Gewichtsverlust die Steilhänge der Apuanischen Alpen zu erwandern, denkt Bernard Watson immer wieder an diesen kleinen Jungen, den er das letzte Mal vor etwa einem viertel Jahrhundert mit seiner Mutter, die ihn fürsorglich im Arm hielt, vor dem Fenster seines Büros im Children´s Memorial Hospital in Chicago zu Gesicht bekommen hat. Er weiß noch, dass das Letzte, was sie sagte, ihn sehr verletzt hatte, aber er hat den genauen Wortlaut vergessen. Genauso wie den schmerzvollen Augenblick danach, als sie sich mitsamt dem Kind aus dem offenen Fenster gestürzt hatte. Ziemlich genau aber kann er sich noch des Gesprächs davor entsinnen. Sie hatte den Jungen wie ein Reisegepäck an ihre Brust gepresst und sein Gesicht vor seinen Blicken verborgen.

„Was willst du jetzt mit ihm machen", hatte Watson von seinem Schreibtisch aus gefragt, während er sich Notizen machte. Die Frau geriet darüber außer sich, bekam Schaum vor dem Mund. Ein Umstand, der sie nicht gerade attraktiver erscheinen ließ. Danach hatte sie ihn bitter angeschaut und den verkniffenen Mund schief gestellt.

„Du bist kein guter Mensch, John Bernard Watson", hatte sie gesagt, während Watson den genauen Wortlaut notierte.

„Ach ja? Was genau lässt dich vermuten, dass ich kein guter Mensch bin."

Ihr zitterndes Gelächter hatte ihn kurz und neugierig aufblicken lassen, während sie das Fenster öffnete.

„Hast du vor, zu springen", fragte er. „Wirst du mit Albert zusammen springen oder ihn hinauswerfen?"

Es war eine rein formale Frage, denn natürlich versuchte die junge Frau nur ihren Aggressionen und ihrer aufgestauten Angst Luft zu machen. Er hatte das schon ein gutes Dutzend Male erlebt und genauestens Protokoll darüber geführt.

Dann war sie ans Fenster getreten. Das war der vielleicht bedeutendste Augenblick ihres Lebens gewesen. Als sie dann etwas gesagt hatte, hatte sich Watson eben vorn über gebeugt, um das Gesagte vor sich auf einem neuen Bogen Papiers zu notieren. Aber noch bevor er es hatte niederschreiben können, hatte er ihren weißen Kittel mit einem Schwung über das Fensterbrett flattern sehen und war im selben Augenblick aufgestanden und zum Fenster gestürzt.

Watson räuspert sich und schließt die Tür hinter sich. Es ist ein wundervoller Morgen. An den Wipfeln der Buchen an den Steilhängen hängt noch immer ein leichter Flaum von Nebel. Es ist kühl, aber die Sonne ist schon zwischen den Gipfeln im Osten aufgestiegen und wird das Tal bald in einen dampfenden und brodelnden Kochtopf verwandeln. Watson hat sich für diesen Vormittag vorgenommen, die trübseligen Gedanken in der Blockhütte zurückzulassen und stattdessen einen Ausflug in eines der verlassenen Bergdörfer zu unternehmen, im Speziellen in eines, das nah bei der alten Mülldeponie gelegen ist, in deren dickbäuchige Tiefgeschosse die Spezies *Rattus norvegicus forma domestica* abgewandert ist, nachdem es in den siebziger Jahren hier irgendwo einen Unfall in einem Chemielabor gegeben hat. Dabei sind einige Dutzend der Tiere in die Freiheit entkommen.

Der Aufstieg zu dem Bergdorf gestaltet sich mühelos. Immer wieder, vor allem, wenn er sich den von leichtem Schweiß befeuchteten Mund wischt, kommen ihm Gedanken an Anne-Marie Karley und den kleinen Jungen, den sie im Arm gehalten hat. Aber die Anstrengung und das leichte Pfeifen der Lungen, das sich auf den von rutschigem Laub bestreuten Eselspfaden, ganz von selbst dem keuchenden Atem des untrainierten Körper anheftet, bringen Watson immer wieder von jenen dunklen Erinnerungen ab und lassen ihn mühsam aber frei die

Waldluft genießen, die dick und feucht von den Berghängen hinab ins Tal rutscht. Nichts trübt an diesem Morgen den Anblick der Natur, die von manchen seiner Kollegen und nicht zuletzt von ihm selbst als der Ursprung aller menschlichen Emotionen betrachtet wird. Aber sie wirkt, so wie an allen Orten, wo sie unverletzt und selbstsicher aus dem Boden dringt und sich Raum für ihre Eskapaden und Scharmützel, wie den Kampf der Ameisenvölker um einen umgestürzten Baum, verschafft, auf eine kaum in Worte zu fassende Art bedrohlich und dunkel. So wie der Buchenwald, der sich in seiner Tiefe kaum ergründen lässt und mit unerwarteten Schreien und Geräuschen aufwartet, die John Bernard Watson beizeiten fasziniert stehen bleiben lassen und in das Unergründliche lauschen. Hinein in das Gewimmel und Gezeter von hunderttausenden Kreaturen, die den Wald und den Steilhang bevölkern, an dem sich jeder andere unbeobachtet und allein wähnen würde. Von einem Augenblick zum nächsten ist John Bernard Watson plötzlich wieder bewusst, warum er hier ist. Er ist sich einer Gefahr bewusst. Einer sehr lebendigen Gefahr, die nicht aus dem Wald kommt, aber irgendwo dort oben oder hinter ihm lauern könnte. Von einer ohnmächtigen Angst angefasst, greift er direkt auf einer kippeligen Brücke, man könnte es auch einen zusammengenagelten Bretterstapel nennen, der über einen Wildbach gelegt wurde, in seine Jackentasche und holt ein eigentümliches, blinkendes Stiftchen heraus, das er sich hastig auf die Lippen legt, um es wie eine Pfeife oder der Größe wegen wie ein Pfeifchen zu benutzen. Es ist ein Gerät wie es Kammerjäger benutzen, die in den Großstädten die Kellergewölbe großer Mehrfamilienhäuser durchkämmen, um mit diesen kleinen, zylindrischen Blasinstrumenten die Antwortrufe von Wanderratten oder anderen Exemplaren der Spezies rattus zu provozieren und ihre Nester ausfindig zu machen. Es ist eine einfache aber effiziente Möglichkeit, um einer Ratte nachzuspüren, die sich bekanntlich wie kein anderer Säuger in der Dunkelheit oder in den Schatten des Tages zu verbergen vermag.

Das Geräusch, das die Rattenpfeife von sich gibt, ist hoch und schrill, und Watson, der unglücklicherweise selbst von schreckhafter Natur ist, macht vor dem Geräusch einen Satz zurück und landet unvermutet auf dem Stumpf eines abgehauenen Waldriesen, dessen Wurzel quer zum Weg über dem Wildbach in die Luft sticht. Es hätte ihn schlimmer treffen können, denkt er sofort, und er wäre in dem eiskalten Wasser unter ihm gelandet. Dann wäre sein eigentümlicher Spaziergang für heute beendet gewesen. Aber soweit ist es nicht gekommen, er steht kippelnd und mit den Armen rudernd auf der großen Baumwurzel, die aus dem Felsengrund ragt. Im nächsten Moment streift sein Blick eine Bewegung, die er durch die Baumwipfel hindurch auf einem kleinen Plateau ausmacht, keine hundert Meter entfernt. Es war etwas Winziges, Pfeilschnelles, denkt er gerade noch, bevor alles wieder still und bedrohlich wispernd vor ihm liegt. Er macht einen großen Schritt, landet auf der Brücke und erklimmt leichtfüßig den nächsten Anstieg, von dort sind es noch knapp zweihundert Höhenmeter bis zum Nest.

Als der Psychologe etwa nach einer Stunde über eine vorgelagerte Anhöhe schreitet, kann er bereits die ersten, kahlen Turmruinen des Dorfes ausmachen. Die meisten Dächer, die sich aus dem Waldbaldachin erheben, sind von Wind und Wetter eingesunken. Manche fehlen ganz und sind nach unten in das Innere der Gebäude gestürzt. Je näher er dem Felsenplateau kommt, desto breiter wird auch der Weg. Ein Pflaster wird sichtbar, aber genauso schwer gangbar wie der Eselspfad, über den er hinaufgelangt ist.

Aber es gibt noch einen anderen Weg, um das verlassene Dorf in den Bergen zu erreichen. Watson sieht die asphaltierte Straße, als er kurz vor Betreten der Dorfstraße (oder sollte man es überhaupt als solche bezeichnen?) um eine letzte, scharfe Kurve schreitet. Die Asphaltstraße windet sich die gegenüberliegende Hangseite hinauf. Zwar ist jener Anstieg durchsetzt von schroffen Abhängen und schwindelerregenden Höhen, aber offensichtlich war er von jener bizarren Zerstörtheit, die den Straßenarchitekten die besseren Fixpunkte zur Errichtung von tragfähigen Fundamenten gegeben haben, als der Eselspfad, über welchen Watson bis hier herauf gestiegen ist. Doch dies ist nicht der einzige Grund, denkt Watson, warum jene und nicht diese Seite des Berges für den Bau einer Asphaltstraße genutzt worden ist. Und er drückt mit dem Fuß einen etwa melonengroßen Felsen, der nicht weit vom Weg in einer Mulde aus Moos liegt, beiseite. Darunter wird eine faustgroße Öffnung im Erdboden sichtbar. Watson kniet sich daneben und stochert mit einem Ast in der Höhlung herum. Es handelt sich um ein Loch, das sich in krummen Windungen in den Berg hinein verläuft. Man könnte die Öffnung im Waldboden zunächst für ein unbedeutendes Landschaftsphänomen halten, etwa die Höhle eines Tieres oder das Werk eines unterirdischen Wasserrinnsals, das sich längst einen anderen Weg gesucht und diese Stelle hohl und trocken zurück gelassen hat, aber Watson entdeckt nur einen Schritt entfernt einen weiteren Spalt und schließlich ein etwa katzengroßes Erdmaul, aus dem er einen leichten Luftzug wahrnimmt, der aus dem Erdinneren an die Oberfläche dringt. Langsam steht er auf und wischt sich den Schweiß von der Stirn. Das ganze Gebiet auf dieser Seite des Berges ist unterhöhlt, denkt er und schaut sich langsam und nachdenklich im Sonnenlicht um. Natürlich hat er sich bereits vor seiner Abreise aus Amerika über die exakte Beschaffenheit dieses Untergrundes informiert. Ein Großteil des Tales und die halbe Bergschräge gleichen einem Schweizer Käse. Nicht dass die Struktur des Berges damit in Gefahr geriete. Es ist vielmehr eines jener geologischen Phänomene, die gemeinhin und lapidar überall auf der Welt zu finden sind. Der Kalkstein, aus dem sich der Fels des Gebirges zum größten Teil zusammensetzt, ist von weicherem Sandstein durchdrungen, und Wasser und Winde, die dem Felsen über Jahrmillionen zugesetzt haben und stetig auch in der Zukunft zusetzen werden, sind in das Innere des Gebirges eingedrungen und haben das weichere Gestein aus dem härteren herausgewaschen. Auf diese Weise sind auch auf der anderen Seite des Berges beeindruckende Felsbrüche entstanden und wie Schnee schimmernde Klippen, die ganz ähnlich dem weißen Marmor aus Carrara wie scharf geschnittene

Knochensplitter aus dem Untergrund ragen. Und das ist dann auch der entscheidende Unterschied. Während sich östlich des Berges der Kalkstein in großen, wuchtigen Blöcken vom weicheren Sandstein und den unterschiedlichen Schieferschichten abhebt und sich dort als Säulen und große Felsbrüche dem Beobachter zeigt, ist auf dieser Seite alles von filigraner Kleinteiligkeit. Der Kalkstein ist zerrüttet und gleicht einer von Höhlungen und Spalten durchsetzten Knochenstruktur, als wäre hier das ansonsten klar separierte und nach Ordnung strebende Gefüge der Welt einmal durch ein schicksalhaftes Ereignis aus den Fugen geraten und alles, was auf der anderen Seite so wunderbar strukturiert und alles für sich gewachsen war, durcheinandergebracht und geschüttelt und ineinander getrieben. So als hätte der halbe Berg und das Tal für einen unbestimmten Zeitraum den Zusammenhalt verloren, ja, ganz ähnlich einem Menschen, der bis dato mit dem klarsten Verstand über die Welt gewandelt ist, und durch ein ebenso schicksalhaftes Ereignis den Glauben an sich selbst verliert.

Diese Weitläufigkeit und tiefe innere Zerrissenheit ist eine natürliche Eigenschaft des Geländes, die John Bernard Watson in gewisser Weise nachdenklich stimmt, weil ihm das Gefühl nicht abgeht, dass er mit einem Teil dieses Untergrundes vertraut ist, so wie ein anderer vielleicht mit einem Wald oder Bach vertraut ist, der ihm seit der Kindheit Ruhe und Gelassenheit schenkt. Genau wie dieser fühlt sich John Bernard Watson von der Natürlichkeit des Ortes angezogen, von der kleinen, eingesunkenen

Kirche, die er nach kaum ein paar Schritten auf dem höchsten Punkt des Felsenplateaus erreicht, der buckligen Straße, die sich zwischen den windschiefen Mauerresten wie das Webwerk einer gewaltigen Spinne verzweigt, von der beeindruckenden Aussicht, die sich gleich nach der Kirche, die auf einem kleinen, von Platanen gesäumten Platz steht, dem Besucher unerwartet überwirft, wie ein Schauer einem Ängstlichen. Und trotzdem kann er nicht einmal mit Bestimmtheit sagen, warum sich ihm hier alles auf so angenehme Weise anbiedert. Auch die Stille, die sich plötzlich wie ein Nebel über das Gelände legt und jedes Vogelgezwitscher verschluckt und das Knirschen unter den Füßen mit dem Wind forttreibt. Das alles ist ihm auf gewisse Weise vertraut, als wäre er schon einmal dort gewesen. Allein, er weiß mit Bestimmtheit, dass es das erste Mal ist. Er findet einen Abstieg, denn von dem Kirchplatz aus fällt der Felsen schroff in die Tiefe und links ist ein Geländer an den Stein geschmiedet, das sich vier oder fünf Meter an den gähnenden Abgrund klammert. Dort steigt er hinab und nimmt einen schmalen Weg, höchstens fünfzig Zentimeter breit, der um die Klippe herum verläuft und ihn auf eine andere, tiefer gelegene Ebene führt. Ein schmaler Spalt im Fels, durch den der Wind pfeift, bringt ihn auf einen Weg, der direkt in den Berg hinein führt.

Am Eingang in den Felsen, einer etwa mannsgroßen Öffnung, bleibt er stehen und schaut sich noch einmal um. Von hier aus hat er einen fast perfekten Blick auf das Meer, an dem sich die überfüllten Zubringerstraßen der Großstädte Genua, La Spezia und Livorno entlang schlängeln. Von dort konnte ein Lastwagen über die Asphaltstraße einen gefräßigen Eingang etwas unterhalb des verlassenen Dorfes binnen einer Stunde erreichen. Dieser Eingang liegt jetzt zu seiner Linken, da Watson auf das Meer hinaus sieht. Er nimmt die Zubringerstraße als eine graue, sich windende Linie wahr, die aus der Talsenke heraufsteigt. Bis zum Ende der neunziger Jahre des zwanzigsten Jahrhunderts waren über diese Straße im Schnitt an die einhundert Lastwagen pro Tag das Bergmassiv hinauf geklettert und hatten so über die Jahre schätzungsweise mehr als fünfhunderttausend Tonnen Müll über die Öffnung in das Innere des Gebirges geschafft. Man kann es kaum glauben, wenn man die schmale, fast schon zärtlich anmutende Linie aus grauem Asphalt betrachtet, die sich vom Meer bis hinauf an die Hangschulter schlängelt. Dort, durch ein etwa scheunengroßes Loch im Berg, das von deutschen Ingenieuren mit der Präzision einer Rasierklinge in das mürbe Gestein gefräst worden ist, geht es Gerüchten zu folgen bis auf eintausend Meter tief in den Fels und bis unter den Meeresspiegel. Und alles ist bis oben hin vollgestopft mit den Überresten und Abfällen der großen Metropolen Italiens. Sogar aus Neapel sind Tonnen über Tonnen über die Landstraßen bis hier hinauf geschafft worden, in den Berg gebracht und über unterirdische Straßen hinab in die Finsternis, wo sich die Müllladungen wie Jahresringe übereinandergestapelt haben und mit jedem Tag in die Höhe wuchsen und den ausgehöhlten Berg wie ein stinkender Estrich verfüllten.

Etwa um das Jahr 1997 herum musste sich die Müllwirtschaft, zum größten Teil in den Händen der italienischen Camorra, die mit der halbillegalen

Verklappung, denn das Unternehmen war während der Berlusconiregierung keineswegs einer näheren Prüfung unterzogen worden, Millionen verdiente, eingestehen, dass ein ziemlich gut laufendes Geschäft an seine natürlichen Grenzen geraten war. Der Berg war wie ein Mastschwein bis an den Hals mit Unrat vollgestopft und dann in seinem Elend zurück gelassen worden und vergessen.

Eine seltsame Geschichte ist das, denkt Watson und schaut wieder zurück, weg vom Meer und hinein in die gähnend schwarze Öffnung im Berg, in der eine in den Fels getriebene Treppe zu erkennen ist, die sich aber rasch in der Dunkelheit verliert. Über diesen Weg gelangt man bis zu einer natürlichen Balustrade, die sich im Inneren des Berges befindet, und von der aus man über weitere eiserne Treppen bis zu der Asphaltstraße gelangt, die sich in einer konzentrischen Abwärtsbewegung in den Berg hinein windet. Es wäre ein Leichtes, die wenigen Meter hinter sich zu bringen, um, mit einem Licht bewaffnet und ein wenig Mut, in das tiefschwarze Geflecht von Wegen und Kreuzungen hinabzugelangen, um sich ein Bild von der stinkenden Magengrube im Inneren des Berges zu verschaffen. Aber etwas hält Watson davor zurück. Es ist die schwarze Unergründlichkeit, die aus dem Eingang am Felsen zu ihm herauf steigt. Zusammen mit dem Pesthauch von tausenden Tonnen ungetrennten Abfalls ergibt sich eine Melange, die geradezu mit Händen greifbar ist. Als handelte es sich bei der Dunkelheit um nichts weiter als einen Vorhang, der vor eine Bühne gezogen, das wahre Treiben auf den Brettern des Opernhauses vor den

Blicken des Zuschauers verbirgt. Und während aus dem Orchestergraben ein beunruhigendes Gewisper heraufsteigt, das bedrohlich an den Mauern von Verstand und Wirklichkeit zu nagen beginnt, weicht John Bernard Watson Schritt für Schritt vor diesem Dunkel zurück, während er feststellt, dass ihm ein Schweißfilm auf der Stirn steht, so als ob er, seine Gedanken in den Abgrund verloren, wieder an seine Tochter gedacht hätte. Und an jenen Tag, als sie die Treppe hinab fiel.

Nun kann man nicht einfach so an einen bestimmten Punkt in der Vergangenheit zurückkehren und von dort zu denken beginnen. Denn es sind immer Erinnerungen, derer man sich zu diesem Zweck bedient, mögen es auch die Klarsten sein, derer man sich gewiss ist. Aber man kann sich der Wahrheit nie gewiss sein.

Watson beginnt also den mühsamen Abstieg. Zurück in das Dorf, dann den Ziegenpfad hinab. Es ist später Nachmittag geworden und trotz der Hitze, welche sich unter dem Dach des Buchenwaldes ausbreitet, hat sich ihm eine schneidende Kälte angeheftet, als hätte er vom Eingang der unterirdischen Deponie etwas mitgenommen, etwas, das wie ein Rattenschwanz an seinem Körper klebt. Er glaubt in dem Dunkel etwas gesehen zu haben, möglicherweise ein Gesicht, aber eines das sich bewegt hat, wie ein zusammengewürfelter Haufen von Muskeln, welche jeder für sich einem anderen Herren gehorchen. Also war es möglicherweise nichts Besonderes, vielleicht nur ein Knäuel Papier, das aus der Tiefe herauf getänzelt gekommen war und sich am Eingang um die eigene Achse drehte, oder ein paar Tiere, von länglichem Wuchs, welche durcheinander fahren und sich um ein Gewürm balgen. Es mochten durchaus Ratten gewesen sein. Der Gedanke kommt für Watson nicht von ungefähr, und er ruft bei ihm auch keine Gefühlsregung, geschweige denn Angst hervor. Sie mussten schließlich da sein, das ist auch der Grund, warum er hergekommen ist. Aber dieses Gesicht, das er sich einbildet gesehen zu haben, das war nicht ihr Werk. Es war eine Erscheinung, die wenn überhaupt nur in Watsons Verstand ihren Ursprung haben konnte. So wie jeder Gedanke und jedes Gefühl von dort kam, auch jedes Bild, jede Erscheinung, welche sich auf der glänzenden Oberfläche der Seele wiederspiegelte.

Also kam das Gesicht von dort, aus der Seele, wo sich Erinnerungen, Bilder und Gefühle zu einem Wesen verdichtet hatten, welches aus ihm heraus und in das Dunkel gesprungen war und von dort zu ihm hinübergeblickt hatte, klagend und anklagend zugleich.

Es war Albert gewesen. Es war der Junge, den Anne-Marie Karley mit sich in den Tod genommen hatte.

Natürlich war John Bernard Watson von Anfang an klar gewesen, dass der Junge mit dem Namen Albert, den Sturz aus dem Fenster nicht überlebt haben konnte. Es hatte ein gehöriges Geschwätz unter den Wissenschaftskollegen gegeben, als die schrecklichen Wesensentstellungen des Kindes bekannt geworden waren. Das Gesicht des toten Kindes fand sich in der Presse wieder. Es war von Experimenten die

Rede, die über jedes menschliche Maß hinausgegangen waren. Man behauptete sogar, Watson wäre im Begriff gewesen, eine menschliche Ratte züchten zu wollen. Er hatte sich nie gänzlich von diesem Vorwurf befreien können, auch weil er sich in den nächsten Jahren mehr und mehr aus der Öffentlichkeit zurückzog. Schließlich war er verschwunden und niemand erinnerte sich mehr an ihn, so dass er nach einigen Jahren wieder ins Leben zurückkehren konnte. Es schien ihm später, als wäre die Welt nicht gerecht mit ihm umgesprungen, nachdem sie ihn eine Zeitlang so sehr verdammt hatte. Denn konnte man es als Gerechtigkeit bezeichnen, dass ihm diese Welt eine so wunderbare Frau und eine so wunderschöne Tochter zum Geschenk machte? Was wäre geschehen, wenn sie, also die Welt, von diesem geheimen Glück geahnt hätte? Musste es nicht zwangsläufig dazu gekommen sein, dass sie, gehässig und neidisch wie sie nun einmal von Grund auf war, diese Gerechtigkeit von ihm einfordern würde. Und hatte sie es womöglich bereits getan? Während Watson hinter dem Dorf den Eselspfad hinabsteigt, denkt er mit glänzender Stirn an den Tag von Emelies Sturz zurück. Er bedient sich dabei, wie bereits angedeutet, der klarsten Erinnerungen, derer er sich aber, wie er durch seine Arbeit und seine Erfahrungen als Wissenschaftler weiß, keineswegs sicher sein kann. Aber es ist für einen Wissenschaftler ebenso leicht, mit solchen Widersprüchen zu leben, wie es für einen Dachdecker leicht ist, in zehn oder zwanzig Meter Höhe über einem Abgrund nicht an den Tod zu denken. Er bedient sich dabei einfach unterschiedlicher Horizonte. Während der Mann auf dem Dach nur auf seine Arbeitsfläche sieht und genau das Schrittmaß von der Traufe bis zum First und von Giebelseite zu Giebelseite kennt, so kennt ein Mann wie Watson zu einem bestimmten Zeitpunkt und wenn es für sein Denken günstig erscheint, nur seine Erinnerungen und glaubt daran, während er, wenn er von diesem Dach herabgestiegen ist, an etwas anderes glaubt, nämlich an die Scheinbarkeit von Ereignissen. Um es nicht komplizierter zu machen, als es ist, denke man sich an diesem Punkt wieder den Dachdecker, welcher am Abend mit Freunden zusammen bei Tisch sitzt und den Tod eines Kollegen betrauert. Jemand ist durch etwas Unglück bei seiner Arbeit in der Höhe ausgeglitten und in die Tiefe gefallen. Aber obschon alle mit den Angehörigen des Unglücklichen mitfühlen, obschon sie ganz in Gedanken bei ihm sind und auch das Ereignis in Gedanken durchgespielt haben und sich selbst hinabstürzen sahen, denken sie am nächsten Tag nicht im Traum daran, ihre Arbeit nicht von Neuem wieder aufzunehmen. Sie steigen die steilen Leitern des Gerüstes empor und sobald sie den Kopf über der Traufe des Dachstuhles haben, beginnen sie zu schwatzen und zu witzeln und wandeln leichtfüßig über dem todbringenden Abgrund. Sie haben sich einen anderen Horizont gewählt.

Und mit derselben Leichtfüßigkeit begibt sich Watson zurück in die Vergangenheit, zurück zu jenem Nachmittag, als er die Tür zu ihrem Haus, das nun schon eine Weile ganz ihm gehört hatte, bis Emelie sich für den Sommer ankündigte, aufstieß und mit dem Wochenendeinkauf, zwei oben überquellenden Tüten, so dass man den Weg nicht sehen konnte, herein wankte. Er hatte eine ganze Weile nur an die Sache auf dem Parkplatz gedacht, erinnert er sich, als jemand laut seinen Namen gerufen hatte, so als kannte er ihn. Danach war wieder alles in ihm ganz auf Emelie konzentriert gewesen, auf die guten Ergebnisse ihrer Arbeit, von der sie ihm über Wochen in ihren Briefen geschrieben hatte, der neuen Wohnung, und über jenen Kerl, der in ihr Leben getreten war und eine gehörige Unruhe darin verbreitet hatte. Jetzt hatte sie sich eine Auszeit von dem ganzen Tohuwabohu geleistet und wollte zwei lange Wochen in ihrem Haus in Rhode Island verbleiben, um sich ganz neu selbst zu erfinden, wie sie am Telefon gesagt hatte. John hatte ihr zu diesem Vorhaben, grummelig wie er sich beizeiten darstellte, viel Glück gewünscht.

Und dann war alles anders gekommen. Sein Blick war zwischen den Wolkenkratzern von Lauch und struppigem Dill auf ihren lang hingestreckten Körper am Fuß der Treppe gefallen. Er dachte zuerst, sie hätte ihre Kleidungsstücke dort hingeworfen und witzelte darüber. Dann aber sah er in dem Durcheinander ihre Haare, den grotesk verrenkten Hals, an dem sich kein Kopf zu befinden schien, und ihm wurde schlagartig klar, dass ein Unfall geschehen war.

Ab da an geschah alles so langsam, dass er es später mit der Ausführlichkeit eines großen Schriftstellers hätte bis ins Detail beschreiben können. Wie sich plötzlich Übelkeit über ihn geworfen hatte, wie alles zu schwimmen begann und sich selbst die Wände verflüssigten und in einen Nebel entrückten. Es vergingen vier oder fünf Sekunden bis er die Situation vollständig begriff. Solange stand er regungslos da, atmete, flüsterte irgendwas, ständig in der Erwartung, dass Emelie sich im nächsten Augenblick regen würde, so wie sie sich immer nach einem Sturz oder einer kleinen Unachtsamkeit geregt hatte. Es war der ganz natürliche Lauf der Dinge, dass jemand sich nach einem Sturz wieder bewegte

Aber nicht dieses Mal, diesmal blieb alles still.

Im Großen und Ganzen brauchte John Bernard Watson ein ganzes Jahr, um zu verstehen, was geschehen war. Jeder Schritt, den das Mädchen die Treppe hinauf gemacht hatte, bedurfte einer Versenkung und einer allseitigen Betrachtung. Wie mochte ihr Fuß sich bewegt haben, lag ihre Hand auf dem Geländer? Es gab nichts, keinen Hinweis darauf und doch versenkte sich Watson jeden Tag in die Vorstellung, er könnte das Ereignis bis in den Abgrund der Augenblicke ergründen, bis in den letzten Winkel der Tatsachen, welche für immer im Dunkel bleiben würden. Monat für Monat, Schritt für Schritt ging er mit ihr die Treppe zum ersten Stock hinauf, wo ihr ehemaliges Zimmer lag, bis zu der Stelle, wo ihre Fingernägel eine Kerbe im hölzernen Handlauf des Geländers hinterlassen hatten. Hier hatte sie wohl den Halt verloren und war rückwärts, der Bruch des dritten und vierten Halswirbels ließ diese Vermutung naheliegend erscheinen, auf die Sägezähne des Treppenlaufs gestürzt. Sie mochte sich mehrmals überschlagen haben, möglicherweise lebte sie noch lange genug, um ihre schreckliche Situation zu begreifen, dann durchtrennte irgendeine Bewegung die Nervenstränge und ihre Leben verflog.

Watson stellte sich später immer vor, dass sie in ihrem letzten Augenblick oder den Sekunden, die ihr noch geblieben sein mochten, tatsächlich nicht an ihn gedacht hätte, ja dass sie in dem Schockzustand, in welchem sie sich befunden haben mochte, eher an etwas belangloses dachte, etwa den Abwasch, den sie noch vorgehabt haben mochte zu erledigen und der nun in der Spüle wartete. Es waren ihm hunderte solcher Fälle zu Ohren gekommen, in welchem Angehörige ihren Liebsten im letzten Moment beiwohnten, und von ihnen Dinge zu hören bekamen, die sich auf das Füttern des Hundes oder einer übersehenen Stelle beim Kärchern der Terrasse bezogen. In den seltensten Fällen schienen die Sterbenden tatsächlich ihre Situation bis zur letzten Konsequenz zu begreifen, und wenn doch, dann schien diese Konsequenz für sie nicht von Bedeutung zu sein. In ihren letzten Augenblicken waren sie also schon ganz fort oder noch ganz hier, in jedem Fall aber waren sie nicht dazwischen, und deshalb tröstete sich Watson mit dieser Annahme, denn nichts hätte ihm mehr Gram bereitet, als wenn er gewusst hätte, dass sie in ihren letzten Sekunden an ihn gedacht und sich möglicherweise gewünscht hätte, dass er bei ihr sei.

Mit diesen traurigen Erinnerungen kehrt Watson in die Blockhütte am Berg zurück und verbarrikadiert sich noch gewissenhafter als in der Nacht davor. Ein Gedanke will ihm nicht mehr aus dem Kopf: Was war, wenn das rätselhafte Erscheinen jenes Gesichtes, das er am Eingang der Deponie gesehen hat, ihm einen Hinweis dahingehend hatte geben wollen, dass es an jenem Tag eben kein Unfall gewesen war. Sicher es hätte eine Erscheinung wie jede andere sein können, hervorgerufen durch Überanstrengung oder unbekannte Gase, die aus der Tiefe heraufgestiegen sind, aber ebenso gut mochte sein Verstand sich gegen die beständige Verschleierung der Wahrheit gewehrt haben, einer Wahrheit, welche sein Innerstes Ich durch beständiges Umwälzen der Umstände plötzlich und mit absoluter Klarheit ergründet hatte. Und ist es denn so unmöglich, dass das Erscheinen jenes Gesichtes ein Wink seiner Selbst war, damit er endlich jene losen Fadenenden aufnähme, die ja in ihm selbst bereits miteinander verknüpft worden waren?

Watson beobachtet bis spät in die Nacht hinein den Weg, der die Serpentinen hinauf zum Blockhaus führt. Erst als die Finsternis so bedrohliche Züge angenommen hat, dass ein Verweilen am Fenster bedeutet, in Kauf zu nehmen, dass etwas Unbekanntes durch das Fensterglas auf ihn spränge, ohne dass er es im Dunkel rechtzeitig erspähen könnte, schließt er die Fensterläden und geht hinüber zum Telefon, auf welches er bereits bei der Reservierung großen Wert gelegt hat. Eigentlich nur, um mit der Welt in Kontakt zu bleiben, wie er sich selbst vorgemachte. Nun aber scheint es, dass es nur dafür da ist, um sich in einer bestimmten Sache Gewissheit zu verschaffen.

Watson wählt die Telefonnummer eines guten Freundes, wenn es denn einen Menschen gab, den er als guten Freund hätte bezeichnen wollen. Es ist die Nummer von Raymond Shaw, einem Wissenschaftskollegen, der sich so wie er eine Zeitlang mit der Konditionierung von Ratten und anderer kleiner Wirbeltiere beschäftigt hatte. Shaw hatte sich allerdings Ende der siebziger im Zuge gewisser gesellschaftlicher und wohl auch moralischer Umwälzungen von diesem Gebiet der Neurowissenschaft verabschiedet und hatte sich später nur noch aus persönlichen Gründen mit der ein oder anderen Abhandlung auseinandergesetzt, die Watson über dieses Gebiet verfasst hatte. Auf der anderen Seite der Leitung ist eine Frauenstimme zu hören, möglicherweise Shaws Frau. Sie sagt nicht Hallo. Sie ruft nur sehr laut seinen Namen.

„RAYMOND? RAYMOND, ES IST JOHN!"

Es dauert etwa vier Sekunden, bis Shaw ans Telefon geht. Vielleicht war er in einem anderen Raum und hat aufstehen müssen und ist etwas langsam herüberkommen. Trotzdem kommt es Watson seltsam vor.

„John bist du es?"

Wieso fragte er das? Hat die Frauenstimme nicht eben laut gerufen, RAYMOND, ES IST JOHN?

„Ja, hier ist John."

Es dauert einen Augenblick bis Raymond Shaw antwortet. Es kommt Watson vor, als würde er die Hand an den Lausprecher halten, damit Watson ihn eine Zeit lang, etwa fünf Sekunden, nicht hören kann. Irgendetwas wird getuschelt. Aber sehr weit weg, fast so, dass man glauben konnte, man würde es sich einbilden.

„John, wo bist du?"

In diesem Augenblick macht Watson einen Schritt zurück, so als ob er einen Schlag ins Gesicht erwartet.

Aber da ist noch etwas anderes. Es hat etwas mit der Frage von Shaw zu tun. Wieso will er wissen wo er ist?

Irgendetwas stimmt nicht. Vielleicht wird die Leitung abgehört. Watson weiß nicht, warum ihm dieser Gedanke plötzlich gekommen ist. Aber sie werden abgehört, ganz sicher.

„Hör zu Raymond, ich kann dir nicht sagen, wo ich bin, aber ich bin in Sicherheit, versuche dich später zu erreichen, die alte Nummer, du weißt Bescheid, verschwinde für ein paar Tage."

Watson hat es so schnell gesagt wie er konnte ohne zu befürchten, dass Shaw ihn nicht verstanden hatte. Danach hat er den Telefonhörer in die Gabel geknallt und das Gerät angeschaut, als wäre er sich nicht sicher, ob davon nicht noch eine viel schlimmere Gefahr für ihn ausgeht. Von dem Telefon selbst. Von dem Gerät an sich. Es handelt sich um einen altmodischen schwarzen Kunststoffhörer auf einer geschwungenen Gabel, die aus dem viereckigen Wandkasten ragt. Watson sieht es eine ganze Minute lang an oder länger, während er sich mit der Hand in den Nacken greift. Er hat so eine Art Telefon schon seit zehn oder zwanzig Jahren nicht mehr gesehen. Ein ähnliches hatte sich damals in seinem Haus auf Rhode Island befunden. Die Assoziationen dazu kommen plötzlich, wie Messerschnitte in den Unterleib. Er hatte mit so einem Telefon damals die Polizei verständigt. Nicht einen Notarzt wohlgemerkt, sondern gleich die Polizei, als ihm klar war, dass Emelie tot war. Es hatte einen triftigen Grund gegeben, warum er sich damals dieser Sache so sicher gewesen war. Es hatte etwas mit einem ihrer letzten

Anrufe zu tun, kurz bevor sie sich aus New York City auf den Weg zum ihm gemacht hatte. Sie hatte ihm etwas von ihrem neuen Freund erzählt. Sie wollte nicht, dass er ihn persönlich kennen lernte, jedenfalls nicht während der Zeit, in der sie ihn besuchte. Sie blieb in der Angelegenheit rätselhaft, machte einige Andeutungen, dass der junge Mann überaus höflich, intelligent und liebenswert sei, eben der ganze Unsinn, welchen Frauen gemeinhin von sich geben, solange sie verliebt sind. Auf seine Frage, wie der junge Mann hieß, hatte sie herumgedruckst, auf die Art wie sie es schon als Kind immer gemacht hatte, wenn sie mit einer Sache nicht ehrlich hatte herausrücken wollen.

„Du brauchst mir seinen Namen auch nicht zu sagen, wenn du nicht willst", hatte John schließlich griesgrämig nachgegeben, auch wenn er es so betont hatte, dass sie nun unmöglich ohne einen Namen aus der Sache herauskam. Sie stöhnte laut und kindisch ins Telefon, erinnerte er sich noch, wieder genau auf die Art, wie sie es früher immer gemacht hatte.

„Ach, DAD!"

„Nein, du musst es mir wirklich nicht sagen."

„Dad, es ist doch gar nicht so wichtig, wie er heißt."

Jetzt hatte er sie. Er schnaufte.

„Na, wenn es nicht so wichtig ist, dann sag es mir doch einfach nach der Hochzeit, vielleicht schreibe ich ihm dann eine Karte und kann sowas darauf vermerken, wie *Hallo Schwiegersohn, wie geht's Dir? Ich habe gestern von meiner Tochter Deinen Namen erfahren. Jetzt kann ich Dir endlich schreiben, vielleicht schickst Du mir bei nächster Gelegenheit mal ein Foto, damit ich weiß, wie meine Enkelkinder aussehen werden.“*

Nach dieser nicht ganz fairen Zurechtweisung war Emelie gar nichts anderes mehr übrig geblieben, als mit dem Namen herauszurücken.

„Also gut, Dad, hör zu, ich will nicht, dass du dir da zu viel hineindenkst.“

„Was sollte ich mir schon hineindenken? Hat er etwa einen jüdischen Namen? Du weißt, dass ich nichts gegen Juden habe, mehr schon gegen die Deutschen. Du weißt, dass mir damals einer von diesen Krauts den Job an der Universität weggeschnappt hat.“

„Ich weiß, Dad.“

„Also, wie heißt er? Doch nicht etwa Hitler oder Hermann...“

Er konnte hören, wie sie auf der anderen Seite der Leitung leise lachte.

„Nein, Dad. Er heißt nicht Hermann.“

John B. Watson betrachtet das Telefon, während er sich daran erinnert, wie sie ihm den Namen ihres damaligen Freundes genannt hatte. Watson hatte damals vielleicht mit ebensolcher Wucht den Hörer in die Gabel geknallt wie als er eben das Telefonat mit Raymond Shaw beendet hat. Aber es war aus gänzlich anderen Beweggründen geschehen. Damals hatte er Angst gehabt, Angst um Emelie und um sich selbst. Eine Angst, die mehr als begründet gewesen war, wie sich kaum eine Woche später herausgestellt hatte. Und genau aus diesem Grund hatte er auch nach ihrem plötzlichen Unfalltod sofort die Polizei angerufen und nicht zuerst den Notarzt, wie er normalerweise vielleicht getan hätte. Er hatte die

Polizei gerufen, weil er sich schon damals sicher war, dass Emilie umgebracht worden war.

Etwa eine Stunde später geht John B. Watson wieder zum Telefon und wählt die Nummer einer Telefonzelle, welche sich ein paar Straßen von Raymond Shaws Wohnung entfernt befindet. Sie hatten damals diese Art zu kommunizieren gewählt, wenn sie sich ganz sicher sein wollten, dass das Gespräch sauber war. Niemand wusste etwas von der Telefonzelle. Nur Shaw und Watson.

Nachdem es etwa ein paar endlose Sekunden geklingelt hat, nimmt Raymond Shaw den Hörer ab.

„John, hör zu, du musst mir sagen, wo du bist."

Watson antwortet nicht sofort. Zuerst lauscht er, ob nicht vielleicht doch jemand in der Leitung ist oder bei Raymond in der Telefonzelle.

„Bist du allein, Raymond?"

„John, es ist niemand hier!"

„Sieh dich genau um. Er müsste jetzt etwa dreißig sein, vielleicht hinkt er oder hat sonst irgendeine alte Verletzung."

Raymond Shaw war einen Augenblick still. Vielleicht sieht er sich um, denkt Watson.

„Nein", sagt er nach einer Weile gepresst. „Hör zu, ich weiß ganz bestimmt, dass er nicht hier ist."

„So, weißt du das?" In Watson Stimme muss etwas zu hören sein, was Raymond Shaw vorsichtig macht. Er senkt die Stimme, fast so, als spräche er mit einem seiner Patienten.

„Jetzt hör mir zu, John", sagt er mit jenem Psychotherapeutenbariton, welchen er gewöhnlich bei einer Sitzung in seiner Praxis anwendet. Watson hört es sofort heraus.

„Tue nicht so, als wäre ich einer deiner Patienten. Ich bilde mir das alles nicht bloß ein!"

„Was bildest du dir ein?"

Watson leckt sich die Lippen. Es ist jetzt immens schwer wieder aus dieser Sache herauszukommen. Shaw wird jeden seiner Sätze umdrehen, bis er selbst sich eingestehen wird, dass er wahnsinnig ist. So etwas kann man, wenn man es trainiert hat. Letzten Endes ist es möglich, jedem verdammten Menschen einzureden, dass er verrückt ist.

„Er ist nicht tot, Raymond."

Shaw bleibt lange Zeit still.

„Wer ist nicht tot, John?"

„Du weißt, wen ich meine."

„Albert?"

Raymond Shaw seufzt wie ein Mann, der einen schlechten Witz zum tausendsten Mal gehört hat.

„Ich weiß, es klingt verrückt, aber weißt du, damals, die Sache mit Emelie..."

Raymond Shaw kehrt zu seinem Therapeutenbariton zurück.

„John, wir haben doch in der Sache gute Fortschritte gemacht. Du weißt, dass Emelie gestürzt ist. Die Polizei..."

Watson schneidet ihm sofort das Wort ab. „Um Himmels Willen, jetzt komm mir doch nicht schon wieder mit der Polizei, du weißt, dass die letzten Endes gar nichts wussten, außer dass Emelie gestürzt ist. Sie haben sogar gegen mich ermittelt. Kannst du dir vorstellen, was das für ein Gefühl ist, wenn die Polizei kommt und dir Fragen über den Tod deiner

Tochter stellt, und du weißt ganz genau, was sie meinen, wenn sie fragen, wo du zu der fraglichen Tageszeit warst. Sie wollen nicht wissen wo du warst, sondern wo du nicht warst. Ich war aber nicht da, verstehst du. Ich habe meine Tochter nicht die Treppe hinunter gestoßen!"

Auf der anderen Seite der Leitung ist ein unbestimmtes Seufzen zu hören.

„Das weiß ich, John."

Watson ist außer Atem. Er fasst sich an die Stirn, da ist ein Schweißfilm, den er mit der Handfläche fortwischt.

„Ich meine, vielleicht war es ja wirklich nur ein Unfall."

„Ganz sicher, John."

Für einige Augenblicke bleiben sie beide still. Es gibt zu viele düstere Erinnerungen, die mit einem Mal zurückgekehrt sind und die die Freundschaft der beiden Männer auf die Probe stellen. Watson hat den Blick hinaus aus dem Fenster gerichtet und betrachtet den an den Berghang geschmiegten Buchenwald. Man kann das Grün unter der bleichen Vormittagssonne in etwa stundenlang ansehen, denkt er, wenn man vor einer Erinnerung auf der Flucht ist. Vielleicht ist es sogar möglich, sich an das Fenster zu setzen und für immer den Blick auf dieses dunkelgrüne Undurchdringliche zu heften, um in dem Bild jene innere Ruhe zu finden, die eine Seele benötigte, um darin Frieden zu finden. Es ist alles in allem ein wunderbarer Ort. Vielleicht sieht Shaw in diesem Augenblick auch durch das Fensterglas der Telefonzelle und ist in ebensolchen nebligen Gedanken versunken. Watson erinnert sich seiner als einen in jeder Situation hilfsbereiten, aufrechten und loyalen Menschen. Er hat ihm immer zugehört, hat jedes Telefonat angenommen, auch zu jener Zeit, als es Watson mehr als schlecht ging.

„Wie geht es deiner Frau?“ Watson hat seine Stimme friedfertig gesenkt.

„Es geht ihr gut, John. Sie vermisst dich. Weißt du, seit du uns das letzte Mal besucht hast, ist es schon eine ganze Weile her. Vielleicht kommst du mal wieder vorbei. Du weißt, sie bäckt immer diesen Kuchen für dich, wie hieß er doch gleich?“

Watson überlegt. Er kann sich kaum daran erinnern. Aber ja, sie hatte immer diesen Kuchen für ihn gebacken.

„Er war mit Früchten gewesen, nicht wahr?“

„Ja, John.“

Watson liegt der Geschmack auf der Zunge. Vielleicht ist es wirklich mal wieder an der Zeit, bei Raymond und seiner Frau ein Wochenende zu verbringen. Aber erst muss er noch diese Sache hier klären.

„Ich bin mir sicher, dass Albert damals den Sturz aus dem Fenster überlebt hat, Raymond.“

Die Worte kommen wie ein Paukenschlag aus Watsons Mund. Nun ist klar, dass er sich von Raymond Shaw nicht einwickeln lassen wird.

Mit einem Mal ist es, als wäre ein überdimensionaler Vorhang zwischen den beiden Männern beiseite gezogen worden.

„Sie suchen dich, John“, flüstert Shaw mit einem Mal.

Watson bleibt völlig ungerührt. Als hätte er es die ganze Zeit gewusst, und nun ist nur das Offenbahr geworden, was ohnehin von Anfang an zwischen ihnen ungesagt geblieben ist.

„Die Polizei?"

„Ja. Sie glauben, dass du Emilie damals die Treppen hinab gestoßen hast."

„Glaubst du es?", fragt er unvermittelt.

„John, wir beide sind erwachsen genug, um zu wissen, dass die Angelegenheit nichts damit zu tun hat, was ich glaube." Er holt kurz Atem. „Wir haben dieses Gespräch schon sehr oft geführt, John", sagt er.

Watson wird steif. Er kann sich nicht daran erinnern, dass sie etwas ähnliches schon einmal miteinander besprochen haben.

„Was soll das heißen?"

„Vor etwa einem Monat", raunt Shaw, „hast du mich aus Kentucky angerufen, du sagtest, du hättest Albert gefunden. Er hätte Emelie und Marie umgebracht, und jetzt würdest du die Polizei informieren und alles aufklären."

Watson schüttelt den Kopf. Er kann sich beim besten Willen nicht daran erinnern, im letzten Monat in Kentucky gewesen zu sein.

„Das ist unmöglich."

„Es ist wahr. Sie haben in meiner Wohnung die Telefone verwanzt. Sie wissen immer, wann du mich anrufst. Dann verfolgen sie die Telefonate zurück und erfahren so, wo du bist. Sie haben auf diese Weise jetzt schon an die fünf- oder sechsmal so deinen Aufenthaltsort ermittelt. Einmal hatten sie dich fast, glaube ich. Aber du bist ihnen entwischt. Gerade so, denke ich."

John Watson sieht aus dem Fenster. Natürlich ist es unmöglich, dass die Staatspolizei bereits in der Nähe ist. Schließlich konnten sie inzwischen höchstens die örtliche italienische Polizei informiert haben. Inzwischen ist kaum eine Stunde vergangen. Watson geht sicher nicht falsch in der Annahme, dass die italienische Gendarmerie seinen Fall nicht als höchste Priorität einschätzen wird. Sicher werden sie noch einige Stunden unterwegs sein.

Über seine Gedanken hat er Raymond Shaw auf der anderen Seite der Leitung fast vergessen.

„Mein Gott John, du musst dich ihnen stellen. Du weißt nicht, was du tust."

Watson leckt sich die Lippen. „Wenn die Polizei weiß, dass ich hier bin, weiß er es inzwischen sicherlich auch."

„Albert? John, du hast den Jungen damals selber obduziert. Er war tot, John!"

Watson nickt. Ja, er hatte damals tatsächlich das Kind nach dem Fenstersturz einer Obduktion unterzogen. Ebenso die Frau. Und sie waren ohne Zweifel tot gewesen, aber gab es nicht wie bei jeder Sache, derer man sich hundert Prozentig sicher ist, einen Augenblick der Unsicherheit? Konnte es nicht sein, dass ihm ein Fehler unterlaufen war und Albert auf irgendeinem Wege überlebt hatte? Was, wenn das Unmögliche wider besseren Wissens möglich geworden war?

„Wenn er wirklich damals gestorben ist, dann kommt es nicht auf ein oder zwei Wochen an, nicht wahr? Sie werden mich schon kriegen, irgendwann. Ist es nicht so?"

„Es ist nur eine Frage der Zeit. Aber wenn du es geschickt anstellst, kannst du ihnen sicherlich ein paar Jahre entgehen.“

Watson nickt wieder. „Wieso erzählst du mir das alles? Wäre es nicht einfacher, mich weiter anzulügen? Du hättest mir die Sache mit dem Kuchen besser verkaufen sollen.“

Shaw gibt einen seltsamen Laut von sich. Watson schätzt, dass der Mann weint, aber er kann es nicht mit Sicherheit sagen.

„John, ich wollte nie, dass es soweit kommt. Ich dachte, wir könnten das Ganze irgendwie mit einer Therapie hinbekommen. Aber du warst unzugänglich für alle Behandlungsmethoden. Jetzt wünsche ich mir nicht einmal mehr, dass du zurückkommst. Denn ich weiß wirklich nicht, was wir zusammen herausfinden würden, wenn du es tatsächlich tätest. Erinnerst du dich, es gibt Patienten, die wollen nicht geheilt werden. Sie erfinden sich eine oder mehrere unterschiedliche Realitäten, in denen sie fortan leben, sie wechseln sie, ohne dass sie es bemerken und entfliehen auf diese Art und Weisen ihren Konflikten.“

Watson hört kaum noch mit einem halben Ohr auf das, was der Mann sagt. Er muss vorausplanen, die Dinge beschleunigen. Sie sind bereits auf dem Weg zu ihm, vermutlich die örtliche Polizei. Möglicherweise aber haben sie auch ein paar Bluthunde in ein Flugzeug gesetzt, um ihn persönlich abzuholen. Über den Atlantik dauert ein Flug bis an die italienische Küste etwa sieben Stunden, danach brauchen sie etwa zwei bis drei Stunden, um das Tal zu erreichen. Also bleiben ihm im Höchstfall zehn

Stunden. Die italienische Gendarmerie würde er irgendwie eingewickelt bekommen. Er ist intelligent genug, um es mit einer Handvoll italienischer Dorfpolizisten aufnehmen zu können. Er würde sie in die Wälder locken, in ein anderes Tal, danach würde er in die Deponie zurückkehren, wo er jenes Wesen vermutete, das der Ursprung dieses Alptraumes war.

„Ray, ich danke dir."

„Du hast mir schon wieder nicht zugehört, nicht wahr? John, das ist alles nicht real. Du wirst wieder das Gedächtnis verlieren. Du wirst irgendwo aufwachen, dir vormachen, du wärst im Urlaub oder auf einer Forschungsreise. Es wird alles wieder von vorn beginnen!"

John Watson sieht mit starrem Blick aus dem Fenster. Shaw will ihm einreden, dass er verrückt ist, dass er sich alles nur einbildet, dass Emelie damals einen Unfall gehabt hat. Patienten mit dieser Art Vorgeschichte neigen unter Umständen dazu, sich wechselnde Identitäten zuzulegen, damit das Offensichtliche sie nicht in eine selbstzerstörerische Krisis stürzt. Watson selbst hätte ihm sicher in seiner Diagnose zugestimmt, wenn er vor Ort gewesen wäre. Aus der Entfernung sind Raymond Shaws Schlussfolgerungen nicht von der Hand zu weisen. Aber Shaw betrachtet das Problem nur von außen. Allein John Bernard Watson weiß, er war als einziger bereits an jenem Ort, den Shaw nur als Analytiker zu betrachten in der Lage ist, und er weiß, es besteht mit der Wahrscheinlichkeit von etwa eins zu tausend die Möglichkeit, dass Albert noch lebt.

Sie kamen nach etwa einer Stunde. Schneller als Watson vermutet hat. Watson hört das Kläffen der Suchhunde. Sie werden sich an seine Spur heften. Das ist das größte Problem. Er wird sie, nachdem sie seine Spur aufgenommen haben nicht ohne weiteres abschütteln können. Also muss er einen Fluss ausfindig machen, wo sie die Spur verlieren werden. Ansonsten muss er schnell sein, schneller als die Hunde und schneller als Angst, die ihn, trotzdem er sich seiner Sache über alle Maßen sicher ist, allmählich zu lähmen beginnt. Er spürt es in den Beinen. Sie wollen nicht gehen. Das Kläffen der Hunde kommt näher. Watson wankt zur Tür, nimmt den schweren Rucksack auf. Er hat genügend Lebensmittel für zwei Tage. Danach würde er sie nicht mehr brauchen. Als er die Tür hinter sich geschlossen hat, wird es mit der Angst leichter. Ein paar Schritte, dann trägt er sie so leicht wie den Rucksack auf den Schultern. Er umrundet das Haus. Er hört bereits die Rufe der italienischen Gendarmerie. Hinter dem Haus gerät er an den Steilhang, unter welchem das Blockhaus erbaut worden ist. Er findet einen schmalen Pfad, der eine Böschung hinab führt, und läuft ihm nach.

Albert Finlay kniete am Boden, als die Carabinieri das Blockhaus betraten. Es waren nicht dieselben Männer, welche sich vor einigen Tagen hier oben auf die Suche nach John Bernhard Watson begeben hatten. Denn sie waren noch am Leben. Finlay wischte sich die Hände an den Oberflächen ab, während er das dachte und stand langsam auf. Ziemlich langsam, wie ein Mann, der einen oder zwei

Tagesmärsche in den Knochen hatte oder eine Flasche Gin. Mit einem Kopfnicken begrüßte er die Polizisten. Sie nicken zurück. Finlay sprach kein Italienisch. Aber er hatte es geschafft, sich bis hierher durchzuschlagen. Das meiste hatte er von den Staaten aus regeln können, einen Mietwagen reservieren, eine Wohnung in La Spezia mieten; einen schönen Blick in den Hinterhof einer italienischen Casale hatte man. Dann war da noch die Sache mit den italienischen Behörden gewesen. Das Telefonat dauerte etwa vier Stunden, bis er jemanden an der Leitung hatte, der genügend englischen Sprachverstand besaß, um zu verstehen, mit welcher Art von Problem sie es in den Bergen an der Küste Liguriens zu tun hatten. Natürlich wollte man ihn zuerst abwiegeln. Man brauchte keinen amerikanischen Aufpasser in der Angelegenheit. Aber nachdem Finlay ein wenig aus dem Nähkästchen geplaudert hatte, gab man schließlich doch nach. Man würde den Besuch eines Sachverständigen in der Angelegenheit dulden, allerdings nur unter der Voraussetzung, dass sich dieser im Hintergrund halten würde und nichts davon der italienischen Presse zu Ohren kam. Das war kein Problem, hatte er gesagt, jedenfalls war es das geringste Problem. Denn sie wussten ja noch nicht, mit wem sie es zu tun hatten. Wenn man sich einmal die Geschichte Italiens bezugnehmend auf dessen Verbrecherstatistik ansah, dann konnte man feststellen, dass die italienische Polizei durchaus über eine gewachsene Erfahrung bei sogenannten Mafiamorden verfügte. Allerdings hatte man es dort weitaus seltener mit einem Serienmörder wie Watson zu tun, der aus ganz anderen Gründen seiner Freizeitbeschäftigung nachging. Natürlich hatte es Ausnahmen gegeben. Wie etwa le monstro di firenze, das sogenannte Monster von Florenz, ein Mörder, der etwa zwischen 1968 und 1985 für eine spektakuläre Serie von acht Doppelmorden in der Nähe von Florenz verantwortlich gemacht wurde. Er benutzte dabei stets dieselbe Tatwaffe, eine Beretta Kaliber 22. Der Fall wurde in den Medien hoch und runter exerziert bis man schließlich einen Mann namens Pietro Pacciani verhaften konnte. Allerdings gelang es nie, ihm die Schuld an den Morden mit an Sicherheit grenzender Wahrscheinlichkeit nachzuweisen. Die italienische Justiz und die überforderte florentinische Polizei rannten im Kreis herum. Bis Pietro Paccini unter ungeklärten Umständen schließlich ums Leben kam. Nun ja, möglicherweise hatte sich jemand schließlich dazu entschieden, das Problem auf die herkömmliche Weise zu lösen. Auf die italienische Art sozusagen. So gesehen konnte man den Kollegen aus Florenz jedenfalls keine Halbherzigkeiten vorwerfen.

Aber in diesem Fall lagen die Dinge natürlich ein wenig anders. John Bernhard Watson war Wissenschaftler und Amerikaner. Man würde ihn nicht tot in irgendeiner Mietskaserne auffinden und dann so tun als ob damit das Problem bei den Fischen war. Eine gehörige Portion diplomatisches Feingefühl war gefragt, wenn man keinen internationalen Skandal heraufbeschwören wollte. Die Köpfe der norditalienischen Polizeibehörden waren sich dieser heiklen Situation also durchaus bewusst. Und was konnte ihnen Besseres passieren, als dass Washington ihnen höchstpersönlich einen ihrer Beobachter zur Seite stellte, damit hinterher auch ja alles nach Blumen duftete? Einen Mann wie Albert Finlay also, von dem niemand wusste, wie tief er tatsächlich selbst in der Sache mit drin steckte.

Als Finlay aufgestanden war, fiel auch den italienischen Carabinieri auf, dass der Mann aus Washington eine ziemlich außergewöhnliche Körperhaltung hatte. Man hatte ihm schon so einige Namen gegeben, aber der Glöckner von Adams-Morgan war ihm immer der liebste gewesen, auch weil er seine körperliche Einschränkung so treffend charakterisierte. Dabei muss man wissen, dass Adams-Morgan eines der gefragtesten Wohn- und Ausgehviertel der Stadt Washington D.C. ist und sich entlang der Columbia Road NW zwischen 18th Street und Kalorama Square nördlich des Dupont Circles befindet. Wenn es Nacht wird, gibt es keinen besseren Platz auf der Welt, um dort seine Erinnerungen im Schnaps zu ersaufen. Außer vielleicht in Louisville, Kentucky, wo man sich bekanntlich zuerst betrinkt, bevor man mit einer Frau ins Bett geht. Knapp ein Drittel des gesamten weltweit produzierten Bourbons kommt aus dieser Stadt. Finlay war vor knapp einem Monat dort gewesen, als auch John B. Watson sich ganz in der Nähe aufhielt. Sie hätten ihn damals fast gehabt, wenn er nicht urplötzlich verschwunden gewesen wäre, und das nachdem sie ihn bereits eingekesselt hatten. Er war förmlich durch die Reihen der Polizisten wie ein Geist durch eine Wand marschiert, und am Ende fanden sie nur seine Sachen. Ein Koffer mit ein paar Hosen, Hemden, Unterwäsche. So wie bei einem ganz gewöhnlichen Touristen. Als ob der Mann mit seinen Hemden also auch seine Persönlichkeit in dem

Hotelzimmer in der Nähe von Louisville zurückgelassen hatte. Finlay hatte noch immer das Gefühl, als ob er irgendetwas immens Wichtiges bei der Sache übersehen hatte, irgendein scheinbar unbedeutendes Detail, das sich, wenn man es erst aus der Nähe betrachtete, als das entscheidende Indiz herausstellen würde. Er hatte sich in den letzten zwei Jahren, in denen er sich nun mit dem Fall herumschlug, einen gewissermaßen untrüglichen Blick für Kleinigkeiten antrainiert. Er achtete selbst auf die unbedeutendste Nebensächlichkeit und war erst auf diese Weise der Persönlichkeit von John B. Watson so nahe gekommen, dass überhaupt an eine Lösung des Falles zu denken war.

Finlay humpelte einige Schritte zur Wand und blieb dort, krumm wie ein Fragezeichen stehen. Seine Schulter bereitete ihm seit einigen Tagen wieder Probleme. Tatsächlich waren die Knochen in dem Gelenk ein einziger Scherbenhaufen. Er konnte von Glück reden, dass er sich überhaupt bewegen konnte. Aber das waren alte Geschichten. Er war als Kind einmal aus dem Fenster gefallen. Drei Stockwerke tief. Eigentlich hätte er tot sein müssen. Also nannte er jeden verdammten Tag, an welchem er sich durch die Welt humpelte, seinen persönlichen Glückstag. Das verstand kaum jemand. Am wenigsten diejenigen, die ihn den Glöckner von Adams-Morgan nannten. Aber seine Mutter hätte es möglicherweise verstanden, jedenfalls bildete er sich das meistens ein. Sie war damals bei dem Sturz ums Leben gekommen. Danach kam er in eine Pflegefamilie, gebildeter Mittelstand, der Familienvater mit Militärvergangenheit. Das war einer der Gründe, warum Albert Finlay nicht zu einem völlig depressiven Krüppel degeneriert war. Und irgendwie verdankte er ihm wohl auch seine Stelle bei der Behörde. Er hatte ihn da quasi rein geboxt, weil sein Sohn kein Krüppel sein durfte, nicht sein konnte, auch wenn er einer war. Jedenfalls hatte das Schicksal es schon wieder gut mit ihm gemeint, und es war klar, dass es nicht noch einmal dazu kommen würde. Aber dann geschah es doch und er lernte Emelie kennen.

„Geht es Ihnen nicht gut?"

Finlay richtete sich auf, als hätte sein alter Herr ihm mit der Reitpeitsche eines über den Buckel gezogen. Damit er sich zusammen reißt und nicht immer herum heult wie ein Waschweib. Mach den Rücken grade, Junge, pflegte er zu sagen, auch wenn er ganz genau wusste, dass das völlig unmöglich war.

„Sie sind der Beobachter aus Washington, nicht wahr? Sie wollen hier alles beobachten." Es war ein italienischer Polizist, kein einfacher Carabinieri, vielleicht Offizier oder was auch immer sie hier dazu sagten. Er hatte etwas Lockerleichtes an sich, so als ob ihn die Sache hier gar nichts anging. Er drehte eine Zigarette zwischen den Fingern. Vermutlich hatte er vor, sie sich im nächsten Augenblick anzuzünden.

Finlay war einen Kopf kleiner als er, aber nur weil er es nicht schaffte, seinen Rücken richtig grade zu machen. Er hätte ihn ansonsten sicher überragt.

„Und wer sind Sie?"

Das Lächeln seines Gegenübers wurde so breit, dass einem davon übel werden konnte.

„Ich bin Italiener."

Finlay verstand nicht sofort. Aber hier gab es sowieso einiges, was er nicht sofort verstanden hatte. Auch, warum es in dem Blockhaus so aussah, als hätte ein Kampf stattgefunden. Das war nicht Watsons Art. Bei ihm war immer alles ganz sauber, ganz ohne Aufsehen abgelaufen. Vieleicht war ihm etwas Unerwartetes wiederfahren oder jemand war hinzugekommen, jemand oder etwas. Wie gesagt, es war nicht Watsons Art, auch nicht, dass etwas Unerwartetes hinzukam.

„Wissen Sie, die meisten Menschen denken, dass Italiener etwas Schmieriges, von Grund auf Korruptes an sich haben, jedenfalls die meisten Menschen außer den Italienern selber, die denken, dass alle anderen etwas Schmieriges, von Grund auf Korruptes an sich haben. Ich selbst bin Italiener, wie gesagt, und deshalb denke ich auch wie ein Italiener. Ich habe Ihnen bereits gesagt, wie ein Italiener denkt, deshalb nehmen Sie es mir bitte nicht übel, dass ich über Sie eben das denke, was Sie möglicherweise über mich denken."

Er hielt ihm die Hand hin. „Penegrazia, Antonio. Ich habe heute Nacht einen Anruf erhalten. Sie möchten nicht wissen von wem. Es muss ein scheiß General gewesen sein, der mich am Telefon hoch genommen hat, als wäre ich ein kleines, schwarzhaariges Mädchen aus Florenz, das seinem Pappa eine Unehre bereitet hat. Es kann sich jetzt nur noch für die Steinigung oder ein Leben in Unehre entscheiden. Was meinen Sie, wofür es sich entscheidet? Also ich weiß, wofür ich mich entschieden habe."

Er lachte. Finlay lachte ebenfalls, obwohl er nicht genau wusste, weshalb er lachte. Er mochte nur diese

Art, plötzlich mochte er sie, dieses trockene, diese scheiß italienische Art, sich die Probleme von der Schulter zu schnippen. Wie gerne hätte er das ebenfalls getan.

„Also“, sagte der italienische Polizist, Penegrazia war ja sein Name, „was war hier los?“

Finlay wandte sich um. Das Blockhaus sah aus, als hätte jemand mit einer verdammten Uzi in einem Kaufhaus um sich geballert. Man konnte Fußabdrücke im Blut erkennen. Die Schränke waren in den Raum gekippt. Glasscherben lagen überall. Insgesamt sah alles aus wie in einem gottverdammten Alptraum.

„Ich weiß es nicht genau. Watson hat noch nie so ein Schlachtfeld hinterlassen. Er ist ein Aufräumer. Seine Tatorte sind so sauber, dass man vom Boden essen könnte. Manchmal glaube ich, er ist Polizist, aber das ist natürlich unmöglich.“

„Warum ist das unmöglich?“, fragte Penegrazia und wanderte in dem bluttriefenden Durcheinander umher, als ob er durch eine Einkaufsmeile flanieren würde.

Finlay dachte darüber nach. Natürlich war hier gar nichts unmöglich, dachte er, aber es wiedersprach dem Wesen von Watson. Er kannte ihn inzwischen so gut, als wäre er sein eigener Vater, dachte er, und all das Blut und die Glasscherben, die passten zu einem Verrückten, aber nicht zu Watson, der an und für sich überhaupt nicht verrückt war, jedenfalls dachte er das. Was das Denken anging, war Albert Finlay ein absoluter Meister.

Als sie aus dem Blockhaus heraustraten, holten die beiden Polzisten Atem, einen tiefen und beruhigenden Atem. Sie mussten sich die Übelkeit aus den Lungen blasen, die sich tief wie eine Lungenentzündung darin eingenistet hatte.

„Wo ist er jetzt?“, fragte Penegrazia, der seinen Rücken streckte und aussah, als wäre sein Gesicht in einen Pudereimer gefallen.

Finlay war nicht in der Lage seinen Rücken zu strecken. Er massierte stattdessen seinen Nacken, der krumm wie eine Wurzel war. Er musste dabei aussehen wie ein Troll oder ein anderes Zauberwesen, das in den Bergen hauste. Allein sein maßgeschneiderter Anzug, er ließ jedes Jahr einen einzigen in New York anfertigen, verlieh ihm so einen Hauch von Menschlichkeit. Ansonsten sah er aus wie der Elefantenmensch.

„Vermutlich gibt es in der Gegend so etwas wie eine Höhle. Es muss ein Versteck sein, im Dunkeln. Wir haben noch nie an einem anderen Ort seine Leichen entdeckt. Wie viele Polizisten sagten Sie, waren auf seiner Spur?“

„Es waren fünf.“

„Fünf und der Hund.“

Penegrazia sah ihn an.

„Der Hund?“

Finlay deutete auf den Boden.

„Sie sind ihm mit einem Spürhund nach. In diese Richtung“, sagte er.

„Wohin führt dieser Weg?“

Penegrazia überlegte eine Weile und ging dann hinüber zu einem der Carabinieri und sprach mit ihm. Er drehte noch immer die Zigarette in seiner Hand. Das verlieh ihm wieder diese Leichtigkeit, diese unbeschwerte italienische Mentalität. Darüber hinaus sah Penegrazia nicht aus wie ein Polizist. Er hatte nicht diese schwere, geistig umnachtete Art, wie sie manche Beamte in allen Ländern auf dieser Erde an sich trugen. Er wirkte auf eine hinterhältige Art und Weise intelligent, so dass man sich ständig auf der Hut vor ihm fühlen musste. Jeden Augenblick, so dachte Finlay, konnte er diesem Fall auf die Schliche kommen und jedes noch so verzwickte Geheimnis auflösen.

Als er zurückkam, lächelte er. Der weiße Puder war aus seinem Gesicht verschwunden.

„Es gibt dort weiter oben eine alte Mülldeponie. Es ist eine Art Höhlensystem mit einer Straße, die etwa tausend Meter in die Tiefe führt."

„Dann gibt es dort Stollen", sagte Finlay.

Penegrazia wirbelte herum und schmetterte ein paar italienische Sätze in Richtung der Carabinieri, die sich zu einem Kreis zusammengefunden hatten, als würde eine Horde Indianer sie belagern.

Die Carabinieri nickten. Finlay leckte sich die Lippen.

„Dann ist er also dort."

Während des Aufstiegs, die Polizisten bewegten sich gleich einer dünnen Linie auf demselben Eselspfad entlang, welchen Bernhard Watson knapp eine Woche zuvor ebenfalls benutzt hatte, wurde Albert Finlay wieder einmal, so wie jedes Mal, wenn er sich in der freien Natur bewegte, seiner körperlichen Unzulänglichkeiten und der schmerzhaften Verwachsungen oberhalb des vierten Lendenwirbels bewusst. Er konnte keinen einzigen Schritt tun, wenn man seine Humpelei denn als eine Aneinanderreihung von

Schritten hätte bezeichnen wollen, bei dem ihm nicht ein Messerstich nach dem anderen in die rechte, herabhängende Körperseite fuhr. Auf dieser Seite war er vor knapp einem viertel Jahrhundert auf dem Kopfsteinpflaster vor dem Krankenhaus aufgeschlagen. Allein dass seine Mutter ihn dabei im Arm gehalten hatte, hatte ihm das Leben gerettet. Ansonsten wäre alles an ihm zerschmettert worden. So waren es nur die rechte Seite seines Oberkörpers, die Hüfte und das rechte Knie, dieses aber allumfassend, so dass nie bis dato und auch in Zukunft nicht an eine Wiederherstellung zu denken war. Nicht einmal eine Prothese kam in Frage, selbst wenn er sich das rechte Bein amputierte, denn es war an sich nutzlos, denn dann würde seine Hüfte noch mehr Schaden nehmen, so jedenfalls die einhellige Meinung der Ärzte. Die Hüfte würde nur dann nicht noch weiter degenerieren, wenn sie auch weiterhin auf diese Weise unterbelastet wurde. Also kam nur in Frage, das Bein zu amputieren und in einem Rollstuhl zu leben oder zu humpeln. Deshalb war humpeln besser als nichts, besser jedenfalls als zu rollen, und ein Rollstuhl hätte ihm in diesem Gelände ohnehin nichts genutzt, also humpelte er und biss die Zähne zusammen. Er taumelte und fiel förmlich den Berg hinauf, von einem Baum zum nächsten. Es war eine Schinderei. Aber es war auch eine Herausforderung. Es hieß, wieder einmal, an einen Ort zu gelangen, welcher ihm an und für sich, ein Leben lang verwehrt sein wollte, der nichts mit ihm zu tun haben wollte, der ihn hasste, so abgrundtief, dass jeder Schritt auf ihn zu einem Kreuzgang glich.

Und während sie hinauf gelangten, und während das absolut absurde immer weiter und weiter seinen Lauf nahm, so wie Albert Finlay hin und her taumelnd, auf ein unbestimmtes Ende zu, immer näher seinem absoluten Nullpunkt entgegensteuerte, da sahen die italienischen Polizisten in etwa das Gleiche, was John Bernhard Watson gesehen hatte, nämlich etwas dürres, pfeilartiges, das durch das Unterholz huschte. Es waren Ratten, aber sie dachten sich zunächst nichts dabei. Erst als sie zu der kleinen Siedlung am Berg kamen und zu der Kirche, da riefen sie etwas.

Finlay verstand es nicht sofort. Es war ein Ausruf des Entsetzens.

„*Ratto*!“, riefen sie. Seltsamerweise reagierte niemand darauf, nicht einmal die Carabinieri, die ihren Weg in das Innere des Berges ohne jedes Innehalten fortsetzten, so als hätten sie sich selbst nicht gehört.

Sie gelangten in den Berg über die Zubringerstraße, auch wenn Finlay ganz genau wusste, dass es noch einen anderen Zugang geben würde. Es war nicht Bernhard Watsons Art, sich einen Ort auszuwählen, den man nicht auf zwei Wegen verlassen konnte. Also würde der andere ganz in der Nähe sein, nicht gleich zu finden, möglicherweise musste man sich an einem Felsen entlang hangeln, über einer Schlucht, wenn es nicht anders ging. Er wusste nicht, wie nah er damit der Wahrheit kam. Im Inneren des Berges stank es. Penegrazia hielt sich den Stoff am Unterarm seines Jacketts vor den Mund. „Es riecht wie ein Eimer mit Kinderkacke“, sagte er durch den Stoff. Finlay sah sich im Dunkel nach ihm um. Er war kaum zu erkennen. Aber seine Stimme war überall. Sie hallte wie ein gedämpftes Echo zwischen den Felswänden hin und her. Überall lag Abfall. Umso seltsamer war es, dass sich ein Echo manifestierte. Man hätte meinen können, dass eine gebrochene Oberfläche, wie sie etwa ein Haufen überall verstreuten Mülls aufwies, eine ähnliche Struktur erzeugte wie eine schalldämmende Wandverkleidung, die jeden Ton in sich aufsaugte und verschlang, bis man selbst seine eigene Stimme nicht mehr hörte. Aber das war nicht so. Es gab ein wimmerndes, jeden Winkel des Ganges, durchflutendes Echo. Jeder Schritt war tausendfach zu hören.

„Hier ist etwas."

Penegrazia stieg über einen Haufen hinweg, ohne den Jackettärmel von seinem Mund zu nehmen. Eine Taschenlampe wischte über den Boden. Es war der Hund.

Die Tatsache, dass der Hund noch lebte, erinnerte Finlay sofort an den Hund in dem Watsonhaus, das Haus auf Rhode Island also, wo sie damals Emelie gefunden hatten. Es war eine ganz ähnliche Sache, der Hund war damals im Keller eingesperrt gewesen, in absoluter Dunkelheit. Das Winseln des Tieres schoss ihm sofort in die Gedanken, als er das arme Tier vor sich auf dem Felsenboden ausmachte. Es kroch, mit der Rute nahezu vor Aufregung zitternd auf ihn zu und wickelte sich wie eine Schlange um seine Beine.

„Gut", sagte Finlay und ließ seine Hand in das durchgeschwitzte Fell des Tieres sinken.

„Wie lange denken Sie, liegt er schon hier?"

Penegrazia war in die Dunkelheit vorausgeeilt wie das Licht selbst.

„Kommen Sie", rief er plötzlich, „hier ist noch mehr!"

Die Taschenlampen der Carabinieri zuckten sofort in seine Richtung. Finlay knickte bei dem Hund ein, der sich ihm wie ein Gewürm angeheftet hatte. Der Italiener hatte ihn gefragt, wie lange das Tier in der Dunkelheit gelegen haben mochte. Er fühlte durch das Fell auf die Knochen. Es fühlte sich an, als wäre das Tier keinen Tag hier unten.

„Was haben Sie gefunden?"

Finlay musste sich an den Felsen klammern, um auf die Beine zu kommen. Er hatte sich noch nie so hilflos gefühlt. Er tastete nach seiner Dienstwaffe. Ein willkürlicher Reflex. Im nächsten Augenblick erinnerte er sich, dass man ihm die Pistole am Zoll abgenommen hatte. Er hatte sich noch nie so dumm gefühlt.

„WAS HABEN SIE GEFUNDEN??", rief er.

„Kommen Sie!"

Finlay humpelte den Lichtkegeln hinterher, die rasch in die Dunkelheit entschwanden. Hier und da sprangen sie von einer Felswand zur anderen. Er musste in einem Stollen sein, weit weg von der Zubringerstraße. Aber das Echo ihrer Schritte war noch zu hören, als ob es von der Straße käme. Das Winseln des Hundes blieb ganz in seiner Nähe. Der Hund folgte ihm. Finlay betete, dass das Tier ihm in der Dunkelheit nicht in die Quere kam. Wenn er stürzte, würde er sich möglicherweise verletzen, und niemand wusste, was geschehen würde, wenn er mit dem Gesicht voran in das Dunkel fiel.

Dann, als die Dunkelheit so allumfassend war, dass ein Weitergehen ein Unglück bedeutete, stieß er plötzlich hart mit den Ellenbogen gegen eine Tür.

„Penegrazia, sind Sie das?“

Es war diese Stille, welche auf seine nahezu kreischende Frage folgte, die ihm am meisten Sorgen machte. Er hörte keine Schritte mehr, nur den Hund, der um seine Beine scharwenzelte. Als er vorsichtig die Tür aufdrückte, es war eine alte Metalltür, die einen segensreichen Seufzer von sich gab, sah er die Lichtkegel wieder. Sie stachen kreuz und quer und völlig ohne jeden Zusammenhang durch den dahinter liegenden Raum. Manche waren auf den Boden, andere an die Decke gerichtet.

Finlay spürte wieder den Hund, der um seine Beine herum spazierte, sehr dicht, so dicht, dass Finlay kaum ein Bein vor das andere bekam.

„Ist ja gut, Junge“, zischte er.

Er bekam eine der Taschenlampen zu greifen, indem er in die Knie ging und sich lang nach vorn ausstreckte. Sein linkes Bein behielt er dabei im Türspalt, so als ob er fürchtete, die Tür könne hinter ihm ins Schloss fallen und sich nicht wieder öffnen lassen. Dieser Gedanke kam ihm überhaupt nicht absurd vor. Nein, ganz im Gegenteil, er war sich der Sache sogar absolut sicher.

Dann, wie gesagt, bekam er eine der Taschenlampen zu greifen und zog sich rasch wieder unter den Türbogen zurück, wo er sich an die Metallzarge klammerte und sich mit der Lampe zwischen den Zähnen aufrichtete. Das schneeweiße Licht fiel zuerst auf den Hund, und man konnte es Finlay nicht verdenken, dass er eine scheiß-Angst gehabt hatte, dass der Hund gar kein Hund war, sondern etwas anderes, etwas, dass sich nur anfühlte wie ein Hund. Aber wie gesagt, es war einer. Finlay stieß einen Seufzer der Erleichterung aus. Er hatte sich in diesem Augenblick nichts Schlimmeres vorstellen können, als dass der Hund kein Hund war. Es war sogar eine der abscheulichsten Vorstellungen, wenn er genau darüber nachdachte. Schließlich hätte er alles Mögliche sein können, und er war in den letzten Minuten eigentlich nur völlig still um ihn herumgeschlichen, kein einziges Winseln war zu hören gewesen, nur dieses Streifen, dieses gottverdammte Entlangstreifen an seinen Hosenbeinen, als ob eine völlig stumme Kreatur ihn um ihr Leben anbettelte. Wie gesagt, diese Vorstellung war so grauenhaft, dass Finlay zu lachen begann, als er den Hund im Schein der Taschenlampe sah.

Aber dann kam ihm plötzlich ein anderer, zuerst nahezu unscheinbarer Gedanke, einer von jenen Gedanken, die sich einem niemals auf hundert Meter nähern, weil man stetig seinen Focus auf etwas ganz unmittelbares richtete. Dieser Gedanke hatte aber nichts mit etwas ganz Unmittelbarem zu tun. Er kam wie aus einem anderen Menschen.

Und erst durch diesen Gedanken kam Finlay überhaupt auf die Idee, sich noch einmal umzusehen. Er war so erleichtert gewesen, dass der Hund tatsächlich ein Hund war, dass er sich eigentlich schon mit der Tatsache abgefunden hatte, dass sie nun zum Blockhaus zurückkehren mussten. Aber dann drehte er sich noch einmal um. Die Taschenlampenkegel stachen noch exakt in den gleichen Winkeln durch den Raum. Zunächst war Finlay verblüfft. Er wäre ja hinüber gegangen, um die Sache aufzuklären, aber wie gesagt, etwas sagte ihm, dass er sich nicht von der Tür entfernen durfte, sie würde ins Schloss fallen und dann würde sie sich von Innen nicht mehr öffnen lassen. Das war eine Tatsache, auch wenn er diese Tür so wenig kannte, wie er die fünf italienischen Polizisten kannte, oder den Hund. Was wusste er eigentlich über den Hund? Er sah noch einmal zu ihm hinab. Komisch, er hatte irgendwie Ähnlichkeit mit Penegrazia, dachte er, während das Tier ihn von unten angriente. Finlay tätschelte ihm den Kopf.

Dann sah er wieder nach vorn und glaubte plötzlich etwas im Schein der Taschenlampen erkennen zu können. Nicht, weil es da etwas zu sehen gegeben hätte, sondern weil sich da etwas bewegte. Wie winzige Schatten. Wie Schatten von Schatten. Und in diesem Augenblick war ihm, als erinnerte er sich, dass die Carabinieri, als sie hinaufgestiegen waren und durch das verlassene Dorf gegangen waren, etwas geschrien hatten, etwas, das wie Ratten geklungen hatte und dass danach niemand mehr davon gesprochen hatte, und dass obwohl sie dabei absolut aufgeregt gewesen waren und zunächst nahezu panisch reagiert hatten. Kein einziges Wort mehr. Und nun, als ob es gar nicht wahr gewesen wäre oder vielleicht die Erinnerung eines anderen, sah er und hörte er winzige Füße über den Felsboden huschen und sah blitzartige dunkle Flecken durch die Lichtkegel der Taschenlampen tanzen.

Es war deshalb also absolut logisch, dass er an seinen Gürtel griff und mit der Beretta in die von den Taschenlampenlichtkegeln zerschnittene Dunkelheit schoss. Die Mündungsfeuer zerrissen das wie von weißen Messern zerschnittene unterirdische Schwarz. Er konnte dabei die Carabinieri am Boden sitzen sehen, jeweils für den Bruchteil einer Erinnerung lang von dem Mündungsfeuerschein aus dem Abgrund herauf geholt. Sie sahen seltsam aus, nach vorn gebeugt, die Hände in den Schößen liegend. Fünfmal donnerte die Beretta ohrenbetäubend in das Nichts. Danach lag alles totenstill vor ihm.

Es war die Stimme von Penegrazia, welche Finlay von diesem totenstillen Alptraumbahnhof abholte. Er war sich zuerst nicht sicher, ob er die Ratten erledigt hatte. Aber die Jahre, die er an einem Schießstand verbracht hatte, konnten nicht völlig sinnlos vertan gewesen sein. Manche Dinge waren wie Fahrradfahren lernen - man stieg auf und man fuhr los, und dann sah man die Welt an sich vorüber ziehen und wunderte sich nicht mehr darüber, wie das vonstattenging. Beim Schießen war es dasselbe. Der Zauber war kein Zauber mehr. Die Ratten waren so sicher tot, wie das schrille Pfeifen in den Ohren, das ihm wie ein Beweis der vorangegangen Ereignisse geblieben war. Selbst die Luft fühlte sich an, als wäre sie von den Geschossen unter Druck geraten und schmeckte nach Blut.

„Ich denke, Sie haben sie", sagte Penegrazia. Finlay hörte, wie der Polizist ein Gasfeuerzeug aufspringen ließ. Dann hörte er das Knistern von glühendem Tabak.

„Wollen Sie auch eine Zigarette rauchen, Mister Finlay?"

Finlay wollte nicht. Etwas sagte ihm sogar, dass er Krebs kriegen würde, wenn er genau in diesem Augenblick eine Zigarette anfasste. Er sah sich nach Penegrazia um, dessen Antlitz im Schein der glühenden Zigarettenspitze bei jedem Atemzug, den er machte, aus dem Schwarz auftauchte.

„Wo sind die Polizisten?“, fragte er.

Die Zigarettenspitze glühte mit einem mal so rot und leuchtend auf, dass Finlay glaubte, sie müsse in einer Stichflamme Feuer fangen. Penegrazias Gesicht war über und über von schwarzen, wie mit einem Pinsel gemalten Schatten übersät. Es sah aus wie das schwarze Geäst eines wild wuchernden Gestrüpps, das ihm vom Kragen aus in das rot angeleuchtete Gesicht wuchs.

„Sie sind jetzt bei Ihrem Mister Watson“, sagte er.

„Bei Watson?“

Finlay konnte es nicht glauben.

„Dann haben Sie ihn also?“, fragte er.

Penegrazia schüttelte den Kopf. Finlay bildete sich ein, dass er lächelte, aber dieses Lächeln wurde vom Schein der Zigarettenspitze in etwas unsagbar Grauenhaftes verwandelt.

Sogar als Albert Finlay wieder zurück in den Staaten war, wollte ihm eine Sache nicht aus dem Kopf. Was war mit dem Hund geschehen? Er war nicht solang geblieben, bis sie die toten Polizisten aus dem schwarzen Grab der Mülldeponie in den Bergen befreit hatten. Er war nicht mal lang genug geblieben, um den Triumph über John Bernhard Watson zu feiern, den sie irgendwo in der Dunkelheit aufgespürt hatten. Er wollte ihn nicht sehen. Aber er wollte noch einmal mit Robert Shaw sprechen, dem Mann, der Watson vermutlich am besten kannte und der ihm möglicherweise, nun, da sich alles in eine ganz andere Richtung entwickelt hatte, etwas darüber sagen konnte, wer Bernhard Watson wirklich gewesen war.

Es war aber absolut keine leichte Angelegenheit, einen Mann wie Robert Shaw über einen alten Freund, inzwischen hatte Finlay das Gefühl, dass Watson ihrer beider Freund war, auszufragen. Shaws Ehegattin wirkte, als wäre ihr die Last von über eintausend Jahren Angst von den Schultern genommen, als sie Finlay in die Wohnung bat. Sie geleitete ihn in die Bibliothek und verschwand gleich darauf in der Küche, wo sie noch einen Kuchen im Ofen hatte, wie sie sagte. Finlay setzte sich in einen Ohrensessel und bewunderte die hohen, bis unter die Decken reichende Bücherregale. Niemand konnte so viel lesen, dachte er, außer dieser Mann hätte keine anderen Interessen im Leben, als all diese Bücher zu lesen. Dann allerdings wäre er nur zu diesem Werk in der Lage und könnte hinterher, also am Ende seines Lebens, nichts anderes behaupten, als dass er das getan hätte. Was aber würde Finlay am Ende seines Lebens behaupten dürfen? Dass er einem kranken Mann bis ans Ende der Welt nachgereist war und darüber hinaus nichts anderes vollbracht hatte? Tief in seiner Seele nahm er sich das Versprechen ab, dass er nie wieder einem Mann bis ans Ende der Welt nachreisen würde, was auch immer dieser getan hatte, sondern dass er etwas ganz banales aber darüber hinaus hoch Heiliges vollbringen würde, etwas, das selbst das Abhanden sein des eigenen ICHs nicht seiner allumfassenden Würde berauben konnte.

Es war erst Robert Shaw, der über eine Balkontür und dabei direkt aus dem Sonnenlicht in die Bibliothek trat, der Finlay aus seinen Gedanken riss. Finlay erhob sich aus dem Ohrensessel und reichte dem Psychotherapeuten die Hand.

„Wir haben uns schon einmal die Hand gegeben", sagte er.

„Ja, aber unter ganz anderen Umständen", antworte Shaw und bedeutete ihm sich wieder zu setzen.

„Also haben Sie John jetzt endlich verhaftet?"

Finlay nickte.

Im selben Augenblick kam die Dame des Hauses herein und wusste sich nicht besser zu helfen, als ein Tablett mit Kaffee und Kuchen auf dem kleinen Tisch gegenüber dem Ohrensessel abzustellen. Finlay bedankte sich und nahm der Höflichkeit halber eines der großen Kuchenstücke.

„Essen Sie ruhig."

Finlay aß. Als er damit fertig war, kam er auf Watson zu sprechen.

„Dann wusste er also nie wer er wirklich war?" fragte er.

Robert Shaw ließ die Kaffeetasse über der Untertasse schweben.

„Wissen Sie, niemand von uns weiß so ganz genau, wer er ist. Die Welt ist nichts anderes als ein Spiegel, in dem wir uns tagtäglich unser Selbst versichern. Ohne diesen Spiegel wüssten wir nicht einmal, welche Haarfarbe wir haben, wir wüssten auch nicht, ob wir schwarz sind oder weiß und hätten wir ihn nur eine Zeitlang nicht, dann würden wir nach einer gewissen Dauer sicher vergessen, was wir einmal mit absoluter Bestimmtheit wussten. Dann bleiben uns nichts weiter als Erinnerungen. Und dann bleiben uns nichts weiter als Vermutungen."

Er setzte die Kaffeetasse ab und kaute einen kurzen Moment auf seiner Unterlippe. Er suchte dabei den Augenkontakt zu seiner Frau, die zu ihm herüberkam und seine Hand hielt. Finlay fand das sehr beruhigend.

„John Watson hatte nicht nur vergessen, wer er war", sagte Shaw vorsichtig, „er hatte sich auch neu erfunden. Der Spiegel von welchem ich eben gesprochen habe, und den wir alle besitzen und der für uns ganz natürlich und eben ist, war bei John zuerst gebogen und später gebrochen, und John war sozusagen durch die Risse des Spiegels in andere, tiefer gelegene Ebenen des eigenen ICHs gestürzt."

Shaw tätschelte die Hand seiner Frau, als würde es ihm die Sache leichter machen. Finlay verstand nicht, was Shaw im Speziellen zu sagen versuchte, aber er dachte auch, es wäre gut, einfach nur zuzuhören, auch wenn man nicht alles verstand. Vielleicht konnte man so ein gewisses Mitgefühl und Verständnis für alles entwickeln, also nicht nur für Shaw und Watson, sondern auch für den Mann, der alle diese Morde begangen hatte.

„Er ist in diese Spalten hineingestürzt wie ein Bergsteiger, der in eine Gletscherspalte gerutscht ist. Er war ja Psychologe, er wusste, auf welchem Terrain er sich bewegte. Ich glaube sogar, er ist sich bis heute keiner einzigen Verfehlung bewusst. Vielleicht", sagte Shaw, „sitzt er gerade jetzt wie wir hier beim Tee und unterhält sich angeregt, ohne dass er sich im Klaren darüber ist, was wirklich geschehen ist."

Finlay holte tiefen Atem.

„Sie meinen, er könnte jetzt einfach eine andere Identität angenommen haben und, ich meine ...“

Finlay wusste nicht ganz genau, was er meinte.

Der Psychologe nickte einfach und hob die Kaffeetasse an die Lippen.

„John hatte am Ende keine Vorstellung mehr, zu wem oder was er sich tatsächlich entwickelt hatte. Es gab und gibt immer noch einen winzigen Teil an ihm, der John Bernhard Watson ist, aber darüber hinaus,“ Shaw überlegte einen Augenblick,“ darüber hinaus hat sich die Welt, in welche John gestürzt ist, verselbstständigt und Personen hervorgebracht, die jede für sich ihr Existenzrecht einfordern.“

Finlay begann von der Sache der Kopf zu dröhnen. Er bekam keine Luft mehr. Er war nie von absolut überragender Intelligenz gewesen, aber sein IQ hatte immerhin dazu gereicht, um ihm zu einem Hochschulabschluss zu verhelfen. Aber in dieser Sache wollte irgendetwas nicht in seinen Kopf. Es war, als ob seine Gedanken vernagelt wären.

„Aber er war John Bernhard Watson, nicht wahr?“

Shaw und seine Frau sahen sich mit großen Augen an. Es waren die Hände von Shaws Frau, die zuerst zu zittern begannen.

„Wir haben ihn immer nur als John gekannt“, sagte sie, „aber ob er von Anfang an John war?“ Ihr Gesicht verriet absoluten Zweifel.

Es war dann ihr Mann, der wieder ihre Hand nahm und das Zittern mit seiner Baritonstimme verschwinden ließ.

„John war John“, sagte er. „Er war es in jedem Augenblick seines Lebens. Aber wissen Sie, es gab da auch andere in ihm, und diese waren sich genauso jedes Augenblicks bewusst. Man kann diese Angelegenheit nicht chronologisch begreifen. Johns verschiedene Persönlichkeiten existieren alle zur selben Zeit."

Albert Finlay verlor immer mehr den Zusammenhang aus den Augen. Für einen gesunden Menschen wie ihn, konnte es nur unbegreiflich sein, was der Psychologe ihm da aufzutischen versuchte. Für den Moment genügte es Finlay aber zu glauben, dass es sich um psychotherapeutisches Geschwätz handelte, und dass John Bernhard Watson ein Monstrum gewesen war, das sich hinter seiner Krankhaftigkeit vor den Armen der Gerechtigkeit zu verbergen suchte.

Eines aber wollte ihm nicht aus dem Kopf.

„Wann hat das alles angefangen. Ich meine, wann wurde Watson zu dem Mensch, der er heute ist?"

Shaw stand abrupt von seinem Stuhl auf und ging hinüber zu den Bücherregalen. Er schüttelte dabei unentwegt den Kopf.

„Diese Frage lässt sich unmöglich beantworten."

Finlay ließ sich nicht so einfach abschütteln.

„Es hatte doch sicherlich etwas mit dem Tod von Emelie zu tun, nicht wahr?"

Shaw und seine Frau sahen Finlay plötzlich an, als würde er von einem Gehirngespinst sprechen.

„Emelie?", fragte Ms. Shaw. „Kennen Sie sie?"

Finlay nickte. Daraufhin holte Raymond Shaw sehr tief Atem.

„Es hatte sicherlich etwas mit Emelie zu tun", sagte er, „aber sie war ganz sicher nicht das auslösende Moment. Eine Krankheit wie die, welche John befallen hatte, hat viel tiefgreifendere und meistens weit zurück liegende Ursachen. Meistens liegen die Ursprünge einer solchen Verhaltensstörung in der

Kindheit begründet. Sie sind sozusagen schon da, bevor der Mensch sich ihrer bewusst ist.“

Er sah auf seine Bücher, als stände darin kein einziges Wort, das in dieser Welt von Belang sei.

„Wissen Sie, oft ist es so, dass eine gestörte Persönlichkeit bereits von Anfang an einen anderen Abzweig vom ansonsten gradlinigen Entwicklungsweg einer gesunden Persönlichkeit nimmt. Möglicherweise gab es irgendein gravierendes und bis in seine Seele hinein zermürbendes Erlebnis in seiner Kindheit, das eine Reihe von Verkettungen in Gang setzte, die ihn schlussendlich bis in das Heute und Hier geleitet hat. So ein Erlebnis kann zum Beispiel der Tod der Mutter sein oder eine andere Form der unbewussten Konditionierung. Wissen Sie, John arbeitet ja genau auf diesem Terrain der frühkindlichen Persönlichkeitsbildung. Wäre er heute hier“, Robert Shaw hielt plötzlich inne und sah seine Frau an.

„Wäre er heute hier, so könnte er Ihnen sicherlich mehr über die Sache erzählen, als ich es kann.“

Albert Finlay stand auf, als hätte er es plötzlich sehr eilig.

Er verabschiedete und bedankte sich und ging durch die Haustür auf die Straße. Er brauchte Luft. Zum Glück war es ein herrlicher Herbstmorgen. Der Tag war wie geschaffen, um eine nahezu ewig währende Heimfahrt zu beginnen.

Es war ihm als bewegte er sich mit Lichtgeschwindigkeit über den Highway. Das unterbrochene gelbe Band des Mittelstreifens wurde zu einem einzigen langen, gelb glühenden Strich, dem der Wagen wie auf einer elektrischen Rennbahn nachfolgte. Die ansonsten klar voneinander getrennten Konturen der Welt flossen ineinander wie Wasserfarben, und alles verlor sich in Unschärfe und Unklarheit. Was war mit John Bernhard Watson wirklich geschehen? Konnte es sein, dass er in seiner Kindheit etwas ähnlich verstörendes erlebte hatte, wie Albert selbst? Hatte dieser Umstand möglicherweise Watson auf eben jenen Pfad geschickte, sich mit der Herausbildung von die Persönlichkeit beeinflussenden negativen Mechanismen zu beschäftigen, und hatte er deshalb begonnen, eben jene Experimente an Kindern durchzuführen, welche auch mit Albert in seiner Kindheit durchgeführt worden waren?

Als Albert endlich nördlich von New York City aus dem Wagen stieg, war ihm, als würde sich ihm ein meilenlanger Arm aus der Vergangenheit nachstrecken und versuchen, ihn dorthin zurück zu ziehen. Als er die Tür zu seinem Haus aufschloss, musste er sich mit aller Kraft nach vorn beugen, damit ihn dieser Arm nicht rücklings auf die Straße warf.

Erst die zugeschlagene Haustür wollte jener Kraft, die sich ihm von hinten an die Schultern angeheftet hatte, Einhalt gebieten.

„Mein Gott, mein Gott“, flüsterte Albert und ging rückwärts von der Eingangstür weg, als erwartete er, dass die Tür im nächsten Augenblick von außen zertrümmert würde. Aber alles war ruhig.

Dann sah er sich um. Zunächst meinte er, dass etwas nicht stimmte. Er wusste nicht, was es war. Er ging zur Treppe und sah die Stufen hinauf.

„Emelie, bist du da?“, fragte er.

Er ging wieder zurück zur Tür und spähte durch die Vorhänge auf die Straße. Aber niemand war zu sehen. Erst in diesem Moment meinte er eine Erinnerung zu haben, wie man manchmal eine Erinnerung an etwas völlig Unscheinbares hat, was man gesehen hat, aber nicht daran gedacht, weil es zu bedeutungslos gewesen war. Er war ja hinüber zur Treppe gegangen, dachte er. Hatte er dort nicht etwas am Boden liegen sehen? In diesem Augenblick kam ihm dieser Gedanke noch völlig ohne Bedeutung vor. Er wusste auch nicht ganz genau, warum er sich eigentlich noch einmal nach der Treppe umsah. Dann aber tat er es doch und bemerkte die hingeworfenen Kleidungsstücke, die am Boden vor der ersten Stufe lagen. Es sah aus, als hätte jemand einen Wäscheberg aufgehäuft, um ihn demnächst hinüber zur Waschmaschine zu bringen.

Dieses Bild sehend, blieb Finlay mit einem Mal wie in dem Augenblick gefangen stehen. Er bewegte sich keinen einzigen Millimeter.

„Emelie?“, fragte er.

Sein Atem zitterte.

Er betete, dass er in dem Wäschehaufen nichts anderes als Hemden, ein paar Hosen und Unterwäsche ausfindig machen würde. Aber sein Mund war so trocken, dass er die Zunge nicht vom Gaumen zu lösen vermochte.

Genau in diesem Augenblick begann das Telefon zu läuten. Er humpelte hinüber und hob den Hörer ab.

„*Wer ist da?*“, fragte er.

Auf der anderen Seite war eine Frauenstimme zu hören. Finlay konnte den Gedanken an Emelie nicht abschütteln. Sie war ganz sicher mit dem Auto unterwegs, irgendwo in der Stadt, wo sie sich gewöhnlich tagsüber aufhielt. Sie konnte nicht hier sein, nicht um diese Uhrzeit. Die Sache mit dem Wäschehaufen war etwas ganz und gar belangloses, dachte er. Sie hat ihn einfach da vergessen, hat die Tür abgeschlossen und ist losgefahren.

Sein Blick fuhr blitzschnell zur Tür. Sie war aber nicht abgeschlossen gewesen, kam es ihm plötzlich in den Sinn. Er war sich hundertprozentig sicher, dass sie nicht abgeschlossen gewesen war.

Dann nahm er den Hörer wieder ans Ohr und wusste nicht einmal weshalb.

„Wer ist da?“, fragte er.

Die Frauenstimme auf der anderen Seite der Leitung hörte sich an, als wäre sie weit weg. Und da war noch etwas anderes, etwas von dem Albert zuerst dachte, es sich nur eingebildet zu haben, aber dann wusste er es. Er hatte es von Anfang an gewusst und jetzt erinnerte er sich. Es war sogar ganz im Gegenteil nicht so gewesen, dass er gedachte hatte, es sich nur eingebildet zu haben, er hatte es gewusst, weil er es gehört hatte, genau in dem Augenblick, als er den Hörer abgenommen hatte.

Ein ganz und gar unscheinbares Geräusch, wie wenn jemand in weiter Ferne einen zweiten Hörer abgenommen hatte und jetzt, im Verborgenen des Rauschens der Niederfrequenzen ihrem Gespräch beiwohnte. Sie wurden abgehört, ganz sicher, dachte er.

Und es war genau dieser Moment, als die Frauenstimme zurückkehrte, so als ob diejenige am anderen Ende der Leitung die Hand auf das Telefon gelegt hatte, um etwas zu flüstern, das Albert nicht hatte hören sollen. Dann aber hatte sie die Hand weggenommen und rief etwas, das Albert nicht sofort verstand, weil er es nicht verstehen konnte. Er erinnerte sich auch nicht später daran.

„Raymond, Raymond!“, rief die Frauenstimme.

„ES IST JOHN!“

Tanja Wendorff

Das Huhn auf dem Klavier

Wie Glassplitter einer zerbrochenen Seele glitzerte der Schnee in der Finsternis. Der Wind raste wie ein wildes Tier durch die Nacht und die Kälte ließ den Atem klirren und Tränen zu Eiskristallen gefrieren.

Wie ein Schatten aus abgrundtiefer Schwärze hoben sich die Konturen des alten Schlosses aus der Dunkelheit ab. Eiszapfen hingen von seinen Giebeln und die Fensterscheiben waren überzogen mit dem eisigen Atem des Winters.

In seinen Gängen herrschte Finsternis, die tiefer war als die Dunkelheit der Nacht. Auch die vereinzelten Kerzen, die hier und da in Wandhalterungen steckten oder in Nischen in der Wand standen, konnten daran nichts ändern.

Der Wind rüttelte an den Fensterläden, drang durch winzige Fugen ins Gebäude ein und ließ die Kerzenflammen flackern. Sein endloses Heulen vermischte sich mit der wilden Musik, die aus den Kellergewölben heraufdrang. Die flackernden Schatten, die die Flammen an die Wände warfen, schienen einen schaurigen Tanz zum Klang des Klaviers zu tanzen. Wütend und zugleich melancholisch waren diese Klänge, als legte jemand all seinen Zorn, aber auch all seine Einsamkeit in sie hinein.

Viele viele Stufe unter der Erde, verborgen zwischen Reihen aus Büchern, Stapeln von Papieren und unzähligen verloren gegangenen Ideen saß eine alte Frau auf einem Hocker und hieb ihre Finger in die

Tasten eines gewaltigen schwarzen Klaviers. Ihre blassen Kleider wirkten altertümlich und die Haare, die sie sich zu einem Knoten aufgesteckt hatte, hatten die Farbe von Jahrhunderte altem Staub. Winzige Knopfäuglein beobachteten jede ihrer Bewegungen vom Deckel des großen Instruments. Das Huhn, dem sie gehörten, war ihr einziger Zuhörer, ihr einziger Begleiter.

So lange schon war Evelin Crum allein, dass sie manchmal fast glaubte, die Stimme des Huhns in ihrem Kopf zu hören. Es sprach mit ihr, lobte sie, kritisierte sie - und sah sie an mit seinen kleinen, verstandslosen Augen.

Abermals hieb sie ihre Finger in die Tasten, wieder und wieder, doch was brachte es schon, all die Wut, die sie nur noch ganz selten spürte, weil sich ganz langsam eine Decke aus Gleichgültigkeit über ihr Gemüt legte, in Musik zu bannen? Es hörte sowieso niemand zu. Vor vielen Jahren war mit ihrem Mann der letzte Mensch gestorben, der ihr noch etwas bedeutet hatte. Jetzt hatte sie nur noch ihre Hühner. Über den Winter hatte sie sie ins Haus geholt, damit sie nicht erfroren, denn dann wäre sie ganz allein gewesen. Für immer. Mit sich und der Musik. Nun liefen sie durch die Gänge und verursachten überall Unordnung, doch Evelin Crum kümmerte es kaum. So wenig kümmerte sie in letzter Zeit noch. Niemand auf den Straßen schien sie jemals wahrzunehmen und Evelin ging an ihnen vorbei, ohne mit ihnen zu sprechen. Niemand besuchte sie jemals, sprach ein nettes Wort zu ihr, nahm sie in den Arm ...

Und die Hühner machten nur Krach. Sollten sie doch Krach machen. Wen kümmerte das schon?

Früher hatte sie manchmal Kuchen gebacken. Einfach nur so, weil ihr danach war. Hatte Früchte gepflückt, hatte sich mit Hingabe in die Küche gestellt, in den Ofen gestarrt und dabei zugesehen, wie sich ein Klumpen matschiger Teig in ein wunderbar duftendes Gebäck verwandelte. Doch jedes Mal, wenn sie damit fertig gewesen war, hatte sie nicht gewusst, was sie damit machen sollte. Denn eigentlich mochte sie gar keinen Kuchen.

Früher hatte sie auch manchmal noch gehofft, dass sie Menschen finden würde, die sie verstanden, die waren wie sie. Doch diese Hoffnung war längst erloschen.

Mit leerem Blick starrte Evelin Crum das Huhn an, das nach einem Faden auf der spiegelnden Oberfläche des Klaviers pickte und dabei eine Delle hinterließ. Das Huhn war dürr. Wie alle ihre Hühner. Der Winter währte schon viel zu lang. Das Futter für die Tiere wurde knapp. Bald würde auch sie selbst kaum noch etwas zu essen haben. Die Frage waberte für einen Moment durch ihren Kopf, ob das denn wirklich so schlimm wäre. Dann griff sie erneut in die Tasten und ihre Musik und ihre finsteren Gedanken verwoben sich mit der Nacht, wurden vom Heulen des Windes durch die Gänge des Schlosses getragen und schwebten dem heraufziehenden Morgen entgegen.

Als sich die ersten zaghaften Sonnenstrahlen in den glitzernden Eiskristallen vor den Fenstern des uralten Schlosses brachen, nahm sich Evelin ein paar ihrer geliebten Hühner und trat aus der Haustür. Die Kälte fuhr ihr schneidend ins Gesicht, streifte wie mit messerscharfen Rasierklingen über ihre Haut, berührte sie mit eisigen Fingerspitzen...

Der Weg zum Markt war nicht weit, doch weit genug, dass Evelin ihre Finger kaum noch bewegen konnte, als sie ankam. Jeder Atemzug tat in der Lunge weh, die sich anfühlte, als wäre sie mit einer feinen Eisschicht überzogen. Feine weiße Schneeflocken färbten ihre grauen Haarspitzen weiß.

In der Mitte des Platzes blieb sie stehen. Ihre Finger verkrampften sich in den Federn ihrer Hühner, die empört zu gackern anfingen. Sie wusste nicht, wie sie weitermachen sollte. Sie musste diese Hühner gegen etwas zu Essen eintauschen. Denn eines von ihnen zu schlachten, wäre wie der Verrat an einem guten Freund gewesen.

Zaghaft ging sie auf einen der Männer zu, die in der klirrenden Kälte ihre Waren feilboten. Sein Atem bildete silbrige Nebelwolken in der Luft und Evelin stellte sich vor, wie dieser Nebel sich ausbreitete und sie ganz und gar verschluckte.

Obwohl sie direkt vor ihm stand, blickte der Mann scheinbar durch die hindurch. Auf einen Punkt weit weit in der Ferne. Demonstrativ hielt sie eines der Hühner hoch, doch er beachtete sie noch immer nicht. Was sollte sie sagen? Wie lange war es her, dass sie das letzte Mal ihre Stimme benutzt hatte? Dass sie das letzte Mal mit jemandem gesprochen hatte? Jemand lebendigem, jemand realem ... Wusste sie überhaupt noch, wie sich das anfühlte?

Sie hatte schon den Mund geöffnet, als der Mann einen Schritt auf sie zu machte. Seine weißen Haare tanzten im plötzlich stärker werdenden Wind wild um seinen Kopf. Er machte noch einen Schritt. Eisige

Kälte jagte durch Evelins Seele, als er mitten durch die hindurchtrat. Regungslos stand sie da, die Augen weit aufgerissen und konnte nur stumm mit ansehen, wie sich ihre Konturen langsam aufzulösen begannen. Die Kälte erreichte die Stelle, an der ihr Herz sein sollte und durch die nun eisig der Wind fuhr. Sie schloss die Augen und erinnerte sich: Die Kälte war so entsetzlich gewesen an jenem Tag, dem schlimmsten aller Tage. Noch eisiger als an allen zuvor. Sie hatte in der Küche gesessen. Im Ofen hatte kein Feuer gebrannt, denn es gab kein Holz mehr. Die Kälte war durch die Ritzen zwischen den Fensterläden gekrochen, durch die undichten Dielen im Fußboden, durch ihre Kleider bis auf ihre Haut. Sie hatte dort gesessen und gewusst, dass sie sich bewegen musste, um am Leben zu bleiben. Doch sie war sitzen geblieben...

Irgendwann war sie aufgestanden und in den Keller zu ihrem Klavier gegangen. Hatte eines der Hühner auf den Deckel gesetzt und gespielt. So laut und leidenschaftlich wie noch nie zuvor. Und auch nie wieder danach. Sie hatte geglaubt, alles wäre nicht so schlimm gewesen. Sie hätte den kältesten Tag des Winters überstanden. Doch ihr Körper war in der Küche sitzen geblieben. Sie wusste nicht, wie lange er da schon saß. Zeit war bedeutungslos geworden. Ebenso wie alles andere. Nichts würde für sie jemals wieder von Bedeutung sein. Dies war ihr letzter Gedanke, bevor ihre Konturen sich völlig auflösten und der Wind die letzten Fetzen ihrer Seele mit sich fortriss.

Eisig heulte der Sturm um das alte Schloss.

Schneeflocken wirbelten um die Giebel und Türme, funkelnd spiegelte sich das Sonnenlicht in den Eiszapfen, die vom Dach hingen. Im Inneren des Gebäudes war es stockdunkel. Das Licht des neuen Tages drang nicht bis in seine finsteren Gänge. Sämtliche Kerzen waren schon seit Wochen erloschen. Wie ein wildes Tier raste der Wind durch menschenleere Räume. Und auf dem Klavier saßen, wie versteinert, die halb verwesten Überreste eines toten Huhns.

Michael Tillmann

Mit H. P. Lovecraft auf dem Bahnhofsklo

Eine kleine, nach Fäkalien riechende Spötterei

„Ja, mein Lieber, wir sind konservativ"

Titel eines Essays von PETER CERSOWSKY,
von FRANZ ROTTENSTEINER veröffentlicht in
*„Die dunkle Seite der Wirklichkeit.
Aufsätze zur Phantastik"*

Niemand hält sich gerne lange in einer Bahnhofstoilette auf, aber es gibt bestimmte Situationen im Leben, da ist solches leider unvermeidlich. Einmal, auf einer zuerst fröhlichen Reise zur Frankfurter Buchmesse plagte mich alsbald eine elende Verstopfung.

Um nicht später während meiner glorreichen Lesung Leibschmerzen zu bekommen, stellte ich mich lieber auf eine längere Sitzung auf dem örtlichen Thrönchen der Deutschen Bahn ein. Wobei man im Detail sagen muss, dass diese Thrönchen heute gar nicht mehr der Bahn gehören und sündhaft überteuert sind. Dafür gibt es dort aber bis jetzt auch keine Streiks, was durchaus vorteilhaft sein kann. Aber das ist eine andere Geschichte.

Als Lektüre während meiner Anstrengungen jedenfalls, hatte ich ein feines Magazin zur Phantastischen Literatur bei mir. Es enthielt unter anderen auch eine Reihe von wegweisenden Artikeln zum neuesten Stand der internationalen H.P.Lovecraft-Forschung und zu aktuellen Aktivitäten der Phantastik-Szene. Doch wie groß war meine Erheiterung, als ich feststellte, dass auch in dieser Zeitschrift das Thema Bahnhofsklo en vogue war. Wer hätte das gedacht?

Interessierten Kreisen ist selbstverständlich bekannt, dass der amerikanische Schriftsteller, H. P. Lovecraft als einer der größten Briefeschreiber (zumindest was die Menge der aufeinander gestapelten Letters angeht) gilt. Laut Wikipedia soll er zirka 85.000 Briefe oder so geschrieben haben. Beachtlich! Da haben andere weniger auf Facebook & Co. gepostet. Neulich nun haben zehn arbeitslose Anglisten, ähmmm, ich bitte um Verzeihung, arbeitslose Amerikanisten als unbezahltes Praktikum diese berühmten Briefe noch einmal neu geordnet. Dabei entdeckten sie, dass sich zwischen den Briefen auch ein Originalmanuskript einer bis dahin unveröffentlichten und unbekannten Geschichte des Altmeisters des kosmischen Horrors befand. Sie handelt von einem Tunnelsystem, welches das versunkene R´lyeh, jene Stadt in der träumend der tote Gott Cthulhu wacht, mit Rhodes Hall in Atlanta und mit allen Bahnhofstoiletten Amerikas verbindet.

Haben wir nicht schon immer geahnt, dass Bahnhöfe ein Teil einer sektenhaften (Welt-)Verschwörung sind? Wer hat jemals geglaubt, Bahnhöfe könnten nach objektiven, praktischen Gesichtspunkten erbaut worden sein? Sind sie nicht immer schon Orte der finsteren Götter des Chaos gewesen?

Tempel des Wahnsinns? Kathedrale der Zuspätkommenden? Heimstätte gestrandeter Mystiker? Kommen die diabolisch plärrenden Lautsprecherdurchsagen nicht Gebetsaufrufen gleich? Ist nicht das Bahnticket so etwas wie eine heilige Hostie? Sie schmeckt nicht und man muss vor allen daran glauben, damit sie wirkt. Und ist nicht das Blut der Selbstmörder, dass unter den Zügen klebt, der Wein dieser satanischen Kirche? Ist nicht jeder Rammbock ein Opferstein für stählerne Götter?

Und wenn man auf dem Bahnhof zum Klo rennt, wenn man nicht gerade Verstopfung hat, so ist das zwar nicht der Ruf des Cthulhu, aber doch immerhin der Ruf der Natur. Und wenn einem solches auf einem Provinzbahnhof widerfährt, dann ist es oft sogar der Ruf der Wildnis, weil man ins Gebüsch muss. So kommt man also in nur zwei Sätzen von H. P. Lovecraft zu Jack London. Hat man auch nicht alle Tage!

Die Geschichte des Meisters der unaussprechlichen Namen jedenfalls wurde letztes Jahr mit einem 64-seitigen Vorwort von Stephen King veröffentlicht und schon jetzt liegen Übersetzungen ins Deutsche, Französische, Japanische und Usbekische sowie zirka 23 Spiel-Adaptionen vor (das Zählen der Hörbücher und Hörspiele ist übrigens noch nicht abgeschlossen), die sich alle einer großer Beliebtheit erfreuen.

Und damit nahm der Schrecken seinen Lauf:

Bekanntermaßen ist es in Deutschland in den letzten Jahren große Mode geworden, zu jedem Ort, den H. P. Lovecraft in seinen Erzählungen erwähnte, eine eigene Anthologie mit Epigonengeschichten herauszugeben. Folgerichtig kam nach solchen Sammlungen (die man alle später sicherlich einmal als literaturhistorisch sehr bedeutsam bezeichnen wird) wie *„Arkham. Ein Reiseführer"* und *„Kingsport. Ein Reiseführer"* nun auch vor zwei Monat ebenso eine Lovecraft-Anthologie mit dem Titel *„US-Bahnhofsklos. Ein Reiseführer"* heraus.

Die einhellige Meinung der Fachpresse ist, dass es sich dabei um einen Klostein, ähmmm, ich bitte abermals um Verzeihung, einen Meilenstein der Deutschen Phantastik handelt. Der Erfolg ist grandios: Es verkauften sich sage und schreibe ganze 367 Exemplare und 35 e-book-Ausgaben. Von diesem geradezu wahnsinnigen Erfolg beflügelt, gibt es selbstredend bereits im Internet eine Ausschreibung für einen zweiten Band, der sich ausschließlich mit den Bedürfnisanstalten Neuenglands während des *Indian Summer* beschäftigen soll.

Na, da werde ich mich doch bewerben. Was soll man auch sonst schreiben? Nach den Völkerromanen flaut inzwischen zum Beispiel auch die Eifel-Welle bereits wieder ab. Sie errichte sicherlich ihren Tiefpunkt als nach den ganzen Eifel-Krimis, Eifel-Thriller und Eifel-Grusels mit *„Die besudelten Hexen von Prüm"* (wobei Prüm nicht nur ein Ort in der Eifel, sondern auf ein dortiger Ausdruck für Pflaume ist) schließlich auch der erste Eifel-SM-Porno herauskam. Wobei man zugeben muss, dass die Szene, in der die jüngste der Eifelhexen aus Prüm nicht flüchten kann, weil ihr Besen leider Startschwierigkeiten hat, da dessen Borsten total vom Sekundenkleber-Sperma des Dämons verklebt sind, relativ lustig ist. Auch der anschließende Akt mit dem Analfisting per goldfarbenem Boxhandschuh ist recht drollig. Da sind, glaube ich, weder Edward „Es-gibt-keinen-verdorbenären-Amerikaner-als-Meinereiner“ Lee noch Japaner vorher drauf gekommen. Und das will ja bekanntlich was heißen! Ein zweifelhafter Ruhm natürlich, aber für viele Menschen ist zweifelhafter Ruhm der einzig mögliche Ruhm. Naja, Hauptsache keinen Eifel-Science-Fiction ...

Oder vielleicht noch schnell auf die Sherlock-Holmes-Fan-Fiction-Welle aufspringen? Ein Verschwörungstheoretiker könnte per Zeitmaschine in die Vergangenheit reisen und Sherlock Holmes beauftragen, in der Gegenwart das Geheimnis von 9/11 final zu lösen. Aber das wäre mir zu viel Recherchearbeit. Oder Sherlock könnte per Zeitmaschine seinerseits in die Vergangenheit reisen, um das vielleicht doch existierende Ende von Friedrich Schillers Roman „Der Geisterseher“ zu suchen? Ach nee, das wäre schon wieder viel zu intellektuell.

Außerdem habe ich eigentlich keine Lust auf Holmes. Denn die ganzen jungen Mädels in der Szene wären enttäuscht, wenn mein Sherlock nicht wie Benedict Cumberbatch beschrieben und es keine homoerotischen Anspielungen geben würde. Aber das Homoherumge-*poppe*-Metier überlasse ich dann doch lieber *Poppy* Z. Brite, die schreibt ja so etwas gerne.

Oder Clive Barker vergisst seine ganzen Telespiel-Projekte und verfasst *„Das Sakrament 2 – Der Fuchsgeist kehrt in den Dark Room zurück“*. Würde ich sogar sehr gerne lesen, wenn er wieder so garstig wie früher zu *„Books of Blood“*-Zeiten schreiben würde. Kein Problem mit. Ich bin da ganz liberal, nur langsam wird die Homowelle in der Kunst auch schon wieder etwas langweilig.

Außerdem nervt es, wenn einige Frauen erst dann so richtig einen feuchten Schlüpfer bekommen, wenn Mann auf bi oder doch mindestens auf metro macht. Ich kenne insbesondere junge Frauen aus der Gothic-Szene, die haben mehr Schwulenpornos im Schrank als Tassen. Aber das ist auch wieder eine andere Geschichte.

Was also bleibt uns Leuten, ohne originelle, eigene Ideen und ohne übermäßige Freude an Homoerotik, außer Lovecraft-Anthos? Bei diesen gerade erwähnten Umsatzzahlen des neuesten „Reiseführers“ kann ich mir, wenn denn meine Geschichte angenommen wird und es eine Gewinnbeteiligung gibt, vom Erlös meiner schriftstellerischen Arbeit eine Tasse Kaffee und ein (kleines) Stückchen Prummkuchen kaufen. Ok, das Geld für die Schlagsahne würde ich wahrscheinlich selbst drauflegen müssen, aber man gönnt sich ja sonst nichts.

Moment mal!

Da regt sich was bei diesem Gedanken?

Pflaumenkuchen?

Pflaumenkuchen!

Pflaumenkuchen!!!

Beim Gedanken an saftigen Pflaumenkuchen kam mein Geschäft auf der Bahnhofstoilette endlich ins Rutschen. Und wie! Heureka! Heureka! Heureka! Es kam mir vor wie eine Offenbarung der Gnade der Götter. Schön, wenn der Schmerz nachlässt. So muss sich auch Edward „Es-gibt-keinen-verdorbenären-Amerikaner-als-Meinereiner“ Lee fühlen, wenn er einen Roman beendet.

Kurze Zeit später konnte ich jedenfalls deutlich erleichtert und entspannt grinsend den gekachelten Hort meiner literaturwissenschaftlichen Lektüre verlassen.

Und da soll noch ein bösen Spötter sagen, dass Lovecraft-Anthologien zu nichts nutze sind! Solche Punks braucht niemand, denn wir sind konservativ, Baby!

Algernon Blackwood

Max Hensig

Bakteriologe und Mörder
Eine Story aus New York

I.

Neben den Büroangestellten des New Yorker Vulture gab es etwa zwanzig Reporter für allgemeine Aufgaben. Williams hatte sich hochgearbeitet, bis er sich mit gutem Recht zu den fünf oder sechs besten von ihnen rechnen konnte. Er arbeitete nicht nur sorgfältig und ausdauernd, sondern war auch in der Lage seinen Berichten über alltägliche Ereignisse jenen Hauch von Vorstellungskraft und Humor zu verleihen, die sie weit aus den ausgetretenen Pfaden des schlichten Abschreibens der Realität heraushoben.

Nicht nur das - der Nachrichtenredakteur schätzte seine Fähigkeiten außerordentlich und betraute ihn bevorzugt mit Aufgaben, die seinen Ruf und den der Zeitung weiter steigerten, so dass er damit rechnen konnte, bald ganz von den Brot-und-Butter-Jobs befreit zu werden, die man für gewöhnlich den neuen Reportern zuteilte.

Daher war er verwirrt und ein wenig enttäuscht, als er eines Morgens sah, wie seine Kollegen einer nach dem anderen in die Nachrichtenredaktion gerufen wurden, um sich die besten Aufträge des Tages abzuholen. Als er nach einiger Zeit selbst an der Reihe war und der Redakteur ihn bat, sich mit der „Hensig-Story“ zu beschäftigen fühlte er leichten Ärger in sich aufsteigen, der ihn fast dazu verleitet hätte zu fragen, was zum Teufel die „Hensig-Story“ sei. Denn es ist die Pflicht für jeden Reporter, sich mit allen Neuigkeiten des Tages vertraut zu machen, bevor er in der Redaktion erschien. Williams hatte das zwar getan, aber er konnte sich nicht an den Namen dieser Geschichte erinnern.

„Sie haben hundert oder hundertfünfzig Mr. Williams. Berichten Sie ausführlich über das Gerichtsverfahren und beschaffen Sie gute Interviews mit Hensig und den Anwälten. Sie kriegen keine Nachteinsätze zugeteilt, bis der Fall abgeschlossen ist.“

Williams wollte noch fragen, ob es irgendwelche vertraulichen „Tipps“ von der Bezirksanwaltschaft gab, aber der Redakteur sprach schon mit Weekes, der die täglichen Wetterberichte schrieb. So ging er langsam zu seinem Schreibtisch zurück, verärgert und enttäuscht, um sich in den Hensig-Fall einzulesen und entsprechende Pläne für den Tag zu machen.

Auf jeden Fall schien es ein eher gemütlicher Job zu sein. Er würde keinen zweiten Auftrag für die Nacht bekommen, er würde um zwanzig Uhr Feierabend machen und einmal wie ein zivilisierter Mensch zu Abend essen und schlafen gehen.

Er brauchte indes einige Zeit, um festzustellen, dass der Hensig-Fall lediglich eine Mordgeschichte war, und das steigerte seinen Widerwillen noch. In den meisten Zeitungen wurde er nur beiläufig und versteckt erwähnt. Offenbar maß man ihm keine große Bedeutung zu. Ein Mordprozess ist keine Premium-Story, wenn nicht ganz besondere

Umstände damit verbunden sind. Willams hatte schon über etliche berichtet. Irgendwie verliefen sie alle gleich, was es schwer machte einigermaßen interessant über sie zu berichten. In der Regel wurden sie der liebevollen Fürsorge der „Kopierleute" überlassen - der Presseagenturen. Keine Zeitung schickte extra einen Berichterstatter, es sei denn es handelte sich um einen wirklich ungewöhnlichen Fall.

Überdies: „hundertfünfzig" bedeutete anderthalb Spalten. Williams wurde nicht nach Platz bezahlt. Er bekam das gleiche Geld, egal, ob er eine ganze Seite oder nur ein paar Zeilen schrieb. Daher fühlte er sich doppelt benachteiligt. Er seufzte tief, verfluchte die Stumpfsinnigkeit seines Auftrags und ging hinaus in die sonnigen Grünanlagen gegenüber dem Zeitungsgebäude.

Er fand heraus, dass Max Hensig ein deutscher Arzt war, angeklagt, seine zweite Frau ermordet zu haben, indem er ihr Arsenik injizierte. Die Frau war bereits seit einigen Wochen begraben gewesen, als argwöhnische Verwandte den Leichnam exhumieren ließen und das Gift darin nachgewiesen werden konnte. Williams erinnerte sich dunkel an die Verhaftung und versuchte, sich Einzelheiten ins Gedächtnis zu rufen; aber es fehlte ihm das rechte Interesse. Gewöhnliche Mordfälle gehörten nicht mehr zu seinen angemessenen Aufgaben und er verachtete sie.

Anfangs hatten sie ihn natürlich unheimlich aufgeregt, und einige seiner Interviews mit den Gefangenen - besonders kurz vor der Hinrichtung - hatten seine Vorstellungskraft tief beeindruckt und ihm einige schlaflose Nächte bereitet. Selbst heute konnte er das düstere Tombs Prison nicht betreten, oder die Bridge of Sighs überqueren, die es mit dem Gericht verband, ohne tiefe Bedrückung zu empfinden. Die mächtigen ägyptischen Säulen und die massiven Mauern dort umschlossen einen wie allgegenwärtiger Tod; und als er zum ersten Mal die *Murderer's Row* entlang ging und die Zellentüren sah, hatte er eine trockene Kehle bekommen und wäre um ein Haar wieder hinausgerannt.

Auch das erste Mal, als er über das Verfahren gegen einen Neger berichtete, und der hysterischen Rede des Mannes vor der Urteilsverkündung zuhörte, hatte das sein Interesse völlig gefangen und sein Herz hatte gerast. Die wilden Anrufungen der Gottheit, die langen, erfundenen Wörter, die gespenstische Blässe unter der schwarzen Haut, die rollenden Augen und sturzflutartigen Sätze - all das schien ihm ungeheuer berichtenswert für sein Revolverblatt. Aber das Bisschen, das am Ende gedruckt wurde - auch vom „Kopierer" geschrieben - hatte ihm eine erste Vorstellung über den relativen Wert von Nachrichten gegeben und von der übersättigten, abgestumpften Öffentlichkeit.

Er hatte über die Verhandlungen gegen einen Chinesen berichtet - stur wie ein Scheit Holz; über einen Italiener der zu fix mit dem Messer gewesen war, und über eine Farmerstochter, die ihre Eltern in ihren Betten umgebracht hatte. Sie war splitternackt ins Schlafzimmer geschlichen, damit keine Blutflecken auf den Kleidern sie verraten konnten. Am Anfang hatten ihn solche Dinge sehr mitgenommen, oft tagelang.

Aber das war jetzt viele Monate her, als er gerade nach New York gekommen war. Seither hatte er ständig in den Gerichtsälen gearbeitet und nach und nach eine ziemlich dicke Haut bekommen. Eine Hinrichtung auf dem elektrischen Stuhl in Sing Sing machte ihn zwar immer noch ein bisschen beklommen aber ein schlichter Mord konnte ihn kaum noch beeindrucken oder gar aufregen. Mittlerweile konnte man sich blind darauf verlassen, dass er eine gute „Mordgeschichte“ ablieferte, eine, die seine Zeitung drucken konnte, ohne dass noch mal der Korrekturstift ran musste.

Daher betrat er das Tombs Prison mit kaum mehr als dem vagen Unbehagen, das düstere Gebäude immer in ihm weckten, und gewiss nicht mit irgendwelchen Gefühlen im Zusammenhang mit dem Gefangenen, den er gleich interviewen würde.

Als er die zweite Eisentür erreichte, wo ein Wärter ihn durch ein Gitterfenster musterte, hörte er eine Stimme hinter sich. Er drehte sich um und erkannte den Mann vom Chronicle dicht auf seinen Fersen.

„Hallo Senator! Welche heiße Fährte hat Sie denn hier hinunter geführt?“, rief er, denn der Andere bekam für gewöhnlich keine unbedeutenden Aufgaben und hatte nie weniger als eine volle Spalte auf der Titelseite des *Chronicle.* Auf Honorarbasis.

„Die gleiche, wie Sie, nehme ich an - Hensig“, war die Antwort.

„Aber für Hensig gibt's keine Spalte“, sagte Williams überrascht. „Schreiben Sie wieder auf Gehaltsbasis?“

„Nicht so viel“, lachte der Senator - keiner kannte seinen richtigen Namen, aber alle nannten ihn

Senator. „Aber Hensig ist locker gut für zweihundert. Wie man hört hat er eine ganze Liste von Morden auf dem Kerbholz und dies ist das erste Mal, dass er erwischt wurde."

„Gift?"

Der Senator antwortete mit einem Nicken und wandte sich ab, um dem Wärter eine Frage über einen anderen Fall zu stellen. Williams wartete auf ihn im Gang, ziemlich ungeduldig, denn er hasste den muffigen Gefängnisgeruch. Er beobachtete den Senator, wie er mit dem Wärter redete und freute sich, dass er auch hier war. Sie waren gute Freunde, denn er hatte Williams oft geholfen als er der kleinen Armee der Zeitungsleute beigetreten war und - als Engländer - nicht gerade herzlich aufgenommen worden war. Die gemeinsame Herkunft und die Gutmütigkeit mischten sich angenehm in seinem Auftreten. Williams musste dabei immer an ein freundliches, braves Brauereipferd denken - standhaft, stark, mit großen und schlichten Gefühlen.

„Beeilen wir uns, Senator", drängte er schließlich.

Die beiden Reporter folgten dem Wärter den gefliesten Gang hinunter, vorbei an einer Reihe dunkler Zellen, jede mit einem Insassen, bis der Mann schließlich seinen Schlüsselbund in Richtung einer Zellentür schwang und stehen blieb.

„Hier wohnt der Herr, den Sie suchen", sagte er und ging weiter den Korridor hinunter. Durch die Gitterstäbe sahen sie einen zierlichen, schlanken jungen Mann, der auf und ab ging. Er hatte flachsblondes Haar und sehr helle blaue Augen. Seine Haut war weiß und sein Gesicht trug einen so offenen und unschuldigen Ausdruck, dass man hätte glauben können, er würde sogar davor zurückscheuen, einer Katze den Schwanz zu verdrehen.

„Wir sind vom *Chronicle* und vom *Vulture*", erklärte Williams als Vorstellung und das Gespräch begann auf die übliche Weise.

Der Mann in der Zelle unterbrach sein rastloses Auf und Ab und blieb vor dem Gitter stehen um die beiden prüfend anzusehen. Er schaute Williams für einen Moment direkt in die Augen und der Reporter bemerkte einen Ausdruck, der sich deutlich von dem unterschied, den er zuerst wahrgenommen hatte. Es veranlasste ihn sogar, etwas zur Seite zu treten. Aber die Bewegung war rein instinktiv; er hätte nicht erklären können, warum er sich so verhalten hatte.

„Schätze, Sie möchten, dass ich sage: Ich hab's getan, und Ihnen dann erzähle, wie ich es getan habe", sagte der junge Arzt gelassen, mit merklichem deutschem Akzent. „Aber ich kann Ihnen im Moment noch nichts Schriftliches geben. Sehen Sie, das Gerichtsverfahren beruht auf nichts als Boshaftigkeit und der Eifersucht einer anderen Frau. Ich habe meine Gattin geliebt. Ich hätte sie um nichts auf der Welt umgebracht ..."

„Sicher, sicher, Dr. Hensig" unterbrach ihn der Senator, der einige Erfahrung in heiklen Interviews besaß. „Wir verstehen das vollkommen. Aber wissen Sie, in New York verhören die Zeitungen einen Mann genauso wie die Gerichte, und wir dachten, Sie möchten vielleicht eine Aussage gegenüber der Öffentlichkeit machen - die wir natürlich gerne abdrucken würden. Es könnte Ihnen vor Gericht helfen ..."

„Nichts kann mir in diesem verfluchten Land helfen, wo die Gerechtigkeit mit Dollars gekauft wird!“, schrie der Gefangene in plötzlichem Zorn, und mit einer Miene die wieder der ersten völlig widersprach. „Nichts, außer einem Haufen Geld. Aber ich werd' Ihnen jetzt zwei Dinge sagen, die Sie Ihrer Öffentlichkeit mitteilen können: Das erste ist: Es gibt nicht das geringste Motiv für einen Mord. Ich habe Zinka geliebt und wollte immer, dass sie lebt. Und das andere ist -“

Er hielt kurz inne und schaute auf Williams, der mitstenographierte.“

Mit meinem Wissen, meinen außerordentlichen Kenntnissen in Toxikologie und Bakteriologie, hätte ich es auf ein Dutzend Arten tun können, ohne Arsenik in ihren Körper zu pumpen. Das ist eine närrische Art zu töten. Es ist plump und einfältig und man kann sicher sein, erwischt zu werden. Begreifen Sie?“

Er wandte sich ab um deutlich zu machen, dass das Interview zu Ende sei und setzte sich auf seine Holzbank.

„Er scheint Sie zu mögen“, lachte der Senator, als sie gingen, um noch einige Interviews von den Anwälten zu bekommen. „Mich hat er kein einziges Mal angesehen.“

„Er hat ein böses Gesicht - das Gesicht eines Teufels. Ich fass das nicht als Kompliment auf“, sagte Williams knapp. „Ich fände es scheußlich, mich in seiner Gewalt zu befinden.“

„Geht mir genauso“, sagte der Senator. „Gehen wir in den *Silver Dollar* und spülen den üblen Geschmack hinunter.“

So gingen sie nach altem Reporterbrauch die Bowery hinauf und betraten einen Saloon, der es zu einer gewissen Berühmtheit gebracht hatte, da der Eigentümer einen Silberdollar in jede bodenfliese eingelassen hatte. Hier spülten sie das meiste des „üblen Geschmacks“ hinunter, den die Atmosphäre des „Tombs“ und Hensig hinterlassen hatten und machten sich dann auf den Weg zu *Steve Brodie's*, einem anderen Saloon, etwas weiter die Straße hinauf.

„Da werden noch andere sein“, sagte der Senator und meinte sowohl Drinks als auch Reporter, und Williams, in Gedanken noch mit dem Interview beschäftigt, stimmte zu.

Brodie war ein Original; in seinem Lokal war immer etwas Besonderes los. Ihm ging der Ruf voraus, er sei einmal von der Brooklyn Bridge gesprungen und lebendig im Wasser angekommen. Niemand konnte das wirklich widerlegen, und niemand beweisen, dass es tatsächlich geschehen war, aber wie auch immer: Er hatte genug Fantasie und Charisma um den Mythos am Leben zu halten und mit seiner Hilfe jede Menge miserablen Schnaps zu verkaufen. Die Wände seines Saloons waren gepflastert mit grellen Ölbildern von der Brücke, doppelt oder dreimal so hoch wie sie tatsächlich war; und Steves Körper mitten in der Luft, den Ausdruck eines fröhlichen Hündchens im Gesicht.

Hier trafen sie wie erwartet auf „Whitey“ Fife, vom Recorder und Galusha Owen von der World. „Whitey“, sein Spitzname deutete es an, war ein Albino und ziemlich clever. Er schrieb den täglichen „Wetterbericht“ für seine Zeitung, und die Art und Weise, wie er aus Regen, Wind und Hitze eine ganze

Spalte zusammen spann, ließ alle vor Neid erblassen. Mit Ausnahme des Wetterexperten, der es ablehnte, als „Farmer Dunne, der gerade seine Rundfeile reinigt“ bezeichnet zu werden, und sein gediegenes Büro in der öffentlichen Presse als „abgelegene Farm“ vorgestellt zu sehen. Aber die Leser liebten es und lachten darüber, und „Whitey“ war nie wirklich boshaft.

Owen war - in nüchternem Zustand - ebenfalls ein guter Mann, der die Tretmühle der Alltagsjobs lange hinter sich gelassen hatte. Nun waren beide ebenfalls auf die Hensig-Story angesetzt, und Williams, der bereits eine instinktive Abneigung gegen den Fall entwickelt hatte, war nicht glücklich darüber, denn es bedeutete immer wieder neue Interviews zu machen und dass er in seinen Gedanken mit kaum etwas anderem beschäftigt sein würde. Ganz klar, er würde ständig mit dem deutschen Arzt zu tun haben. Schon jetzt fühlt er, wie er ihn zu hassen begann.

Die vier Reporter verbrachten eine gute Stunde mit Trinken und reden. Schließlich begannen sie, sich über den letzten Fall zu unterhalten, an dem sie alle vier gleichzeitig gearbeitet hatten: Eine private Irrenanstalt, betrieben von einem Quacksalber ohne Lizenz. Die Insassen - zunächst keineswegs wirklich verrückt, aber ihre Angehörigen hatten eine Menge Geld bezahlt, um sie aus dem Weg zu haben - wurden durch die Misshandlungen, die sie dort erlitten, schließlich tatsächlich wahnsinnig. Die Anstalt war kurz vor der Morgendämmerung von Beamten der Gesundheitsbehörde umstellt, und der Pseudo-Arzt verhaftet worden, als er die Haustür öffnete. Das war natürlich eine prächtige Zeitungsstory gewesen.

„Ich hatte sechzig Dollar am Tag Spesen, für fast eine ganze Woche", sagte Whitey Fife großkotzig, und die anderen lachten, denn Whitey kupferte das meiste von seinem Zeug aus den Abendzeitungen ab.

„War'n Kinderspiel" sagte Galusha Owen, dessen Flanellkragen über seinen langen Haaren fast bis zu den Ohren hochragte. „Ich hab mir den zweiten Tag komplett aus den Fingern gesaugt, ohne überhaupt da gewesen zu sein."

Er prostete Whitey zum zehnten Mal an diesem Morgen zu. Der Albino sandte ihm ein fröhliches Grinsen über den Tisch, und machte ihm ein dickes Kompliment, bevor er sein Glas leerte.

„Hensig wird auch gut werden", warf der Senator ein, während er eine Runde Gin Fizz bestellte, und Williams fühlte einen leichten Verdruss in sich aufsteigen, als der Name wieder genannt wurde. „Er wird in der Verhandlung prima Stoff liefern. Hab nie einen cooleren Burschen gesehen. Ihr hättet ihn hören sollen, wie er über Gifte und Bakteriologie geredet hat, und geprahlt hat, er könne auf ein Dutzend Arten töten, ohne dass man ihn erwischen würde. Ich glaube, er hat tatsächlich die Wahrheit gesagt."

„Tatsächlich?", riefen Galusha und Whitey wie aus einem Mund, die in diesem Fall offenbar noch keinen Finger krumm gemacht hatten.

„Lauffssumm Tombzz unmach'ninterview", fügte Whitey hinzu und wandte sich mit einem plötzlich Ausbruch von Arbeitseifer an seinen Genossen. Die weißen Augenbrauen und rosa Augen leuchteten hell in der Purpurröte seines beduselten Gesichts.

„Nein, nein!“, rief der Senator. „Ruiniert nicht eine gute Story. Ihr seid beide voll wie die Russen. Ich werde mit Williams losen, wer von uns geht. Hensig kennt uns schon. Keiner wird in dieser Sache was für sich behalten. Keine Extratouren.“

Also beschlossen sie, alle Neuigkeiten zu teilen, bis der Fall abgeschlossen war, und keine Informationen exklusiv für sich selbst zurück zu halten.

Williams der beim Losen verloren hatte, leerte seinen Gin Fizz und ging zurück zum Tombs um mit dem Gefangenen ein weiteres Gespräch über dessen Kenntnisse in Giftkunde und Bakteriologie zu führen.

Derweil war er mit seinen Gedanken anderswo beschäftigt. Er hatte sich kaum an der lauten Unterhaltung in der Kneipe beteiligt, denn irgendetwas war da im Hintergrund seines Bewusstseins, das ihn umtrieb und hartnäckig Beachtung forderte. Irgendetwas hatte in seinem Unterbewusstsein zu arbeiten begonnen, etwas, das ihm ein vages Gefühl von Unbehagen und aufkeimender Furcht vermittelte, das unter die dicke Haut kroch, die ihm gewachsen war.

Während er langsam durch die übel riechenden Gassen zwischen der Bowery und dem Tombs ging, den Kundenwerbern vor den jüdischen Kleidergeschäften auswich und an einer Tüte Erdnüsse knabberte, die er unterwegs bei einem italienischen Straßenhändler gekauft hatte, erhob sich das „Etwas“ ein Stück weiter aus seiner Dunkelheit und begann mit den Wurzeln der Gedanken zu spielen, die kreuz und quer über die Oberfläche seines Bewusstseins huschten. Er dachte, er wüsste, was es war, konnte sich darüber aber nicht klar werden. Von den Wurzeln seiner Gedanken erhob es sich weiter, bis er deutlich spürte, dass es sich um etwas Unangenehmes, Widerwärtiges handelte. Dann, mit einem plötzlichen Anschwellen, kam es an die Oberfläche und drängte sein Gesicht vor ihn, so dass er es klar erkennen konnte.

Das blonde Antlitz von Dr. Max Hensig erhob sich vor ihm, kühl, lächelnd und unerbittlich.

Irgendwie hatte er erwartet, dies würde beweisen, dass Hensig der Ursprung dieser unangenehmen Gedanken war, die ihn beunruhigten. Es überraschte ihn nicht, dass er es so eingeordnet hatte, denn die Persönlichkeit des Mannes hatte vom ersten Moment an einen unliebsamen Eindruck auf ihn gemacht. Nervös blieb er auf der Straße stehen und schaute sich um. Er erwartete nicht, etwas Ungewöhnliches zu sehen oder zu bemerken, dass er verfolgt wurde. Das war es nicht. Das Umschauen war nichts als der äußerliche Ausdruck eines plötzlichen inneren Unbehagens, und ein Mann mit stärkeren Nerven oder größerer Selbstbeherrschung hätte sich wahrscheinlich überhaupt nicht umgeschaut.

Aber was brachte seine Nerven zum Beben? Williams forschte und suchte in sich selbst. Er fühlte, dass es aus einem Teil seines inneren Seins kam, den er nicht verstand. Es war ein Eindringen, etwas war in den Strom seines normalen Bewusstseins eingedrungen, das nicht zu ihm passte. Botschaften aus dieser Region brachten ihn immer zum Nachdenken; und in diesem besonderen Fall sah er keinen Grund warum ihn ausgerechnet der Gedanke an Dr. Hensig beunruhigen sollte - den hellhaarigen Sträfling mit den blauen Augen und dem hängenden Schnurrbart.

Die Gesichter anderer Mörder hatten ihn hin und wieder verfolgt, etwa weil sie ungewöhnlich böse waren oder weil ihr Fall besondere Scheußlichkeiten beinhaltete. Aber nichts davon traf auch nur im Entferntesten auf Hensig zu - und wenn doch, konnte es der Reporter zumindest nicht greifen und analysieren. Es schien keinen angemessenen Grund für seine Gefühle zu geben. Mit Sicherheit hatte es nichts damit zu tun, dass Hensig einfach ein Mörder war. Das erzeugte in ihm nicht den geringsten Nervenkitzel - höchstens eine Art Mitleid und die Frage, wie der Mann sich bei der Hinrichtung verhalten würde. Es musste, so schloss er, etwas mit der Persönlichkeit des Mannes zu tun haben - unabhängig von irgendeiner bestimmten Tat oder Eigenart.

Verwirrt und immer noch ein wenig nervös stand er auf der Straße und zauderte. Vor ihm erhoben sich die düsteren Mauern der Tombs in massiven Granitstufen. Über ihm zogen weiße Sommerwölkchen über einen tiefblauen Himmel. Der Wind sang heiter in den Telefondrähten und Kaminaufsätzen und ließ ihn an Felder und Bäume denken. Die Straße hinauf und hinunter wogte die für New York übliche kosmopolitische Menge aus lachenden Italienern, griesgrämigen Negern, jiddisch schwatzenden Hebräern, raubeinigen Hooligans, Chinesen, die wie Kinder trippelten - alle Spielarten die man sich vorstellen konnte. Es war Anfang Juni und ein feiner Geruch von Meer und Strand hing in der Luft. Williams ertappte sich, wie er beim Anblick des Himmels und dem Geruch des Windes ein wenig vor Entzücken schauderte.

Dann blickte er wieder auf das mächtige Gefängnis, das zu Recht „Tombs“ (die Grüfte) genannt wurde; und der plötzlich Wechsel seiner Gedanken von den Feldern zu den Zellen, vom Leben zum Tod, ließ ihn mit einem Schlag erkennen, was diesen Anfall von Unruhe in ihm ausgelöst hatte:

Hensig war kein gewöhnlicher Mörder! Das war es. Irgendetwas jenseits des Normalen war um ihn herum. Der Mann war purer, schlichter Schrecken, weit entfernt von jeder menschlichen Natur. Die Erkenntnis kam über ihn wie eine Offenbarung und in ihrem Gefolge eine unabänderliche Überzeugung.

Ein wenig davon war in jenem ersten kurzen Interview zu ihm durchgedrungen, aber nicht deutlich genug, um es zu erkennen, und seitdem hatte es in ihm gearbeitet, und rief nun eine Störung hervor, wie ein noch nicht ganz aufgenommenes Gift. Jemand mit rascherem Auffassungsvermögen hätte es schon lange vorher benennen können.

Nun, Williams wusste, dass er zu viel trank, und er hatte mehr als nur flüchtige Bekanntschaft mit Drogen gemacht; seine Nerven waren selbst in guten Zeiten ziemlich schwach. Sein Leben bei der Zeitung hatte ihm wenig Gelegenheit gegeben, angenehme soziale Beziehungen zu entwickeln, sondern konfrontierte ihn ständig mit den düsteren Seiten des Lebens - der Kriminalität, dem Abnormalen, dem Ungesunden der menschlichen Natur. Er wusste auch, das seltsame Gedanken, fixe Ideen und was nicht alles, bereitwillig auf so einer Grundlage gediehen. Da er sie nicht haben wollte, hatte er die Gewohnheit entwickelt - wie es seine Art war - seinen Geist einmal in der Woche ganz bewusst von allem zu reinigen, was ihn verfolgte, heimsuchte oder belästigte, von allem schrecklichen und schmutzigen, das seine Arbeit mit sich brachte. Seinen freien Tag verbrachte er regelmäßig in den Wäldern, wanderte, machte Lagerfeuer, kochte sich sein Essen unter freiem Himmel, und holte sich all die frische Luft und Bewegung, die er kriegen konnte. Auf diese Weise hatte er seinen Geist von vielen quälenden Bildern befreit, die sich andernfalls vielleicht für immer darin eingebrannt hätten. Die Gewohnheit, auf diese Weise seine Gedanken zu reinigen hatte sich mehr als einmal als ungeheuer wertvoll für ihn erwiesen.

So lachte er sich jetzt selber zu und ließ diesen psychischen Besen fegen, um seine ersten Eindrücke von Hensig zu vergessen und einfach hinein zu gehen, wie er es hunderte Male zuvor getan hatte, wenn er ein gewöhnliches Interview mit einem gewöhnlichen Gefangenen führen wollte. Diese Gewohnheit, nicht mehr und nicht weniger als angewandte Suggestion, war in manchen Fällen erfolgreicher als in anderen. Dieses Mal - Furcht ist weit weniger durch Suggestion beeinflussbar als andere Gefühle - war sie es weniger.

Williams bekam sein Interview, und verließ es mit einem Gefühl schleichenden Entsetzens. Hensig entsprach allem, was er sich vorgestellt hatte, und mehr als das. Der Reporter war überzeugt, dass er zu jenem seltenen Typ von berechnendem Mörder gehörte, der für einen Apfel und ein Ei tötete, Vergnügen am Morden empfand und mit seinem ganzen Intellekt jedes Detail bedachte; es genoss, nicht entdeckt zu werden und sich vor Gericht an seiner Berühmtheit weidete, wenn man ihn doch erwischte.

Zuerst hatte er nur widerwillig geantwortet, aber je klüger Williams seine Fragen platzierte, desto mehr öffnete er sich, wurde fast schwärmerisch, in einer Art kalter, intellektueller Überschwänglichkeit, bis er schließlich wie ein Dozent vortrug, in seiner Zelle auf und ab schritt, gestikulierte und mit bewundernswerter Darstellungskunst erklärte, wie leicht ein Mord für einen Mann sein könnte, der sein Geschäft verstand.

Und er verstand sein Geschäft! Kein Mensch würde im Zeitalter der gerichtsmedizinischen Untersuchungen und postmortalen Obduktionen Gifte injizieren, die noch Wochen später in den inneren Organen des Opfers nachgewiesen werden konnten. Kein Mensch, der sein Geschäft verstand!

„Was ist denn leichter", sagte er, umfasste die Gitterstäbe mit seinen langen weißen Fingern und schaute dem Reporter in die Augen, „als einen Krankheitserreger zu nehmen, Typhus, Pest oder welchen sie wollen, und eine so ansteckende Kultur davon zu züchten, dass sie mit keinem Wirkstoff der Welt zu bekämpfen wäre - eine wahrhaft wirkungsvolle Mikrobe - und dann die Haut ihres Opfers mit einer Nadel ein wenig anzukratzen? Wer könnte ihnen das nachweisen, oder Sie des Mordes anklagen?"

Williams war, während er zuhörte und beobachtete, froh, dass die Gitterstäbe zwischen ihnen waren, aber dennoch schien irgendetwas von der Ausstrahlung des Gefangenen durch sie hindurchzufließen und eisige Finger um sein Herz zu legen. Er hatte mit jeder Art von Verbrechen und Verbrechern Kontakt gehabt, hatte hunderte von Männern interviewt, die aus Eifersucht, Gier, Leidenschaft oder anderen nachvollziehbaren Gefühlen heraus getötet und den Preis für ihre Mordtaten gezahlt hatten. Er hatte das verstanden. Jeder Mann mit starken Leidenschaften war ein potentieller Mörder. Aber nie zuvor war er einem Mann begegnet, der kaltblütig, berechnend und mit keinem stärkeren Gefühl als Langeweile, ein menschliches Leben zerstört, und dann mit der Fähigkeit es zu tun geprahlt hätte. Aber genau das, war er sich sicher, war, was Hensig getan hatte und was seine widerwärtigen Auslassungen erahnen ließen und enthüllten. Hier gab es etwas außerhalb jeder Menschlichkeit, etwas Schreckliches, Monströses, und es ließ ihn schaudern. Er spürte, dass dieser junge Arzt ein fleischgewordener Dämon war, der ein menschliches Leben geringer achtete als das einer Fliege im Sommer, und der mit derselben ruhigen Hand und dem kühlen Verstand töten konnte mit der er eine gewöhnliche Operation im Krankenhaus durchführen würde.

So verließ der Reporter das Gefängnis mit einer sehr klaren Vorstellung im Kopf, auch wenn er nicht genau sagen konnte, wie er zu seinen Schlussfolgerungen gekommen war. Dieses Mal versagten die geistigen Besen; der Schrecken blieb.

Als er hinaus auf die Straße ging, stieß er beinahe mit Dowling zusammen, einem Polizisten des neunten Bezirks, mit dem er gut befreundet war, seit dem Tag, als er einen glühenden Bericht über Dowlings Verhaftung eines Falschgeldhändlers geschrieben hatte - wobei Dowling so betrunken gewesen war, dass ihm sein Gefangener fast wieder entwischt wäre. Der Polizist hatte diese hilfreiche Tat nie vergessen. Er war daraufhin zur Zivilstreife befördert worden und stets bereit, den Reporter mit allen Neuigkeiten zu versorgen von denen er wusste.

„Gibt's was Neues heute?", fragte Williams gewohnheitsmäßig.

„Darauf kannst du Gift nehmen", erwiderte der grobschlächtige Ire. „Und eine von den Besten. Ich hab Hensig geschnappt!" Stolz schwang in seiner Stimme. Dowling war mächtig zufrieden mit sich, sein Name würde für eine Woche oder länger jeden Tag in der Zeitung zu lesen sein, und ein bedeutender Fall verbesserte seine Chancen auf Beförderung.

Williams fluchte innerlich. Offensichtlich gab es vor diesem Hensig kein Entrinnen.

„Keine wirklich große Sache, oder?", fragte er.

„Das ist ein Knaller, das kannst du glauben", erwiderte der Andere ein wenig gekränkt. „Hensig wird dem Stuhl vielleicht entgehen, weil die Beweise so schwach sind, aber er ist der Schlimmste, der mir je begegnet ist. Na, der vergiftet dich schneller als du gucken kannst; und wenn er tatsächlich ein Herz hat, dann hat er's eingefroren."

„Wie kommst du darauf?"

„Oh manchmal reden sie ziemlich offen mit uns", sagte der Polizist mit einem vielsagenden Zwinkern. „Es kann ja im Verfahren nicht gegen sie verwendet werden und ich glaube, es verschafft ihnen irgendwie Erleichterung. Aber es wär mir lieber, ich hätte all die Sachen nicht gehört, die der Kerl mir erzählt hat, weißt du? Komm rein", fügte er hinzu und sah sich vorsichtig um. „Ich will versuchen, sie zu sortieren und dir ein bisschen davon erzählen."

William folgte ihm durch die Seitentür eines Saloons, aber nicht besonders gern.

„Ein Glas Scotch für den Engländer", bestellte der Polizist scherzend. „Und ich nehme einen *Horse's Collar (Cocktail aus Brandy und Ginger Ale mit einer Spirale aus Zitronenschale, Anm. des Übersetzers)* mit einem Schuss Peach Bitters, aber nur so viel, dass man's grade schmeckt - nicht mehr." Er warf einen halben Dollar hin und der Barkeeper schob ihm das Bestellte mit einem Zwinkern über die Theke.

„Was kriegst du, Mike?", fragte er ihn.

„Ich nehm eine Zigarre", sagte der Barkeeper, schob sich das hingehaltene Zehn-Cent-Stück in die Hosentasche und eine billige Zigarre in die Brusttasche. Dann entfernte er sich damit die beiden Männer in Ruhe miteinander reden konnten.

Sie steckten die Köpfe zusammen und unterhielten sich eine Viertelstunde lang mit gedämpften Stimmen. Dann bestellte der Reporter eine weitere Runde. Der Barkeeper nahm sein Geld und sie redeten noch ein bisschen weiter - Williams ziemlich blass um die Nase und der Polizist mit sehr ernster Miene.

„Die Jungs warten im Brodies's auf mich", sagte Williams schließlich. „Ich muss los."

„Musst du wohl", sagte Dowling, und richtete sich auf. „Aber einen Scheidebecher nehmen wir noch. Und denk dran, mich jeden Morgen aufzusuchen, bevor die Verhandlung beginnt. Das Verfahren wird morgen eröffnet."

Sie kippten ihre Drinks und noch einmal bekam der Barkeeper zehn Cent und steckte sich eine billige Zigarre ein.

„Aber druckt nicht, was ich dir gesagt habe, und erzähl auch den anderen Reportern nichts davon", sagte Dowling, als sie sich trennten. „Und wenn du eine Bestätigung brauchst, nimm dir einen Wagen und fahre runter nach Amityville, Long Island. Da wirst du sehen, dass alles, was ich gesagt habe seine Richtigkeit hat."

Williams kehrte zurück ins *Steve Brodie's,* seine Gedanken sauten in ihm herum wie ein Schwarm Bienen. Was er gehört hatte verzehnfachte seinen Schrecken vor diesem Mann. Sicher, Dowling hatte vielleicht gelogen oder übertrieben, aber das glaubte er nicht. Wahrscheinlich entsprach es der Wahrheit und die Zeitungsredaktionen wussten etwas darüber, wenn sie ihre besten Männer schickten, um den Fall zu verfolgen. Williams wünschte sich sehnlichst, er hätte nichts mit der Sache zu tun, aber derweil konnte er nicht schreiben was er gehört hatte und all die anderen Reporter warteten auf das Ergebnis seines Interviews. Nun, das war genug für eine halbe Spalte, selbst wenn man es noch ein bisschen entschärfte.

Er fand den Senator mitten im Gespräch mit Galusha, während Whitey Fife leere Cocktailgläser über die Tischkante schubste und sie auffing, bevor sie auf dem Boden aufschlugen, wobei er so tat als seien sie Steve Brodie bei seinem Sprung von der Brooklyn Bridge. Er hatte angekündigt, er würde eine Lokalrunde schmeißen, wenn er daneben griff, und gerade als Williams herein kam zerbarst ein Glass auf dem Steinboden zu Atomen. Brüllendes Gelächter brandete auf und fünf oder sechs Männer bewegten sich zur Bar um sich ihre Drinks abzuholen, Williams eingeschlossen. Bald darauf verabschiedeten sich Whitey und Galusha um etwas zu essen und sich ein wenig auszunüchtern, nicht ohne vorher mit Williams abzumachen, sich später am Abend noch einmal zu treffen, um die „Story" von ihm zu bekommen.

„Hast du was Brauchbares bekommen?", fragte der Senator.

„Mehr als mir lieb ist", erwiderte Williams und erzählte seinem Freund die ganze Geschichte. Der Senator hörte ihm mit großem Interesse zu, machte sich gelegentlich Notizen und stellte die eine oder andere Zwischenfrage. Als Williams geendet hatte, sagte er leise:

„Ich glaube Dowling hat Recht. Lass uns ein Taxi nehmen und runter nach Amityville fahren und sehen, was die Leute da unten von ihm halten."

Amityville war ein weit verstreutes Dorf etwa 20 Meilen entfernt auf Long Island, wo Dr. Hensig die letzten ein oder zwei Jahre gelebt und praktiziert hatte, und wo Mrs. Hensig Nummer 2 ihren verdächtigen Tod gefunden hatte. Die Nachbarn hatten sicher eine Menge zu erzählen, und wenn es vielleicht auch nicht von großem Wert war, so doch sicherlich interessant. So fuhren sie hinunter nach Amityville und interviewten jeden den sie finden konnten, vom Mann im Drugstore, über den Pfarrer, bis zum Leichenbestatter. Die Geschichten, die sie zu hören bekamen, hätten ein ganzes Buch gefüllt.

„Guter Stoff", sagte der Senator, als sie auf dem Weg zurücknach New York waren. „Aber nichts, was wir verwenden können, denke ich."

„Und auch nichts, was der Bezirksanwalt im Verfahren verwenden könnte", bemerkte Williams.

„Er ist schlicht ein Teufel - kein bisschen Mensch“, fuhr der Andere fort, als spreche er mit sich selbst. „Ohne jede Moral. Ich schwöre, ich bringe MacSweater dazu, mir einen anderen Job zu geben.“

Die Geschichten der Dorfbewohner hatten Dr. Hensig als einen Mann beschrieben, der öffentlich damit prahlte, töten zu können ohne entdeckt zu werden, dass keiner seiner Feinde lange lebte, dass er, als Arzt, das Recht habe, oder haben sollte, über Leben und Tod zu entscheiden, und dass es, wenn ihm jemand auf die Nerven ging oder ihm Ungelegenheiten bereitete, keinen Grund gäbe, warum er diesen nicht beseitigen sollte - vorausgesetzt er konnte es tun, ohne Verdacht zu erregen. Natürlich hatte er diese Ansichten nicht laut auf dem Marktplatz verkündet, aber er hatte Andeutungen darüber gemacht, dass er sie pflegte, und dass es ihm ernst damit war. Sie waren ihm in unbedachten Momenten herausgerutscht und offenkundig der natürliche Ausdruck seiner Gedanken und Vorstellungen. Einige Leute im Dorf hatten zweifelten sogar nicht daran, dass er sie mehr als einmal in die Tat umgesetzt hatte.

„Trotzdem nichts dabei, was wir Whitey und Galusha geben könnten“, sagte der Senator bestimmt, „fast nichts, was wir überhaupt in unserer Story verwenden können.“

„Wir sollten gar nicht dran denken, etwas davon zu verwenden“, sagte Williams mit gezwungenem Lachen.

Der Senator wandte sich ihm ruckartig zu und sah ihn fragend an.

„Hensig könnte *freigesprochen werden und wieder rauskommen*“, fügte Williams hinzu.

„Sehe ich auch so. Ich glaube du hast verdammt Recht.“, sagte der Senator langsam und fügte etwas fröhlicher hinzu: „Lass uns nach Chinatown gehen, etwas essen und zusammen unseren Bericht schreiben.“

So gingen sie die Pell Street hinunter und stiegen eine düstere Holztreppe hinauf in ein chinesisches Restaurant, in dem es stark nach Opium und fernöstlicher Küche roch. An einem kleinen Tisch auf dem sandbestreuten Boden bestellten sie Chou Chop Suey und Chou Om Dong in braunen Schüsseln und spülten es mit reichlichen Dosen des feurigen weißen Whiskys hinunter. Dann setzten sie sich in eine Ecke und begannen das Papier mit Buchstaben für die große amerikanische Öffentlichkeit am nächsten Morgen zu beschreiben.

„Keine große Wahl zwischen Hensig und *so etwas*“, sagte der Senator, als eine jener heruntergekommenen weißen Frauen, welche sich in Chinatown herum trieben, den Raum betrat, sich an einen leeren Tisch setzte und Whisky bestellte. In dem Viertel lebten 4000 chinesische Männer, aber nicht eine einzige chinesische Frau.

„Jede Wahl der Welt“, erwiderte Williams, indem er dessen Blick durch den verräucherten Raum folgte. „Sie war sicher einmal anständig, und wird es irgendwann vielleicht wieder sein. Aber dieser verdammte Doktor war niemals etwas anderes als das was er ist - ein seelenloser intellektueller Teufel. Er hat nicht einmal etwas Menschliches an sich. Ich habe den schrecklichen Gedanken, dass -“

„Wie schreib man „Bakteriologie“, mit zwei „r“ oder einem?“, fragte der Senator, und kritzelte weiter an der Story, die Tausende am nächsten Morgen mit Interesse lesen würden.

„Mit zwei „r“ und ohne „c“„, lachte der Andere. Sie schrieben noch etwa eine Stunde, bevor sie gingen und jeder sein Büro in der Park Row aufsuchte.

II

Das Verfahren gegen Max Hensig dauerte zwei Wochen, denn seine Verwandten hatten Geld bereitgestellt und er bekam gute Anwälte, die jede Gelegenheit wahrnahmen, den Prozess zu verzögern. Aus der Sicht der Zeitungsleute fiel es jämmerlich durch und vor dem Ende des vierten Tages hatten die meisten Zeitungen ihre guten Leute auf andere Vorfälle angesetzt, in denen sie ihre Fähigkeiten lohnender einsetzen konnten.

Aus Williams' Sicht hingegen fiel es keineswegs durch und er musste bis zum Ende dabei bleiben. Ein Reporter hat natürlich kein Recht, sich Einschätzungen und Bewertungen zu erlauben, besonders wenn es sich um ein laufendes Verfahren handelt, aber in New York haben Journalismus und die Würde des Gesetzes ihre ganz eigenen Standards, und mit der Zeit schlichen sich in seinen täglichen Berichten deutliche Einflüsse seiner eigenen Meinungen und Schlussfolgerungen ein. Jetzt, da für die anderen Zeitungen neue Leute die Story bearbeiteten, mit denen er keine Abmachung getroffen hatte, alles zu teilen, fühlte er sich frei, alle Informationen die er hatte für sich zu verwenden, und ein guter Teil dessen, was er in Amityville und von Officer Dowling erfahren hatte, fand irgendwie den Weg in seine

Berichte. Auch von dem Schrecken und der Abscheu, die er für diesen Arzt empfand, verriet sich darin, wenn auch mehr zwischen den Zeilen denn als tatsächliche Aussage. Niemand, der seine tägliche Kolumne las, konnte zu einem anderen Schluss kommen, als dem, dass Hensig ein berechnender, kaltblütiger Mörder der gefährlichsten Art sei.

Dies war zuweilen peinlich für den Reporter, denn es gehörte zu seinen Aufgaben, den Gefangenen jeden Morgen in seiner Zelle zu interviewen und seine Meinung über den Verlauf des Verfahrens und besonders über seine Chancen, dem Stuhl zu entgehen, einzuholen.

Doch Hensig zeigte keinerlei Verlegenheit. Er bekam täglich alle Zeitungen und las offensichtlich jedes Wort das Williams schrieb. Er musste also genau wissen, was der Reporter über ihn dachte, zumindest was die Frage seiner Schuld oder Unschuld anging, aber er äußerte sich nie bezüglich der Fairness in den Artikeln und sprach freimütig über seine Chancen letztendlich davonzukommen. Die unverblümte Art in der er es verherrlichte, Mittelpunkt eines Geschehens zu sein, dass einen so großen Teil des öffentlichen Interesses auf sich zog, schien dem Reporter ein weiterer Beweis für die Perversität des Mannes zu sein. Er war ungeheuer eitel, betrieb sorgfältigste Körperpflege, erschien jeden Tag mit frischem Hemd und neuer Krawatte und trug niemals denselben Anzug an zwei Tagen hintereinander. Er achtete auf die Beschreibung seiner persönlichen Erscheinung in der Presse, und war regelrecht gekränkt, wenn über seine Kleidung und sein Verhalten nicht detailliert berichtet wurde. Und er war ungewöhnlich angetan und entzückt, wenn manche Blätter schrieben, er wirke gewandt und selbstbeherrscht oder zeige große Selbstkontrolle - einige schrieben das tatsächlich.

„Sie machen einen Helden aus mir.“, sagte er eines Morgens, als Williams ihn wie gewohnt aufsuchte, bevor die Verhandlung eröffnet wurde. „Und wenn ich auf den Stuhl muss - was ich, wie Sie wissen, nicht vorhabe - werden Sie etwas sehr hübsches erleben. Vielleicht elektrokutieren sie nur eine Leiche!“

Und dann begann er mit grausamer Gefühllosigkeit, den Reporter bezüglich des Tonfalls seiner Artikel zu verspotten - zum ersten Mal.

„Ich berichte nur, was im Gericht gesagt und getan wird“, stammelte Williams und fühlte sich furchtbar unbehaglich. „Und ich bin jederzeit alles zu schreiben, was Sie mir sagen möchten ...“

„Ich kann auch keine Fehler darin finden“, antwortete Hensig, seine kalten blauen Augen fixierten das Gesicht des Reportes durch die Gitterstäbe hindurch. „Nicht einen einzigen. Sie denken, dass ich gemordet habe und sie zeigen es in jedem ihrer Sätze. Ich frage Sie: Haben Sie jemals einen Mann auf dem *Stuhl* gesehen?“

Williams musste zugeben, dass es so war.

„Ach was! Das haben Sie tatsächlich!“, sagte der Doktor kühl.

„Es geht sehr schnell“, fügte Williams rasch hinzu. „Und es ist wohl ziemlich schmerzlos.“ Das war nicht genau das was er dachte, aber was sollte er dem armen Teufel sagen, der vielleicht bald darauf festgeschnallt würde, mit jenem schrecklichen Band um seinen rasierten Kopf.

Hensig lachte, drehte sich weg und schritt in der engen Zelle auf und ab. Plötzlich, mit einer raschen Bewegung, sprang er wie ein Panther dicht vor die Gitterstäbe und presste sein Gesicht zwischen sie, mit einem völlig ungewohnten Ausdruck. Williams trat unwillkürlich einen Schritt zurück.

„Es gibt schlimmere Arten zu sterben, als diese", sagte er mit gedämpfter Stimme und einem diabolischen Leuchten im Blick. „Langsamere Arten, die viel schmerzhafter sind. Ich werde hier heraus kommen. Ich werde nicht verurteilt werden. Ich werde frei sein und vielleicht komme ich dann und erzähle Ihnen etwas darüber."

Der Hass in seiner Stimme und in seiner Miene waren unverkennbar, aber fast augenblicklich nahm sein Gesicht wieder die kalte Blässe an, die es sonst zeigte und der außergewöhnliche Doktor lachte wieder und sprach ruhig über die Plus- und Minuspunkte, die seine Anwälte gemacht hatten.

Also war die zur Schau gestellte Gleichgültigkeit nur aufgesetzt und der Mann verübelte Williams den Ton seiner Artikel aufs Bitterste. Er liebte die Öffentlichkeit, war aber wütend auf den Reporter, weil dieser Schlussfolgerungen gezogen und sie in seinen Berichten hatte durchblicken lassen.

Williams war erleichtert, wieder an die frische Luft zu kommen. Rasch ging er die steinernen Stufen zum Gerichtssaal hinauf, noch verfolgt von der Erinnerung an jenes verhasste, zwischen die Gitterstäbe gepresste, Gesicht und den grausamen Ausdruck in den Augen, der so schnell erschienen und wieder verschwunden war. Und was war eigentlich mit diesen

Worten gemeint? Hatte er das richtig verstanden? Waren sie als Drohung gedacht?

Es gibt langsamere und schmerzhaftere Arten zu sterben, und wenn ich hier heraus komme, werde ich vielleicht kommen und Ihnen davon erzählen.

Seine Arbeit, die Berichte über die Zeugenaussagen und Beweise, halfen, die unangenehme Vorstellung zu verscheuchen, und als der Chefredakteur ihn für seine exzellente Story lobte und ihm sogar eine mögliche Gehaltserhöhung in Aussicht stellte, nahmen seine Gedanken eine ganz andere Wendung. Dennoch, in der hintersten Ecke seines Bewusstseins hielt sich die vage, unerfreuliche Erinnerung daran, dass er den bitteren Hass dieses Mannes erregt hatte, eines Mannes, der, wie er glaubte, ein wahres Ungeheuer war.

Es mochte etwas Hypnotisches - ein bisschen vielleicht - in der beherrschenden und quälenden Vorstellung von der unerbittlichen Boshaftigkeit des Mannes liegen - der, hochgebildet und entsetzlich geschickt, sich frei und ausgestattet mit etwas wie göttlicher Macht, durchs Leben bewegte, mit einer Liste von unbewiesenen und unbeweisbaren Verbrechen hinter sich. Auf jeden Fall beeindruckte es seine Vorstellungskraft mit eindringlicher Macht. Dieser junge Doktor, mit seinem ungewöhnlichen Wissen und seinen überragenden Fähigkeiten - doch ohne jede Moral, und bereit, Männer und Frauen die ihm missfielen nach seinem Willen zu behandeln, fast absolut sicher, entdeckt zu werden - er konnte nicht ohne Schauder und ein Kribbeln auf seiner Haut an ihn denken.

Er war außerordentlich froh, als der letzte Tag des Verfahrens kam und er nicht länger die täglichen Interviews vor der Zelle durchführen musste, oder den ganzen Tag im überfüllten Gerichtssaal sitzen, das widerwärtige weiße Gesicht des Gefangenen auf der Anklagebank zu sehen und dem Netz von Beweisen zuzuhören das sich um ihn schloss - doch gerade nicht eng genug um ihn für den *Stuhl* festzuhalten. Hensig wurde freigesprochen, obwohl die Geschworenen die ganze Nacht zusammensaßen, um zu einer Entscheidung zu kommen.

Das letzte Interview das Williams mit dem Mann hatte, kurz bevor dieser in die Freiheit entlassen wurde, war zugleich das erfreulichste und das unangenehmste von allen.

„Ich wusste, dass ich heil da herauskommen würde“, sagte Hensig mit einem leisen Lachen, aber ohne die Erleichterung zu zeigen, die er doch fühlen musste. „Niemand hielt mich für schuldig, außer der Familie meiner Frau und Ihnen, Mr. *Vulture* Reporter. Ich habe jeden Tag Ihre Berichte gelesen. Sie haben zu schnell Ihr Urteil gefällt. Ich denke ...“

„Oh, wir schreiben, was wir schreiben sollen ...“

„Vielleicht schreiben Sie eines Tages eine andere Story, oder vielleicht lesen Sie die Story, die ein anderer über Ihren eigenen Prozess schreibt. Dann verstehen Sie besser, was ich durch Sie fühlen musste.“

Williams beeilte sich, den Doktor nach seiner Meinung über den Verlauf des Prozesses zu fragen und erkundigte sich dann, was seine Pläne für die Zukunft waren. Die Antwort auf diese Frage bereitete ihm echte Erleichterung.

„Ach! Ich kehre natürlich nach Deutschland zurück“, sagte er. „Die Leute hier haben jetzt ein bisschen Angst vor mir, und statt des *Stuhls* haben mich die Zeitungen umgebracht. Leben Sie wohl, Mr. *Vulture* Reporter, leben Sie wohl!“

Und Williams schrieb das letzte Interview wahrscheinlich mit genau so großer Erleichterung, wie sie Hensig fühlte, als er hörte, wie der Vorsitzende der Geschworenen die Worte „Nicht schuldig“ aussprach. Aber die Zeile die ihm die größte Freude bereitete war die, in der er die beabsichtigte Rückkehr des Freigesprochenen nach Deutschland ankündigte.

III

Die New Yorker Öffentlichkeit verlangt täglich aufregende Neuigkeiten zu lesen, und sie bekommt sie, denn jede Zeitung, die sich weigerte, sie zu liefern, wäre innerhalb einer Woche am Ende, und die New Yorker Zeitungsverleger haben kein Interesse den Philanthropen zu spielen. Schrecken folgt auf Schrecken, und das öffentliche Interesse erlaubt es nicht, darin auch nur einen Augenblick lang nachzulassen.

Wie jeder andere Reporter mit auch nur dem geringsten Talent erkannte Williams diese Tatsache in seiner allerersten Woche beim Vulture. Seine tägliche Arbeit wurde zu einer endlosen Folge von sensationellen Berichten über sensationelle Ereignisse. Er lebte in einem unaufhörlichen Wirbel von aufregenden Verhaftungen, Mordprozessen, Erpressungen, Scheidungen, Fälschungen, Brandstiftungen, Korruption und jeder anderen Schlechtigkeit, die man sich vorstellen konnte. Jeder neue Fall erregte ihn ein bisschen weniger als der vorhergehende; das Übermaß an Sensationen hatte ihn schlicht abgestumpft. Er wurde nicht kaltschnäuzig, aber unempfänglich und hatte schon seit langem das Stadium erreicht, wo die Aufregung nicht mehr den Verstand ausschaltete, wie sie es bei unerfahrenen Reportern geneigt war zu tun.

Der Hensig-Fall jedoch hielt sich lange in seinem Bewusstsein und quälte ihn. Die nackten Tatsachen waren in den Polizeiakten in der Mulberry Street und in den Archiven der Zeitungsredaktionen abgelegt, während die Öffentlichkeit, täglich durch neue Schrecken erregt, die Existenz des teuflischen Doktors schon ein paar Tage nach seinem Freispruch vergessen hatte.

Aber für Williams lagen die Dinge anders. Die Persönlichkeit des herzlosen, berechnenden Mörders - des intellektuellen Giftmischers, wie er ihn nannte - hatte seine Vorstellungskraft tief beeindruckt, und die Erinnerung hielt ihn für viele Wochen als einen wandelnden, realen Schrecken in seinem Inneren lebendig. Die Worte, die er ihn hatte kichern hören, mit ihrer versteckten Drohung und ihrem kaum verhüllten Hass, halfen ohne Zweifel, die Erinnerung immer wieder zu beleben, und zu erklären, warum Hensig weiterhin in seinen Gedanken wohnte und ihn in seinen Träumen verfolgte - mit einer Hartnäckigkeit, die ihn an seine allerersten Fälle bei der Zeitung erinnerte.

Aber mit der Zeit begann auch Hensig in dem verworrenen Hintergrund aufgetürmter Erinnerungen an Gefangene und Gefängnisszenen aufzugehen, und schließlich wurde er so tief darin begraben, dass er Williams nicht mehr plagen konnte.

Der Sommer verging und Williams kehrte von zwei Wochen wohlverdienten Urlaubs aus den abgelegenen Wäldern von Maine zurück. New York präsentierte sich in Bestform, und die Tausende, die gezwungen waren zu bleiben und seine glühende Sommerhitze zu ertragen, begannen sich unter dem Bann strahlender Herbsttage langsam wieder zu erholen. Kühle Meeresbrisen von der Lower Bay strichen durch die überhitzten Straßen, und jenseits der glänzenden Flut des Hudson River hatten sich die Wälder von New Jersey karmesinrot und golden gefärbt.

Die Luft war wie elektrisiert, prickelnd und erregend, und das Leben der Stadt begann erneut in rastloser, ungestümer Energie zu pulsieren. Bronzefarbene Gesichter von der See und aus den Bergen drängten sich in den Straßen, Kraft und Unbeschwertheit leuchteten aus jedem Auge, denn der Herbst in New York übt einen mächtigen Zauber aus, dem sich niemand entziehen kann. Selbst die East Side Slums, wo die Glücklosen sich zu armseligen Tausenden drängen, wirkten, als seien sie ausgefegt und gereinigt worden. Besonders entlang der Flussufer riefen Meer und Sonne und würzige Winde ein unwiderstehliches Fieber in den Herzen aller hervor, die in ihren Gefängnismauern harrten.

Und in Williams - vielleicht mehr als in den meisten anderen - regte sich etwas, das lebhaft auf die allgegenwärtigen Eindrücke von Hoffnung und Heiterkeit antwortete. Voll frischer Energie aus seinem Urlaub und voller guter Vorsätze für den kommenden Winter, fühlte er sich befreit von dem üblen Fluch eines ungeregelten Lebens, und als er an einem Oktobermorgen auf der großen doppelendigen Fähre nach Staten Island übersetzte, war sein Herz leicht, und sein Blick wanderte mit dem Gefühl reinen Glücks und Entzückens zu den blauen Wassern und der dunstigen Linie der Wälder jenseits davon.

Er war auf dem Weg zur Quarantänestation, um für den *Vulture* über ein einlaufendes Passagierschiff zu berichten. Es hatte einen antisemitischen Abgeordneten des deutschen Reichstags an Bord, der in New York eine Reihe von Vorträgen über sein bevorzugtes Thema halten wollte. Die Zeitungen, die ihn überhaupt eines Berichts für wert hielten, hatten ihm deutlich zu verstehen gegeben, dass man sein Vorhaben vielleicht tolerieren, aber keineswegs willkommen heißen würde. Die Juden waren genau so gute Bürger wie alle anderen und Amerika ein „freies Land", und seine Versammlungen in der Cooper Hall würden mindestens Hohn und Spott auf sich ziehen, wenn nicht gar Gewalt.

Der Auftrag versprach unterhaltsam zu werden, denn Williams war instruiert worden, sich über den aufdringlichen und unwillkommenen Deutschen lustig zu machen und ihn aufzufordern, mit dem nächsten Dampfer nach Bremen zurückzukehren, ohne die fliegenden Eier und toten Katzen auf der Rednertribüne zu riskieren. Er hatte sich bereits völlig in seinen Auftrag hinein versetzt und erzählte dem Quarantänearzt davon, als sie auf einem kleinen Schlepper die Bay hinunter dampften, um zu dem großen Passagierschiff zu gelangen, das in der Bucht von Sandy Hook geankert hatte.

Auf den Decks des Schiffes drängten sich die Passagiere, die die Ankunft des schnaufenden Schleppers beobachteten, und gerade, als sie im Schatten des Schiffs längsseits gingen, fühlte Williams, wie sein Blick weg von der baumelnden Strickleiter auf einen Punkt in halber Höhe des Schiffs gezogen wurde. Dort, zwischen den anderen Passagieren auf dem Unterdeck, sah er ein Gesicht, das ihn mit angespannter Aufmerksamkeit anstarrte. Die Augen waren hellblau, und die Haut wirkte in der Masse bronzehäutiger Passagiere bemerkenswert weiß. Augenblicklich, und mit einem wilden Schlag seines Herzens erkannte er Hensig.

Von einem Moment zum anderen veränderte sich alles um ihn herum. Das blaue Wasser der Bucht verwandelte sich in Schwarz, das Licht der Sonne schien zu schwinden und all die alten Gefühle von Hass und Furcht überkamen ihn wie die Erinnerung an einen großen Schmerz. Er schüttelte sich und packte die Strickleiter um sich hinter dem Gesundheitsbeamten hinaufzuschwingen, zornig, doch gleichzeitig zutiefst darüber beunruhigt, dass die Rückkehr dieses Mannes auch etwas mit ihm zu tun haben könnte.

Sein Interview mit dem Antisemiten beschränkte sich auf das Allernotwendigste; er hetzte geradezu hindurch um noch das Quarantäneboot zurück nach Staten Island zu erwischen, statt, wie die anderen Reporter, mit dem Passagierliner die Bucht hinauf ins Dock zu dampfen.

Er erhaschte keinen weiteren Blick auf den verhassten Deutschen und er war nur zu gern bereit, sich auf die schwache Hoffnung einzulassen, dass er sich getäuscht und die Ähnlichkeit eines fremden Gesichts ihm einen Streich gespielt und eine subjektive Halluzination ausgelöst haben könnte.

Wie auch immer, die Tage vergingen, die Wochen und der Oktober glitt hinüber in den November, und die verstörende Vision trat nicht wieder auf. Vielleicht war es schließlich doch nur ein Fremder gewesen, oder Hensig, falls er es doch gewesen war, hatte den Reporter längst vergessen, und seine Rückkehr nichts mit dem Gedanken an Rache zu tun.

Nichtsdestoweniger fühlte sich Williams unbehaglich. Er sprach darüber mit seinem Freund Dowling, dem Polizisten.

„Alter Hut", lachte der Ire. „Die Revierzentrale hat ihn schon als Verdächtigen im Auge. Berlin hat um die Auslieferung eines Mannes angefragt, dem zwei Morde vorgeworfen werden - nennt sich wohl Brunner - und nach der Beschreibung, die sie geliefert haben, ist es dieser Bursche Hensig. Wir wissen noch nichts Genaues, aber wir sind ihm auf der Spur. *Ich* bin auf seiner Spur", fügte er selbstbewusst hinzu. „vergiss das nicht. Ich werde dir alles mitteilen, wenn es soweit ist, aber sprich jetzt noch nicht darüber."

Eines Nachts, nicht lange nach diesem Gespräch, berichteten Williams und der Senator über ein großes Feuer an den West Side Docks. Sie standen am Rand der Menge, welche den riesigen Flammen zuschaute, die ein brüllender Wind bis halb über den Fluss zu treiben schien. Die in der Nähe befindlichen Schiffe wurden blendend hell angeleuchtet und das Röhren der Flammen war großartig.

Der Senator, der ohne Mantel gekommen war, borgte sich den von Williams für einen Moment, um sich vor fliegenden Funken und dem Löschwassernebel zu schützen. Er lief in die freigeräumte Brandschneise um sich die neuesten verfügbaren Informationen zu holen. Es war nach Mitternacht, und den größten Teil der Story hatten sie bereits telefonisch an die Redaktionen durchgegeben. Alles was zu tun bliebe, war, noch Neuigkeiten oder Korrekturen nachzureichen, die sich zwischenzeitlich ergeben hatten.

„Ich warte da drüben an der Ecke auf dich!“, schrie Williams, während er sein Feuerwehrabzeichen abnahm und sich durch das unbeschreibliche Chaos entfernte. Diese auffällige Bronzeplakette, die von der Feuerwehr an Reporter ausgegeben wurde, gab diesen das Recht, sich auf der Jagd nach Informationen auf eigenes Risiko innerhalb der Polizeikordons aufzuhalten. Er hatte es kaum von seiner Jacke entfernt, als aus der Menge eine Hand hervor schoss und zielstrebig danach griff. Er drehte sich, um den Greifer auszumachen, aber in diesem Moment riss ihn eine Bewegung der Menge beinahe von den Füßen, und er sah gerade noch, wie die Hand, die ihr Ziel verfehlt hatte, zurückgezogen wurde, bevor ihn ein heftiger Stoß auf das Pflaster warf.

Der Zwischenfall kam ihm nicht besonders merkwürdig vor; in so einer Menge gab es immer Leute, die nach dem Privileg, näher an die Feuersbrunst zu kommen, gierten. Er lachte nur, verstaute die Plakette sicher in der Tasche, und stand auf, um den erlöschenden Flammen zuzusehen, bis sein Freund mit den letzten Neuigkeiten kam.

Indes, obwohl die Zeit drängte und es für den Senator kaum noch etwas zu tun geben konnte, dauerte es eine volle halbe Stunde, bevor er durch die Dunkelheit heran getappt kam. Williams erkannte ihn von weitem an dem Ulster, den er trug - seinem eigenen.

Aber war es wirklich der Senator? Die Gestalt bewegte sich eigenartig - mit einem Hinken, so als sei sie verletzt. Ein paar Schritte entfernt blieb sie stehen und blickte Williams durch die Dunkelheit an.

„Bist du's Williams?“, fragte eine raue Stimme.

„Für einen Moment dachte ich, du wärst jemand anders“, antwortete der Reporter, erleichtert, seinen Freund zu erkennen, und ging auf ihn zu. „Was ist mit dir? Bist du verletzt?“

Der Senator blickte mit gespenstischem Ausdruck in den grellen Schein der Flammen. Sein Gesicht war weiß und auf seiner Stirn ein kleines Rinnsal von Blut.

„Irgendein Kerl hätte mich beinahe erledigt“, sagte er. „Hat mich absichtlich vom Rand des Docks gestoßen. Wenn ich nicht auf einen abgebrochenen Poller gefallen wäre und ein Boot erwischt hätte, wäre ich ertrunken, so sicher, wie der liebe Gott kleine Äpfel macht. Ich glaube, ich weiß auch wer es war. Ich meine, ich weiß es, weil ich sein verdammtes weißes Gesicht gesehen und gehört habe, was er sagte.“

„Wer um alles in der Welt war es? Was wollte er?“, stammelte der Andere.

Der Senator fasste ihn am Arm und wankte in einen nahe gelegenen Saloon, um einen Brandy zu nehmen. Dabei schaute er fortwährend über seine Schulter.

„Je schneller wir aus dieser verdammten Gegend verschwinden desto besser", sagte er. Dann wandte er sich zu Williams, schaute ihn mit seltsamer Miene über das Glas hinweg an und beantwortete dessen Fragen:

„Wer es war? - nun, es war Hensig! Und was er wollte? - na, er wollte *dich*!"

„Mich! Hensig!", keuchte Williams.

„Schätze, er hat mich mit dir verwechselt", fuhr der Senator fort und schaute über die Schulter zur Tür. „Die Menge war so dicht gedrängt, dass ich sie am Rand des Docks umgehen musste. Es war ziemlich dunkel und kein Mensch war in meiner Nähe. Ich bin gerannt. Plötzlich sehe ich etwas vor mir, dachte es wäre ein Baumstumpf, und Himmel nochmal! - Ich sag dir, es war Hensig, oder ich bin ein besoffener Holländer. Ich sah ihm stracks in Gesicht. 'Leben Sie wohl, Mr. *Vulture* Reporter', sagte er mit einem dreckigen Lachen und gab mir einen Stoß, dass es mich rücklings über den Rand des Docks warf."

Der Senator hielt inne um Atem zu holen - und um sein zweites Glas zu leeren.

„*Mein* Mantel!", stieß Williams leise hervor.

„Oh - ich schätze, er hat tatsächlich *dich* verfolgt."

*

Der Senator war nicht ernsthaft verletzt und die beiden Männer gingen zurück in Richtung Broadway um ein Telefon zu suchen. Sie kamen durch eine Gegend schummrig beleuchteter Straßen, die als Little Africa bekannt war; wo die Neger wohnten, und wo es sicherer war, mitten auf der Straße zu bleiben und die vielen dunklen Gässchen zu meiden, die nach den Seiten abzweigten. Den ganzen Weg lang redeten sie miteinander.

„Er ist zweifellos hinter dir her“, wiederholte der Senator. „Ich schätze, er hat deine Berichte über sein Verfahren nie vergessen. Halt lieber die Augen offen“, fügte er mit einem Lachen hinzu.

Aber Williams war es kein bisschen zum Lachen. Der Gedanke, dass es tatsächlich Hensig gewesen war, den er auf dem Dampfer gesehen hatte, und dass dieser so dicht hinter ihm her war, dass er ihn an seinem karierten Mantel erkennen und einen Anschlag auf sein Leben unternehmen konnte, bereitete ihm, gelinde gesagt, scheußliches Unbehagen. Schrecklich, von so einem Menschen belauert zu werden. Zu wissen, dass er auf der Abschussliste dieses weißgesichtigen, grausamen Schurken stand, gnadenlos und unerbittlich, erfahren in vielerlei Arten des heimlichen Mordes, dass er irgendwo in der Menge der großen Stadt beobachtet und erwartet wurde, gejagt und ausgespäht. Hier lauerte eine Besessenheit, die begann, ihn zu peinigen und gefährlich wurde. Jene hellblauen Augen, die scharfe Intelligenz, dieser Geist, aufgeladen mit der Gier nach Rache hatten ihn seit dem Ende des Prozesses beobachtet, sogar über den Ozean hinweg. Die Vorstellung versetzte ihn in panischen Schrecken. Zum ersten Mal fühlte er den Tod in seine Gedanken eindringen - viel eindringlicher und realer als er es je empfunden hatte, wenn er andere Menschen hatte sterben sehen.

In dieser Nacht ging Williams in seinem schäbigen kleinen Zimmer mit einem Mordsschiss zu

Bett, und noch Tage später ging er seiner Arbeit mit demselben Schiss nach. Es war sinnlos, die Augen davor zu verschließen, und er hatte seine Augen überall, immer in der Angst beobachtet und verfolgt zu werden. Ein neues Gesicht in der Redaktion oder am Frühstückstisch seiner Pension jagte ihm Schrecken ein. Seine tägliche Arbeit war ein ständiges auf-der-Hut-Sein, jeder seiner Träume ein Alptraum. Er vergaß alle guten Vorsätze und verfiel wieder in die alten Laster, die ihm halfen, seine Furcht zu betäuben. Aber er brauchte doppelt so viel Schnaps, um seine Laune zu bessern und viermal so viel um ihn seine Angst vergessen zu lassen.

Nicht dass er ein echter Trinker geworden wäre, oder um des Trinkens willen trank, aber er geriet in eine durstige Welt von Reportern und Polizisten, unbekümmerten, leichtlebigen Männern und Frauen die sich mit „Was trinkst du?“ grüßten und für die „Er trinkt nicht!“ wie ein Vorwurf klang. Er achtete nur darauf, wie viel er trank und zählte die Cocktails und Fizzes, die er während seiner täglichen Arbeit in sich hinein goss, ängstlich darauf bedacht, nicht die Kontrolle über sich zu verlieren. Er musste wachsam bleiben. Er wechselte die Lokalitäten, wo er aß und trank und änderte alle Gewohnheiten, die dem Teufel auf seiner Fährte irgendwelche Hinweise geben konnten. Er ging sogar soweit, seine Pension zu wechseln. Sein Gefühl - das Gefühl der Angst - machte alles anders. Es tauchte die Außenwelt in Düsternis, verdunkelte ihre Farben, stahl das Sonnenlicht, unterdrückte seine Schaffenskraft und wirkte wie eine angezogene Bremse auf all seine normalen Aktivitäten.

Die Auswirkungen auf sein von Alkohol und Drogen befallenes Vorstellungsvermögen waren äußerst stark. Was der Doktor über die Züchtung eines Erregers gesagt hatte, der zu widerstandsfähig war, um mit irgendeinem Medikament bekämpft werden zu können und darüber, wie man ihn durch einen Kratzer auf der Haut in den Körper des Opfers bringen konnte, beherrschte sein Bewusstsein wie nichts anderes, beherrschte all seine Gedanken. Es schien so schlau, so grausam, so teuflisch.

Der „Unfall" während des Brandes war natürlich ein richtiger Unfall gewesen, eine übereilte Reaktion auf die Gunst des Augenblicks, das Ergebnis einer zufälligen Begegnung und eine törichte Unbedachtheit. Hensig hatte es nicht nötig auf so plumpe Methoden zurückzugreifen. Wenn der richtige Moment gekommen war, würde er einen weit einfacheren, *sichereren* Plan anwenden.

Schließlich war er von der Idee, dass Hensig ihn verfolgte und auf seine Gelegenheit wartete, so besessen, dass er die ganze Geschichte Treherne, dem Nachrichtenredakteur, erzählte. Er war mit den Nerven so am Ende, dass er seiner Arbeit nicht mehr gewachsen war.

„Eine gute Story. Machen Sie zweihundert (zwei Spalten) daraus", sagte der Redakteur. „Natürlich müssen Sie den Namen ändern. Hensig darf nicht erwähnt werden, sonst haben wir eine Verleumdungsklage am Hals."

Aber Williams meinte es ernst und drängte so heftig auf ein Gespräch, dass Treherne - obwohl vielbeschäftigt wie immer - ihn in sein Büro mit der Glastür bat.

„Schauen Sie Williams, Sie trinken einfach zu viel, so sieht's aus.“, sagte er. „Tauchen Sie mal den Kopf ins kalte Wasser und Hensigs Gesicht wird verschwinden.“ Er sprach in freundlichem aber scharfem Ton. Er war selbst noch ziemlich jung, ungeheuer eifrig; mit einer soliden Kenntnis über die menschliche Natur und einer seltenen „Nase für Neuigkeiten“. Er kannte die Talente und Fähigkeiten seiner kleinen Armee von Reportern und Redakteuren mit intuitivem Urteilsvermögen. Dass sie tranken interessierte ihn nicht, vorausgesetzt sie machten eine vernünftige Arbeit. Jeder auf dieser Welt trank schließlich, und ein Mann der es nicht tat wirkte eher verdächtig.

Williams erklärte aufgebracht, dass Hensigs Gesicht keineswegs einfach ein Symptom von *Delirium tremens* sei und der Redakteur schenkte ihm zwei weitere Minuten, bevor er hinaus eilte um die Gruppe Männer vor dem Nachrichtenschreibtisch abzufertigen.

„Ist das so? Was Sie nicht sagen!“, fragte er mit etwas gesteigertem Interesse. „Nun, ich schätze, Hensig versucht einfach, Sie verrückt zu machen. Sie haben versucht, ihn mit ihren Berichten umzubringen, und aus Rache will er sie nun in Panik versetzen. Aber er wird es nie wagen, wirklich etwas zu *tun*. Zeigen Sie ihm einfach, dass er sie nicht beeindrucken kann, und er wird aufgeben wie ein Baby. Alles auf dieser Welt ist Täuschung. Aber ... ich mag die Idee mit den Krankheitserregern. Ist wirklich originell.“

Williams war ein wenig verärgert darüber, wie leichtfertig Treherne die Sache abtat, und erzählte ihm die Geschichte von dem Senator und dem verliehenen Mantel.

„Mag sein, mag sein“, erwiderte der gehetzte Redakteur, „aber der Senator trinkt Chinesen-Whisky. So jemand kann sich alles Mögliche einbilden. Nehmen Sie den Rat eines erfahrenen Mannes an, Williams, schränken Sie Ihren Schnapskonsum ein bisschen ein. Lassen Sie die Cocktails sein und bleiben sie bei purem Whisky, und trinken Sie nicht auf nüchternen Magen. Und vor Allem: Trinken Sie *nicht durcheinander!“* Er warf Williams einen eindringlichen Blick zu und eilte hinaus.

„Wenn Sie das nächste Mal diesem Deutschen begegnen“, rief er von der Tür her, „gehen Sie zu ihm und fragen Sie ihn, wie es sich anfühlt, so knapp dem Stuhl entgangen zu sein - nur um ihm zu zeigen, dass Sie sich einen Dreck um ihn scheren. Erzählen Sie ihm, sie wären hinter ihm her - Verdächtiger und so - und den ganzen Quatsch. Tun Sie so, als wollten Sie ihn warnen. Damit drehen Sie den Spieß um und geben ihm was zum Verdauen. Klar?“

Williams schlenderte hinaus auf die Straße um über eine Versammlung der Rapid Transit Comissioners zu berichten, und die erste Person die ihm begegnete. als er die Stufen zum Büro hinab eilte war - Max Hensig.

Bevor er stehen bleiben oder ausweichen konnte, standen sie sich Auge in Auge gegenüber. Für einen Augenblick fühlte er sich schwindlig und begann zu zittern. Dann gewann er ein wenig von seiner Selbstbeherrschung zurück und versuchte instinktiv, sich so zu verhalten, wie der Redakteur ihm geraten hatte. Einen anderen Plan hatte er nicht, so verließ er sich auf das einzige Mittel, dass ihm in den Sinn kam. Entweder das - oder abhauen.

Er bemerktem, dass Hensig sehr wohlhabend wirkte. Er trug einen Pelzmantel und auch eine Pelzmütze. Sein Gesicht war weißer als je zuvor und seine blauen Augen glühten wie Kohlen.

„Ah! Dr. Hensig, wieder in New York?“, rief er. „Wann sind Sie angekommen. Ich wäre froh - ich würde - ich meine äh ... kommen Sie mit auf einen Drink?“ brachte er gerade so hervor. Es war lächerlich, aber es wäre ihm um alles in der Welt nichts Besseres eingefallen. Und das Letzte was er wollte war, dass sein Feind seine Angst bemerkte.

„Ich denke nein, Mr. *Vulture*-Reporter, Danke“, antwortete er kühl. „Aber ich setze mich zu Ihnen und schaue Ihnen beim Trinken zu.“ Seine Selbstbeherrschung war so vollkommen wie immer.

Aber Williams, wieder ein bisschen er selbst, nutzte die Ablehnung und ging weiter, während er irgendetwas über eine Versammlung sagte, zu der er müsse.

„Vielleicht kann ich Sie ein kleines Stück begleiten“, sagte Hensig und folgte ihm auf den Gehsteig.

Es war nicht möglich, ihn davon abzuhalten und so machten sie sich auf, durch den City Hall Park und in Richtung Broadway. Es war schon nach Vier und es wurde dämmrig. Der kleine Park war voll von Leuten, die in alle Richtungen unterwegs waren, jeder wie üblich in schrecklicher Eile. Nur Hensig schien ruhig und unbewegt in all dem hastenden, drängenden Leben um sie herum. Durch seine Stimme und sein Verhalten schien er eine Atmosphäre aus Eis um sich herum zu erzeugen. Sein Verstand war wach, aufmerksam und entschlossen, jederzeit seiner selbst gewiss.

Williams wäre am liebsten geflüchtet. In Gedanken ging er rasch ein Dutzend Möglichkeiten durch, wie er Hensig loswerden konnte, wohl wissend, dass sie alle aussichtslos waren. Er schob seine Hände in die Taschen seines Mantels - des karierten Mantels - und beobachtete aus den Augenwinkeln jede Bewegung seines Begleiters.

„Sie wohnen wieder in New York, nicht wahr?“, begann er.

„Nicht mehr als Arzt“, war die Antwort. „Ich forsche und lehre jetzt und schreibe ein wenig wissenschaftliche Bücher.“

„Worüber?“

„Bakterien“, sagte der Andere, schaute ihn an und lachte. „Krankheitserreger, wie man sie kultiviert und züchtet.“

Williams schritt schneller. Mit einiger Anstrengung setzte er Trehernes Ratschlag in die Tat um.

„Würden Sie mir bei Gelegenheit wohl ein Interview über Ihre speziellen Forschungen geben?“, fragte er und bemühte sich, natürlich zu klingen.

„Oh ja, mit Vergnügen. Ich wohne jetzt in Harlem. Wenn Sie mich anrufen können wir dort ...“

„Ich glaube, im Büro geht es am besten“, unterbrach ihn der Reporter. „Da haben wir alles, was wir brauchen, wissen Sie - Papier. Schreibtische, Fachbücher...“

„Wenn Sie Bedenken haben ... „, begann Hensig, beendete den Satz aber nicht und fuhr lachend fort: „Ich habe kein Arsenik dort. Sie halten mich nicht mehr für einen pfuschenden Giftmischer? Haben Sie Ihre Meinung über all das geändert?“

William graute es. Wie konnte er über so eine Sache sprechen? Und damit auch über seine Frau?

Er wandte sich rasch um und schaute ihm ins Gesicht, wobei er stehen blieb, so dass die Menge sich vor ihnen teilte und um sie herum fließen musste. Er fand es jetzt unbedingt notwendig, etwas zu sagen, dass den Deutschen davon überzeugte, dass er keine Angst hatte.

„Ich vermute, Sie sind sich darüber bewusst, Dr. Hensig, dass die Polizei von Ihrer Rückkehr weiß und Sie wahrscheinlich überwacht“, sagte er mit gedämpfter Stimme und zwang sich, in die verhassten blauen Augen zu sehen.

„Warum auch nicht?“, fragte Hensig gleichmütig.

„Vielleicht habe Sie einen Verdacht.“

„Schon wieder verdächtig? Ach was!“, sagte der Deutsche.

„Ich wollte Sie nur warnen ...“, stammelte Williams, dem es schwer fiel, unter dem furchtbaren Blick des Anderen seine Selbstsicherheit zu bewahren.

„Kein Polizist sieht, was ich mache - oder wird mich je wieder einfangen“, er lachte widerlich. „Aber ich danke Ihnen trotzdem.“

Williams drehte sich um und eilte so schnell er konnte davon. Nicht eine Minute länger konnte er die Gegenwart dieses Mannes ertragen.

„Ich rufe Sie demnächst im Büro an, wegen des Interviews!“, rief Hensig als Williams davon stürzte, und im nächsten Moment hatte ihn die Menge verschluckt. Mit gemischten Gefühlen und einem seltsamen inneren Zittern ging Williams zur Versammlung des Rapid Transit Board.

Doch während er mechanisch den Sitzungsverlauf notierte, war er mit seinen Gedanken woanders. Hensig schien die ganze Zeit neben ihm zu sitzen. Er war sich sicher, egal wie unwahrscheinlich es klang, dass seine Befürchtungen keine überreizten Fantasien waren, und dass er den Deutschen absolut richtig einschätzte. Hensig hasste ihn und würde ihn aus dem Weg räumen, sobald er die Gelegenheit dazu bekam. Er würde es auf eine Weise tun, die ausschloss, dass man ihm auf die Schliche kam. Er würde nicht auf die übliche Weise schießen oder versuchen ihn zu vergiften, oder irgendeine andere plumpe Methode anwenden. Er würde ihn einfach verfolgen, beobachten, seine Gelegenheit abwarten und dann mit äußerster Kaltblütigkeit und unerbittlicher Entschlossenheit vorgehen. Williams war sich ziemlich sicher welches Mittel er dabei anwenden würde:

„Keime!“

Das erforderte eine unmittelbare Nähe. Er musste also auf jeden achten, der ihm im Zug, im Auto oder im Restaurant zu nahekam - überall und jederzeit. Es konnte im Bruchteil einer Sekunde geschehen: Nur ein leichter Kratzer wäre nötig und er hätte die Krankheit in seinem Blut, ohne jede Aussicht geheilt zu werden. Was konnte er also tun? Er konnte nicht dafür sorgen, dass Hensig überwacht oder verhaftet wurde. Er hatte keine Geschichte, die er einem Richter oder der Polizei erzählen konnte, beide würden ihm nicht zuhören. Und wenn er von einer plötzlichen Krankheit niedergestreckt wurde, was lag näher, als anzunehmen, er habe sie sich bei seiner täglichen Arbeit zugezogen. Schließlich hielt er sich oft in ungesunden Buden auf, wo die Ärmsten der

Armen wohnten, drüben in den schmutzigen Einwandererslums der East Side. In den Hospitälern und Leichenschauhäusern und in den Zellen in denen Männer jeder Art und jedes Gesundheitszustands hausten. Eine höchst unangenehmen Situation, und Williams, jung, nervlich zermürbt und leicht zu beeindrucken wie er war, konnte nicht verhindern, dass sie seine Gedanken und Vorstellungen zunehmend beherrschte.

„Wenn ich plötzlich krank werden sollte", sagte er zu dem Senator, seinem einzigen wirklichen Freund in der Stadt, „und dich zu mir kommen lasse, dann suche sorgfältig nach einem Kratzer auf meiner Haut. Und erzähle auch Dowling und dem Arzt die Geschichte."

„Denkst du wirklich, Hensig zieht los, mit einem Fläschchen voll Krankheitskeimen in seiner Westentasche", lachte der Reporter. „Und sucht nach einer Gelegenheit, dich mit einer Nadel zu kratzen?"

„Ungefähr auf diese Weise, da bin ich mir sicher."

„Es könnte sowieso nie bewiesen werden. Er würde den Beweis doch nicht bis zu seiner Verhaftung in der Tasche behalten, oder?"

Während der nächsten beiden Wochen traf Williams zweimal zufällig auf Hensig. Das erste Mal direkt vor der Tür seiner Pension - der *neuen* Pension." Hensig hatte schon einen Fuß auf der Treppe, als wolle er hinauf gehen, drehte sich aber blitzschnell um und ging die Straße hinunter. Das war um acht Uhr abends geschehen und das Licht der Flurlampe war durch die offene Tür auf sein Gesicht gefallen.

Das zweite Mal war nicht so offensichtlich: Williams bearbeitete einen Fall im Gericht. Es ging um einen verdächtigen Sterbefall mit einer Frau als Hauptangeklagter, und er dachte, er hätte das weiße Gesicht des Doktors bemerkt, der ihn aus dem Zuschauerbereich heraus beobachtete. Aber als er noch einmal hinsah, war das Gesicht verschwunden, und auch später konnte er in der Lobby und auf dem Gang keinerlei Anzeichen für die Anwesenheit des Doktors feststellen.

Am selben Tag traf er Dowling im Gerichtsgebäude. Er war befördert worden und durfte nun Zivilkleidung tragen. Der Detektiv zog ihn mit sich in eine Ecke und das Gespräch drehte sich sofort um den Deutschen.

„Wir überwachen ihn“, sagte er. „Nichts was du jetzt schon verwenden könntest, aber er hat wieder seinen Namen geändert und behält keine Adresse länger als ein oder zwei Wochen. Ich schätze, dass es auf jeden Fall Brunner ist, der Kerl, den sie in Berlin haben wollen. Wenn's je einen Satansbraten gegeben hat, dann ist er es.“

Dowling freute sich wie ein Schuljunge, mit so einem vielversprechenden Fall befasst zu sein.

„Was genau macht er im Moment?“ fragte Williams.

„Ziemlich üble Sachen“, sagte der Detektiv. „Kann dir aber noch nichts darüber sagen. Er nennt sich jetzt Schmidt und lässt den 'Doktor' weg. Wir können ihn jederzeit Hopps nehmen. Warten nur noch auf Anweisungen aus Berlin.“

Williams erzählte ihm sein Abenteuer mit dem Senator und dem Mantel und dass er befürchtete,

Hensig warte nur auf eine passende Gelegenheit, ihn allein zu erwischen.

„Das ist mal todsicher“, sagte Dowling und fuhr etwas leichtsinnig fort: „Ich denke wir müssen ihm irgendwie ein Verfahren anhängen - nur um ihn aus dem Weg zu schaffen. Es ist zu gefährlich ihn frei herumlaufen und jagen zu lassen.“

IV

Manchmal tritt die Angst so leise und schleichend an uns heran, dass die Prozesse mit denen sie in unserer Seele zur Besessenheit heranwächst, zu heimtückisch sind, um erkannt, noch weniger bekämpft zu werden. So lange, bis sie ihr Ziel erreicht haben und ihr Opfer nicht mehr die Kraft besitzt, etwas dagegen zu unternehmen. Mittlerweile fühlte sich der Reporter, der wieder seinen Exzessen verfallen war, so kraftlos, dass er nicht wusste, was er tun würde, sollte er Hensig plötzlich von Angesicht zu Angesicht gegenüber stehen. Vielleicht würde er seinen Peiniger in einem wilden Ausbruch angreifen, vielleicht würde er aber auch nicht die Kraft finden irgendetwas zu tun und sich einfach ausliefern, wie ein Vogel vor dem Blick der Schlange.

Er musste ständig an den Moment denken, an dem sie sich treffen würden, und was dann geschehen konnte. Denn es war genauso sicher, dass sie sich irgendwann treffen, und dass Hensig versuchen würde, ihn zu töten - wie er an seinem nächsten Geburtstag fünfundzwanzig Jahre alt werden würde. Er wusste, er konnte das Treffen nur vor sich her schieben, nicht verhindern; und ein erneuter Umzug in eine andere Pension, oder gleich in eine andere Stadt, würde die endgültige Abrechnung zwischen ihnen nur verzögern. Sie war unvermeidlich.

Bei den New Yorker Zeitungen haben die Reporter von sieben Tagen jeweils einen frei. Bei Williams war das der Montag und er freute sich jedes Mal, wenn es soweit war. Sonntag war besonders anstrengend für ihn, denn zusätzlich zu den unerquicklichen Jobs, die dieser Tag mit sich brachte - zum Beispiel private Interviews mit Leuten, die mies gelaunt waren, weil man sie an ihrem Ruhetag behelligte - hatte er den Auftrag über eine schwerverständliche Predigt in der Brooklyn Church zu berichten. Da er nur anderthalb Spalten zur Verfügung hatte musste er beim Stenographieren natürlich kürzen, und der Prediger redete so schnell und in so verschachtelten Sätzen, dass seine Mitschrift gerade so eben die Anforderungen erfüllte. Es war üblicherweise kurz nach halb zehn, wenn er die Kirche verließ und dann musste er das Ganze noch im Büro und unter Zeitdruck transkribieren.

An dem Sonntag, nachdem er das Gesicht seines Peinigers im Gerichtssaal gesehen hatte, war er damit beschäftigt, die eher ermüdenden Passagen der Predigt zu straffen. Er saß an einem Tischchen direkt unter der Kanzel, als er während einer kurzen Pause den Blick hob und über die Gemeinde und die Menge auf den Galerien streifen ließ. Nichts lag seinem beschäftigten Geist in diesem Moment ferner als der Doktor aus Amityville, und es war ein solcher Schock, unter den Zuhörern in der ersten Reihe dessen unverwandtem Starren zu begegnen, welches ihn mit teuflischem Lächeln beobachtete, dass ihn für einen Moment die Sinne verließen. Der nächste Satz des

Predigers entging ihm komplett, und als er den Text später im Büro transkribierte, fand er den kurzen Rest der Predigt völlig unlesbar.

Es war schon nach ein Uhr morgens, als er endlich fertig war, und er fühlte sich ziemlich erschöpft und zittrig, als er sich auf den Heimweg machte. In dem rund um die Uhr geöffneten Drugstore an der Ecke ließ er sich daher zu einigen Whiskys mehr als üblich hinreißen und plauderte mit dem Mann, der im Hinterzimmer bediente und den Wenigen, die das Passwort wussten, den Schnaps servierte - denn der Laden besaß keinerlei Lizenz.

Der wahre Grund für seinen Aufenthalt hier war im ziemlich klar: Er fürchtete sich vor dem Heimweg durch die dunklen, leeren Straßen. Die Unterstadt von New York war nach zweiundzwanzig Uhr praktisch wie ausgestorben: Es gab keine Wohngegenden, keine Theater, keine Cafés, nur ein paar wenige Reisende von den späten Fähren teilten sie sich mit den Reportern, ein paar versprengten Polizisten und den allgegenwärtigen Nichtsnutzen, die vor den Kneipentüren herumlungerten.

Die Zeitungswelt der Park Row sprühte natürlich von Licht und Leben, aber wenn man diese schmale Zone verließ, umfing einen die Nacht mit tiefer Dunkelheit.

Williams dachte daran, drei Dollar für ein Taxi auszugeben, ließ den Gedanken aber fallen, weil er es für Verschwendung hielt. Galusha Owens kam herein, leider zu betrunken, als dass er als Begleiter zu gebrauchen gewesen wäre. Obendrein wohnte er in Harlem, meilenweit jenseits der 19th Street, in die Williams musste. Er nahm noch einen Rye Whisky -

seinen vierten - und blickte vorsichtig durch das getönte Fenster auf die Straße. Niemand war zu sehen. Dann spürte er, wie er die Nerven verlor, sprang auf, stürzte mit fliegenden Schritten hinaus und rannte voll in einen Mann der plötzlich aus dem Pflaster gewachsen zu sein schien.

Er stieß einen Schrei aus und hob die Faust um zuzuschlagen.

„Warum so eilig?", lachte eine vertraute Stimme. „Ist der Prinz von Wales gestorben?" Es war der Senator, kein anderer hätte ihm jetzt willkommener sein können.

„Komm rein und lass uns noch einen nehmen", sagte Williams. „Dann gehen wir zusammen nach Hause." Er war heilfroh, ihn zu sehen, denn ihre Wohnungen lagen nur ein paar Straßen voneinander entfernt.

„Er wird sich doch nicht eine ganze lange Predigt antun, nur für das Vergnügen, dich zu beobachten", bemerkte der Senator, nachdem er sich den aufgeregten Bericht seines Freundes angehört hatte.

„Dieser Mann wird jede Mühe der Welt auf sich nehmen, um sein Ziel zu erreichen", sagte Williams mit Überzeugung. „Er erforscht alle meine Bewegungen und Gewohnheiten. Er verlässt sich nicht auf den Zufall, wenn es um Leben und Tod geht. Ich wette, er ist auch im Augenblick ganz in der Nähe."

„Oh Mann", rief der Senator mit einem ziemlich gezwungenen Lachen. „Du machst dich echt verrückt mit deinem Hensig und dem Tod. Nimm noch einen Rye."

Sie tranken aus und verließen zusammen den Laden; durchquerten den City Hall Park in Richtung

Broadway und wandten sich dann nach Norden. Sie kreuzten die Canal und die Grand Street, beide verlassen und spärlich beleuchtet. Nur ein paar Betrunkene begegneten ihnen. Hier und da stand ein Polizist an einer Ecke, natürlich immer dicht neben der Seitentür eine Kneipe, erkannte den ein oder anderen und wünschte ihnen Gute Nacht. Aber sonst trafen sie auf niemanden. Sie schienen diesen Teil von Manhattan Island ganz für sich allein zu haben.

Die Gegenwart des Senators - immer gut gelaunt und freundlich - der dicht neben ihm ging, die Wirkung eines halben Dutzends Whiskys, und der Anblick der Gesetzeshüter - all das hob die Stimmung des Reporters wieder ein wenig Als sie die heller erleuchtete und belebtere 14th Street erreichten und den Union Square gerade gegenüber liegen sahen, ganz nahe an seiner eigenen Straße, fühlte er wieder so viel Courage, dass er keine Bedenken hatte, das letzte Stück allein zu gehen.

„Gute Nacht!", krähte der Senator fröhlich. „Komm gut heim. Ich muss jetzt hier lang." Er zögerte einen Moment, bevor er weiterging und fügte hinzu: „Du bist doch OK - oder?"

„Vielleicht kriegst du doppeltes Honorar für eine Exklusivmeldung, wenn du mitkommst und siehst, wie ich überfallen werde", erwiderte Williams, lachte laut und blieb stehen, bis sein Freund außer Sicht war.

Doch als der Senator verschwunden war, erstarb sein Lachen. Allein ging er weiter und überquerte den Platz zwischen den Bäumen. Er ging sehr schnell.

Ein- oder zweimal drehte er sich um und schaute, ob jemand ihn verfolgte. Sein Blick wanderte forschend über die Bewohner der Parkbänke, obdachlose Penner, die hier eine Übernachtungsmöglichkeit fanden. Aber ihm fiel nichts auf, das ihm Anlass zur Besorgnis gegeben hätte, und in ein paar Minuten wäre er im Schlafzimmer seiner kleinen Wohnung in Sicherheit. Gegenüber sah er die Lichter von Burbacher's Saloon, wo angesehene Deutsche zu jeder Tages- und Nachtzeit saßen, Rheinwein tranken und Schach spielten. Er überlegte, ob er nicht hineingehen und einen Absacker nehmen sollte, zögerte einen Moment und ging schließlich weiter. Als er jedoch das Ende des Platzes erreichte und in die dunkle Mündung der East 18th Street blickte, entschied er sich doch, zurück zu gehen und noch einen Drink zu nehmen. Einen Augenblick blieb er schwankend auf dem Randstein stehen, dann drehte er sich um. Sein Wille leistete sich in letzter Zeit öfter solche Aussetzer.

Erst auf dem Weg zurück erkannte er, warum er in Wahrheit umgekehrt war: Er mied den dunklen Schlund der Straße, weil er sich vor etwas fürchtete, das sich vielleicht in ihren Schatten verbarg. Ganz plötzlich dämmerte ihm diese Erkenntnis. Hätte es an der Straßenecke eine Lampe gegeben, wäre er niemals umgekehrt. Während ihm dies durch den vom Schnaps benebelten Kopf ging, bemerkte er, dass die Gestalt eines Mannes aus der Dunkelheit trat, die er gerade gemieden hatte und ihm die Straße hinunter folgte. Der Mann drückte sich eng an die Häuser, nutzte den Schutz jedes Schattens und jedes Geländers, um sich ungesehen zu bewegen.

Aber als Williams den hell erleuchteten Teil des Gehsteigs gegenüber der Weinstube erreichte, wusste er, dass der Mann, der wohl einen kleinen lautlosen Spurt eingelegt hatte, dicht hinter ihm war. Er drehte sich um und sah einen schlanken Mann mit dunklen Haaren und blauen Augen und erkannte ihn augenblicklich.

„Es ist recht spät, nach Hause zu gehen", sagte der Mann. „Ich dachte, ich hätte meinen Reporter-Freund vom *Vulture* erkannt." Das waren seine tatsächlichen Worte, und der Tonfall war freundlich gemeint, aber für Williams hörte es sich an, als habe eine eisige Stimme gesagt: „Endlich habe ich dich erwischt. Du bist kurz vor einem Nervenzusammenbruch und völlig erschöpft. Ich kann mit dir machen, was ich will." Denn das Gesicht und die Stimme waren die seines Peinigers Hensig, und das dunkel gefärbte Haar trug nur dazu bei, die Merkmale des Mannes grotesk zu unterstreichen, und im Kontrast dazu seine Haut noch blasser wirken zu lassen.

Sein erster Instinkt war es, sich umzudrehen und davon zu rennen, der zweite, auf den Mann los zu gehen und ihn niederzuschlagen. Ein Grauen, schrecklicher als der Tod packte ihn. Eine Pistole an seiner Schläfe oder ein geschwungener Knüppel hätten ihm wenig ausgemacht; aber diese verhasste Kreatur, hager, schlaff und weißgesichtig, mit ihrer schrecklich angedeuteten Grausamkeit, erschütterte ihn buchstäblich so, dass ihm nichts Vernünftiges einfiel, was er hätte tun oder sagen können.

Hensigs genaue Kenntnis seiner Bewegungen verstärkten noch seine Qual, wie er in der Nacht auf ihn gewartet hatte, als er müde und von seinen Ausschweifungen beduselt war. In diesem Moment durchlebte er all Gefühle eines Kriminellen kurz vor seiner Hinrichtung: Die Ausbrüche hysterischen Schreckens, die Unfähigkeit, die eigene Situation zu erkennen und geordnet zu denken und die schreckliche Hilflosigkeit.

Schließlich hörte der Reporter seine eigene Stimme, in mattem, unnatürlichem Tonfall, begleitet von einem halbverschluckten, gezwungenen Lachen; hörte, wie er die stets parate Formel stammelte: „Ich wollte noch etwas trinken, bevor ich schlafen gehe. Möchten Sie mir Gesellschaft leisten?“

Später erkannte er, dass ihm diese Einladung von dem einzigen klaren Gedanken eingegeben worden war, den er in seinem Kopf finden konnte - dem Gedanken, dass er, was immer er tat oder sagte, Hensig auch nicht für einen Moment erkennen lassen durfte, wie er sich fürchtete und was für ein hilfloses Opfer er war.

Seite an Seite gingen sie die Straße hinunter, denn Hensig hatte dem Vorschlag zugestimmt und Williams fühlte sich bereits etwas betäubt durch den starken, beharrlichen Willen seines Begleiters. Seine Gedanken schienen irgendwo außerhalb seines Gehirns herumzuflattern, wild zerstreut und unkontrollierbar. Er wusste nichts weiter zu sagen und hätte auch nur die kleinste Ablenkung ihm die Gelegenheit geboten, so hätte er sich umgedreht und wäre durch die verlassene Straße um sein Leben gerannt.

„Ein Glas Lager werde ich mit Ihnen trinken“, hörte er den Deutschen sagen. „Sie kennen mich, trotz ...“, fuhr er fort und machte eine Geste in Richtung seiner gefärbten Haare und des Schnurrbarts. „Wenn Sie möchten, gebe ich Ihnen auch das Interview um das Sie mich gebeten haben."

Der Reporter willigte matt ein, ohne eine angemessene Antwort zu finden. Er wandte sich hilflos um und blickte Hensig ins Gesicht, irgendwie mit den Gefühlen die ein Vogel fühlen mochte, wenn er geradewegs zwischen die Kiefer eines Reptils flattert, das ihn hypnotisiert hat. Die Angst von Wochen senkte sich auf ihn herab und drang in sein Herz. Natürlich eine Art hypnotischer Effekt - dämmerte es ihm durch seinen Alkoholnebel - der kulminierende Effekt einer boshaften, unbarmherzigen Persönlichkeit auf jemanden, der krank und darum besonders empfänglich war. Und während der den Vorschlag machte und hörte, wie der Andere zustimmte, wusste er sehr gut, dass er damit einem Plan folgte, den der Doktor selbst vorbereitet hatte, ein Plan, der in einem Übergriff auf seine Person enden würde. Vielleicht ein rein technischer Übergriff, eine schlichte Berührung - und doch einer, der zugleich ein Mordversuch wäre. Der Alkohol sang in seinen Ohren. Er fühlte sich merkwürdig kraftlos. Stetig schritt er dem Untergang entgegen, Seite an Seite mit seinem Henker.

Jeder Versuch, die Situation psychologisch zu analysieren, lag weit jenseits seiner Möglichkeiten. Aber inmitten des Wirbels aus Emotionen und der Erregung durch den Whisky, erkannte er undeutlich die Wichtigkeit von *zwei wesentlichen* Dingen.

Das erste war, obwohl er jetzt verwirrt und außer sich war, doch irgendwann ein Moment kommen würde, in der er genug Kraft und Willen fand, eine äußerste Anstrengung zur Flucht zu unternehmen, und dass es darum klüger war, zunächst kein Atom seiner Willenskraft auf halbherzige Aktionen zu verschwenden. Er würde „toter Hund“ spielen. Die Furcht, die ihn jetzt lähmte, würde sich ansammeln bis zum Punkt der Sättigung - und das wäre der Moment, loszuschlagen und sein Leben zu retten. So, wie auch ein Feigling in einen Zustand geraten konnte, plötzlich eine Art wahnsinnigen Heldenmut zu entwickeln, den ein normaler, tapfere Mann niemals erreichen konnte. Ein Opfer der Furcht, in einem schwankenden Gleichgewicht zwischen Einbildung und physischer Kraft, kann ein Stadium erreichen, wo die Furcht von ihm abfällt, weil die Überreizung durch ihre ständige Anwesenheit es für ihre Auswirkungen abgestumpft hat Dies ist der Punkt der Sättigung. Er kann dann plötzlich völlig ruhig werden und eine Urteilsfähigkeit und Sicherheit zeigen, die das Vorgehen des Angreifers zumindest verwirren können. Dies geschieht so natürlich, wie das Schwingen eines Pendels, es folgt dem Gesetz von Aktion und Reaktion

Benebelt, vielleicht angetrunken, war sich Williams dieser verborgenen Kraft in seinem Inneren, verborgen unter einer Schicht geringerer Gefühle, bewusst, und dass er sie, wenn er ausreichend verängstigt war, sie an die Oberfläche bringen und in Aktion umsetzen konnte.

Als Konsequenz dieser Ahnung seines nüchternen unterbewussten Ichs, hatte er keinem der Vorschläge seines Peinigers widersprochen und sich instinktiv dazu entschlossen, auch allen weiteren zuzustimmen. So würde er kein Quäntchen der Kraft verschwenden die er letztendlich aufbringen musste. Und im gleichen Gedanken fühlte er instinktiv, dass seine völlige Schwäche den Gegner vielleicht sogar ein wenig täuschen, und die Chance zu entkommen verbessern konnte, wenn der richtige Moment gekommen war.

Das Williams sich diese psychologischen Vorgänge „vorstellen“ konnte - obwohl völlig außerstande, sie zu analysieren, zeigte, dass er bei entsprechender Gelegenheit durchaus fähig war, sie zu benutzen. Sein unterbewusstes Ich, aufgewühlt durch den Alkohol und die ständige Furcht, leitete ihn und würde ihn weiter leiten, so lange er sein beduseltes normales Ich in den Hintergrund schob und nicht versuchte sich einzumischen.

Die zweite wichtige Sache, die er begriff - noch mehr als die erste aufgrund gefühlsmäßiger Intuition - war, dass er noch weiter trinken und dabei seine Kraft und sein Denkvermögen steigern konnte. Doch nur bis zu einem gewissen Punkt. Danach kam die Bewusstlosigkeit; ein einziger Schluck zu viel und er würde die Grenzte überschreiten - eine sehr schmale Grenze. Es war als wüsste er intuitiv, dass das „trunkene Bewusstsein“ dem „mystischen Bewusstsein“ ähnelt. Im Moment war er nur benebelt und verängstigt, aber zusätzliche Anregung würde dies Gefühle unterdrücken, seinen Mut freisetzen, seine Urteilskraft schärfen und seine Leistungsfähigkeit über das Normale hinaus steigern. Er musste nur rechtzeitig aufhören.

Soweit er es überblicken konnte, hing seine Chance zu entkommen von diesen beiden Dingen ab: Er musste trinken um Selbstsicherheit zu gewinnen und den Zustand zu erreichen in dem ihm die

Betrunkenheit die nötige geistige Klarheit verlieh. Und er musste warten, bis Hensig ihn so mit Angst erfüllt hatte, dass er nicht mehr länger darauf reagierte. Das wäre der Moment um loszuschlagen, wenn sein Wille sich befreit und sein Verstand sich geschärft hatte.

Dies waren die beiden Dinge, die klar hinter Tumult aus Alkohol und Furcht standen.

So ging er, obwohl kraftlos und in ziemlich banger Stimmung, Seite an Seite mit dem Mann, der ihn hasste und umbringen wollte die Straße hinunter. Er hatte keine andere Absicht, als allem zuzustimmen und zu warten. Jede Anstrengung die er jetzt unternahm konnte nur mit einem Fehlschlag enden.

Sie sprachen ein wenig miteinander während sie gingen. Der Deutsche plauderte sehr ruhig, als sei er lediglich ein guter Bekannter, aber in seinem Verhalten zeigte er wie sicher er war, dass sein Opfer ihm nicht entrinnen konnte, und dass dessen Anstrengungen ihn lediglich amüsieren mussten. Er lachte sogar über sein gefärbtes Haar und erklärte, er habe es einer Dame zum Gefallen getan, die ihm gesagt habe, es würde ihn jünger aussehen lassen. Williams wusste, dass das gelogen war und dass wohl eher die Polizei als eine Frau der Grund für diese Veränderung war. Doch auch die Eitelkeit des Mannes war hinter dieser Erklärung zu erkennen und gewährte einen interessanten Einblick in seinen Charakter.

Er war dagegen zu Burbacher's zu gehen und erklärte, dass Burbacher kein Bestechungsgeld an die Polizei bezahlte und man damit rechnen müsse, dass sie eine Razzia bei ihm veranstalteten, weil er sich nicht an die Sperrstunde hielt.

„Ich kenne ein hübsches stilles Plätzchen auf der 3rd Avenue. Da gehen wir hin", sagte er.

Williams, auf wackeligen Beinen und innerlich bebend, zaghaft nach einem Ausweg suchend, folgte ihm in eine Seitenstraße. Er dachte an die Männer, die er gesehen hatte, wenn sie in Sing Sing den kurzen Gang von der Zelle bis zum *Stuhl* hinunter gingen, und fragte sich, ob sie wohl das gleiche gefühlt hatten, wie er jetzt. Es war, als ginge er zu seiner eigenen Hinrichtung.

„Ich habe eine neue Entdeckung auf dem Gebiet der Bakteriologie, der Krankheitserreger gemacht", fuhr der Doktor fort. „Sie wird mich sehr berühmt machen, denn sie ist sehr wichtig. Ich erzähle Sie Ihnen exklusiv für den *Vulture* - weil Sie mein Freund sind."

Dann begann er fachlich zu reden und der Verstand des Reporters verlor sich zwischen Begriffen wie „Toxine", „Alkaloide" und einer Menge anderer. Aber er begriff deutlich genug, dass Hensig mit ihm spielte und sich seines Opfers absolut sicher war. Wenn er taumelte - und das tat er mehr als einmal - fasste der Doktor ihn am Arm um ihn zu stützen. Williams musste sich zusammenreißen, um unter der widerwärtigen Berührung nicht loszuschreien und blindlings um sich zu schlagen.

Sie bogen in die 3rd Avenue ein und hielten vor dem Seiteneingang einer billigen Kneipe. Williams erkannte den Namen Schumacher über dem Vordach, aber drinnen brannte kein Licht, mit Ausnahme eines schwachen Schimmers, der durch das Oberlicht drang. Ein Mann streckte vorsichtig den Kopf durch die halb offene Tür und ließ sie nach einem kurzen prüfenden Blick ein - nicht ohne die geflüsterte Anweisung, leise zu sein. Es war die übliche Formel eines Tammany-Schankwirts, der der Polizei jeden Monat soundso viel bezahlte, damit er die ganze Nacht geöffnet haben durfte, so lange es keinen Krach durch Schlägereien gab. Es war jetzt schon ein ganzes Stück nach ein Uhr und die Straßen menschenleer.

Williams fühlte sich recht heimisch an einem Platz wie diesem, andernfalls hätte die unheimliche Atmosphäre einer solchen Schnapsbude nach der Sperrstunde, ihre Dunkelheit und das verdächtige Ambiente ihn noch zusätzlich geängstigt. Ein Dutzend Männer mit üblen Gesichtern stand an der Bar, wo eine einzelne Lampe gerade genug Licht spendete, dass sie ihre Gläser erkennen konnten. Der Barkeeper warf Hensig einen kurzen Blick des Wiedererkennens zu als sie über den sandbestreuten Boden gingen.

„Kommen Sie", sagte der Deutsche. „Wir gehen ins Hinterzimmer. Ich kenne das Passwort." Er lachte und ging voran.

Sie gingen zum Ende der Bar und öffneten die Tür zu einem schummrig beleuchteten Raum, mit einem Dutzend Tische darin. An den meisten saßen Männer und tranken mit dick geschminkten Frauen, redeten laut, zankten und sangen. Dicker Tabakrauch hing in der Luft. Niemand nahm Notiz von ihnen, als sie den Raum durchquerten, bis zu einem Tisch in der hintersten Ecke - Hensig hatte ihn ausgewählt.

Der Kellner kam, fragte „Was nehmen die Herren?" und kam einen Moment später mit dem Rye Whisky zurück, den sie beide bestellt hatten.

Williams kippte seinen hinunter, ohne den üblichen „Chaser“ aus Sodawasser, und bestellte sofort einen weiteren.

„Isch scheußlich verwässert“, sagte er heiser zu seinem Begleiter. „Und ich bin müde.“

„Kokain würde Ihnen unter diesen Umständen vielleicht schneller helfen“, erwiderte der Deutsche mit belustigter Miene. Gütiger Gott! gab es denn überhaupt nichts, was dieser Mann nicht über ihn herausgefunden hatte? Er musste ihn seit Tagen beschattet haben, denn es war mindestens eine Woche her, dass Williams in dem Laden auf der 1st Avenue gewesen war um sich die verdammte Flasche nachfüllen zu lassen.

War er ihm jede Nacht auf den Fersen gewesen, wenn er das Büro verließ und nach Hause ging? Der Gedanke an eine solch unerbittliche Hartnäckigkeit ließ ihn erschauern.

„Wenn Sie müde sind, lassen Sie uns das rasch fertigstellen“, fuhr der Doktor fort. „Und morgen können Sie mir Ihren Bericht zur Korrektur vorlegen, falls sie irgendwelche Fehler gemacht haben sollten. Ich gebe Ihnen die Adresse bevor wir gehen.“

Sein hässlicher Akzent kam immer stärker durch und verriet seine wachsende Erregung. Williams trank seinen Whisky, wieder ohne Wasser, und bestellte noch einen. Er stieß mit dem Mörder gegenüber an und kippte die Hälfte dieses letzten Glases ebenfalls, während Hensig kaum an seinem nippte und ihn und seine Vorstellung unverwandt mit seinen bösen Augen anschaute.

„Ich kann stenographieren“, begann der Reporter, und versuchte sich entspannt zu geben.

„Ach, ich weiß - natürlich.“

Hinter dem Tisch hing ein Spiegel und er warf einen raschen Blick in den Raum, während der Andere in seiner Tasche nach den Papieren suchte, die er mitgebracht hatte. Williams achtete auf jede seiner Bewegungen, verschaffte sich aber gleichzeitig einen Eindruck von den Leuten an den übrigen Tischen. Degenerierte, versoffene Gesichter, fast ohne Ausnahme, und nicht einer, den er mit Aussicht auf Erfolg um Hilfe hätte bitten können. Es versetzte ihm einen weiteren Schock, dass er diese mehr oder weniger bestialischen Gesichter um ihn herum dem intellektuellen, asketischen Gesicht seines Gegenübers vorzog. Zumindest waren sie menschlich, während er *irgendetwas* war - außer blass. Seine Bevorzugung dieser Kreaturen, die er sonst als widerlich empfunden hätte, ließ ihn die Persönlichkeit des Doktors noch deutlicher erkennen. Er schüttete seinen Drink hinunter und bestellte einen weiteren.

Mittlerweile begann der Alkohol ihn aus der Benommenheit und dem üblen Zustand herauszuholen, in den ihn die ersten Schlucke und die aufgestaute Angst versetzt hatten. Sein Denken wurde ein wenig klarer. Er spürte sogar ein schwaches Aufkeimen seiner Willenskraft. Unter normalen Umständen hätte er genug getrunken gehabt, um zu torkeln, aber heute Nacht unterdrückte seine Angst die Wirkung des Alkohols und machte ihn überraschend standfest. Vorausgesetzt er überschritt nicht die bewusste Grenze, konnte er weiter trinken, bis er den Moment seiner größten Stärke erreichte und all seine Kräfte zu einer geschickt vorbereiteten, perfekten Flucht vereinigen konnte. Wenn er diesen psychologischen Moment verpasste, würde er zusammenbrechen.

Ein plötzliches Krachen ließ ihn aufschrecken. Es kam von der Wand hinter ihm. Im Spiegel sah er, dass ein sinnlos betrunkener Mann mittleren Alters das Gleichgewicht verloren hatte und vom Stuhl gefallen war. Zwei Frauen taten so, als wollten sie ihm helfen, tatsächlich aber filzten sie sehr geschickt seine Taschen während er auf dem Boden lag. Ein großer Mann, der die ganze Zeit in einer Ecke geschlafen hatte, hörte auf zu schnarchen, wachte auf, schaute sich um und lachte. Aber niemand mischte sich ein. In einer Umgebung und Gesellschaft wie dieser musste ein Mann auf sich selbst aufpassen - oder die Konsequenzen tragen. Der große Mann nippte kurz an seinem Glas und schob sich zurecht um weiter zu schlafen; und der Lärm im Raum setzte sich fort.

Ein typischer Fall von KO-Tropfen im Whisky. Wahrscheinlich von den Frauen und nicht vom Saloon-Keeper hineingegeben. Williams dachte daran, dass er nichts Derartiges zu befürchten hatte. Hensigs Methode würde viel schlauer und subtiler sein - *Keime*! Ein Kratzer mit der Nadel und ein Keim!

„Ich habe hier einige Notizen über meine Entdeckung“, fuhr er fort, während er vielsagend über die Unterbrechung lächelte und einige Papiere aus der Innentasche seines Mantels nahm. „Sie sind jedoch auf Deutsch geschrieben, daher werde ich sie für Sie übersetzen. Haben Sie Papier und Bleistift?“

Der Reporter zog das Bündel Kopierpapier hervor, das er immer bei sich trug und machte sich bereit, mitzuschreiben. Das Rattern der Hochbahnzüge und die lautstarken Unterhaltungen der Betrunkenen bildeten den Hintergrund vor dem die stählerne, eindringliche Stimme des Doktors unablässig fortfuhr mit ihren Übersetzungen und Erklärungen.

Von Zeit zu Zeit verließen Gäste den Raum, andere schwankten herein. Wenn das Geschrei eines beginnenden Streits und das Klirren zerberstender Gläser zu laut wurden, wartete Hensig, bis es wieder nachließ. Scharf beobachtete er jeden neuen Ankömmling. Mittlerweile waren es sehr wenige, denn die Nacht war in den frühen Morgen übergegangen und die Gaststube leerte sich nach und nach. Der Kellner döste auf seinem Stuhl neben der Tür und der große Mann schnarchte immer noch in seinem Winkel zwischen Wand und Fenster. Wenn er der letzte Gast war würde der Wirt sicher schließen. Er hatte sicher seit einer Stunde keinen Drink mehr bestellt. Williams hingegen trank stetig weiter, zielstrebig auf den Punkt zu, an dem er den Höhepunkt seiner Kraft erreichte, seines Selbstbewusstseins und seiner Willensstärke. Dieser Moment kam ohne Zweifel immer näher - aber auch der Moment, auf den Hensig wartete. Auch er war sich absolut sicher. Ermunterte seinen Begleiter weiter zu trinken und beobachtete seinen allmählichen Zusammenbruch mit unverhüllter Zufriedenheit. Er zeigte seine hämische Freude ganz offen: Er hatte sein Opfer zu sicher in seiner Gewalt um sich noch Sorgen zu machen. Wenn der große Mann hinaus wankte, würden sie für eine kurze Minute oder zwei unbeobachtet sein - und bis dahin gestattete er es sich vielleicht, ein bisschen zu sorglos zu werden. Williams bemerkte das auch.

Sein Wille begann sich langsam durchzusetzen, und mit dieser Steigerung seines Denkvermögens wurde ihm auch seine erbärmliche Lage immer bewusster, was zur Folge hatte, dass er *mehr Angst bekam*. Die beiden wichtigsten Dinge auf die er gewartet hatte, waren nun beinahe erreicht: Der Sättigungspunkt seines Schreckens und die maximale Wirkung des Alkohols. Und dann - losschlagen und entkommen!

Während er zuhörte und schrieb glitt er nach und nach vom Zustand dumpfen, negativen Schreckens in ein Stadium aktiven und nützlichen Schreckens. Der Alkohol erregte heiß die Zentren seiner Vorstellungskraft, welche, einmal aufgeweckt, sich zu entfalten begannen. Mit anderen Worten: Er wurde immer wachsamer, vorsichtiger und umsichtiger. Seine Kraft wuchs rasch. Seine geistige Klarheit steigerte sich, bis er fast sicher war, zu wissen, was im Kopf des Anderen vorging. Es war, als sitze er vor einer Uhr, deren Zahnräder und Zeiger er klicken hören konnte. Seine Augen schienen ihre Sehkraft auf seine ganze Haut ausgedehnt zu haben; er konnte sehen was vorging, ohne überhaupt hinzuschauen. Genauso hörte er alles was im Raum geschah, ohne den Kopf danach zu drehen. Mit jedem Augenblick klärte sich sein Verstand weiter auf. Es war ein Gefühl als könne er hellsehen. Die Vorahnung, die er gehabt hatte, dass dieser Zustand kommen würde, hatte sich tatsächlich erfüllt.

Hin und wieder nippte er an seinem Whisky, aber zurückhaltender als bisher, denn er wusste, dass diese übersteigerte geistige Schärfe der Vorbote eines hilflosen Zusammenbruchs war. Der Höhepunkt seiner Energie würde nicht länger als ein oder zwei Minuten andauern. Die Grenze war furchtbar schmal - er hatte bereits die Kontrolle über seine Finger verloren und seine Kurzschrift war ein Gekrakel, das mit dem System ihres Erfinders nicht mehr die geringste Ähnlichkeit hatte.

Während das weiße Licht seines abnormen Wahrnehmungsvermögens heller und heller strahlte, erkannte er den Schrecken seiner Lage immer deutlicher. Er wusste, dass er mit einem seelenlosen und boshaften Wesen um sein Leben kämpfte, das dem Teufel in nichts nachstand.

Das Gefühl der Angst steigerte sich nun mit jeder Minute. Gleich würde sich die Kraft der *Wahrnehmung* in *Handlung* umwandeln. Er würde den Schlag zur Rettung seines Lebens führen, wie auch immer dieser Schlag aussehen mochte.

Er war bereits Herr genug über sich selbst, um agieren zu könne, agieren im Sinne von täuschen. Er verstärkte sein ungelenkes Gekritzel und das betrunkene Lallen und gab sich allgemein den Anschein als sei er kurz vor dem Zusammenbruch. Seine Fähigkeit, fast zu hören, wie der Andere dachte, zeigte ihm, dass es Erfolg hatte. Hensig ließ sich in die Irre führen. Er wurde unvorsichtiger und zeigte dies durch einen offensichtlich frohlockenden Gesichtsausdruck.

Williams Sinne waren so auf das konzentriert, was in dem furchtbaren Mann ihm gegenüber vor sich ging, dass er keinen Teil seines Hirns für die Aussagen und Erklärungen erübrigen konnte, die von dessen Lippen kamen. Er hörte oder verstand nicht ein Hundertstel von dem, was der Doktor sagte, aber er schnappte den ein oder anderen Satzfetzen auf und schaffte es, daraus die ein oder andere laienhafte Frage zu formulieren.

Hensig, den seine zunehmende Verwirrtheit offensichtlich erfreute, antwortete immer sehr ausführlich und beobachtete vergnügt das alberne Gekritzel des Reporters.

Das Ganze war natürlich reines Blendwerk. Hensig durchschaute es nicht im Geringsten. Er redete weiter sein wissenschaftliches Kauderwelsch, wohl wissend, dass diese Notizen niemals transkribiert werden würden, und dass er selbst außer Gefahr sein würde, lange bevor der Verstand seines Opfers sich wieder ausreichend geklärt hatte, um zu erkennen, dass er sich im Griff einer Krankheit befand, deren tödliches Ende kein Medikament verhindern konnte.

Williams sah und fühlte das alles mit äußerster Klarheit. Er begriff sehr gut, dass Hensig auf den richtigen Moment zu handeln wartete. Er würde keine Gewalt ausüben, sondern seinen mörderischen Plan auf so beiläufige Weise ausführen, dass sein Opfer dabei nicht den geringsten Verdacht schöpfte. Erst viel später würde er erkennen, dass man ihn vergiftet hatte und...

Horch! Was war das? Eine Veränderung?

Etwas war geschehen. Es hörte sich an wie der Klang eines Gongs, und die Angst des Reporters verdoppelte sich von einer Sekunde zur anderen. Hensigs Plan erreichte anscheinend die nächste Phase. Eigentlich war es gar kein Geräusch gewesen, aber seine Sinne schienen sich zu einem einzigen vereinigt zu haben und aus irgendeinem Grund hatte er die Veränderung als Klang wahrgenommen. Angst brandete in ihm auf, bis kurz vor dem Zusammenbruch. Aber der Moment zum Handeln war noch nicht gekommen und er konnte sich glücklicherweise durch ein anderes, entgegengesetztes Gefühl retten. Er trank sein Glas aus, schüttete die Hälfte davon mit Absicht auf seinen Mantel und brach in schallendes Gelächter aus. Vor sich sah er deutlich das Bild von Whitey Fife, wie er die Cocktailgläser auffing, die er von Steve Brodies Tisch kippte.

Das Gelächter gelang bewundernswert sorglos und betrunken, aber der Deutsche stutzte und schaute argwöhnisch. Er hatte damit nicht gerechnet, und unter den gesenkten Augenlidern beobachtete Williams eine momentane Unsicherheit auf seinen Gesichtszügen, so als fühle er sich nicht so vollkommen als Herr der Lage, wie er erwartet hatte.

„Habnur grad an Whidee Fife gedacht, wie er Steve Brodie innem Co ... cockdailglasss vonne Brooklyn Brügge runnergeschubst hat ...“, erklärte Williams mit einer Stimme, die hoffnungslos außer Kontrolle geraten war. „Sie kenn' doch Whidee Fife ... nich waa ... nadürlsch. Ha, ha, ha!“

Nichts hätte ihm nützlicher sein können, Hensig hinters Licht zu führen. Seine Miene nahm wieder den Ausdruck von Gewissheit und kalter Zielstrebigkeit an.

Der Kellner, vom Lärm geweckt regte sich unruhig auf seinem Stuhl und der große Mann in der Ecke genehmigte sich einen weiteren Schluck, bevor sein Kopf ihm wieder auf die Brust sank. Aber dann wurde es wieder still in dem leeren Raum. Der Doktor übernahm wieder seine selbstsichere Kontrolle über die Situation. Williams war jetzt offensichtlich betrunken genug, um ihm ohne Probleme ins Netz zu gehen.

Nichtsdestotrotz hatte seine Wahrnehmung den Reporter nicht getrogen. Es *hatte* eine Veränderung gegeben. Hensig war kurz davor, etwas zu unternehmen und sein Hirn schwirrte von den Vorbereitungen.

Das Opfer war kurz vor dem entscheidenden Punkt - dem Punkt wo der Schrecken seinen Willen befreien und der Alkohol seine Bedenken wegfegen würde - sah alles so klar wie in hellem Tageslicht. Kleine Dinge waren es, die ihn dem Höhepunkt entgegen führten:

Das Wissen, dass die Kneipe bald schließen würde, das Licht des grauenden Morgens, das sich durch die Türritzen und Jalousien stahl, die zunehmende Widerwärtigkeit des Gesichts, das ihm im fahlen Licht der Gaslampe entgegen leuchtete.

Uff! Wie die Luft nach abgestandenem Alkohol stank, nach Zigarrenrauch und dem billigen Parfum der Frauen. Auf dem Boden lagen vollgekritzelte Zettel verstreut, der Tisch war voller feuchter Flecken und überall lag Zigarettenasche. Seine Hände und Füße waren eiskalt und seine Augen brannten. Sein Herz wummerte dumpf wie ein Gummihammer.

Hensig sprach jetzt mit völlig veränderter Stimme. Stunden hatte er auf diesen Moment hingearbeitet. Niemand war hier, um zuzuschauen - wenn es überhaupt etwas zu sehen geben würde. Der große Mann schnarchte immer noch, und auch der Kellner war fest eingeschlafen. Im vorderen Raum herrschte Stille und hier im Hinterzimmer - der Tod.

„Nun, Mr. *Vulture* Reporter, Ich zeige Ihnen jetzt, was ich die ganze Zeit zu erklären versucht habe“, sagte er mit metallischer Stimme. Er zog leeres Blatt Kopierpapier zu sich über den Tisch, wobei er sorgfältig die feuchten Flecken vermied.

„Leihen Sie mir für einen Moment Ihren Bleistift bitte, ja?"

Williams, der weiter seinen totalen Zusammenbruch vortäuschte, ließ seinen Bleistift fallen und schob ihn schwerfällig über den Tisch, als könne er diese Bewegung geradeso noch ausführen. Mit auf die Brust gesunkenem Kopf schaute er stumpf zu. Hensig begann einige Umrisse zu zeichnen. Er drückte fest auf und lächelte dabei.

„Sehen Sie, das hier ist ein menschlicher Arm", sagte er während er rasch zeichnete. „Hier sind die Hauptnerven und hier die Arterie. Nun, meine Entdeckung, die ich Ihnen erläutert habe ist einfach ... „ Er spulte eine Unmenge bedeutungsloser wissenschaftlicher Ausdrücke ab, während der Andere absichtsvoll seine Hand entspannt auf dem Tisch ruhen ließ, wohl wissend, dass Hensig sie gleich ergreifen würde, um etwas zu veranschaulichen.

Seine Angst war so intensiv, dass er zum ersten Mal in dieser scheußlichen Nacht um ein Haar losgeschlagen hätte. Der Punkt der Sättigung war beinahe erreicht. Obwohl offensichtlich sturzbetrunken, erreichte sein Verstand nun die höchste Stufe klarer Wahrnehmung und Urteilsvermögens. Und einen Moment später - wenn Hensig seinen endgültigen Angriff startete - würde der Schrecken dem Reporter zusätzliche Energie und Willenskraft verleihen die er brauchte, um seinen entscheidenden Schlag zu führen. Er hatte nur noch keine Ahnung, wie und auf welche Weise er es tun würde, das musste der

Eingebung des Augenblicks überlassen bleiben. Er wusste nur, dass seine Energie gerade lange genug ausreichen würde sein Vorhaben auszuführen und dass er danach in sinnloser Betrunkenheit zusammenbrechen würde.

Plötzlich ließ Hensig den Bleistift fallen. Er klapperte auf den Boden und in eine entfernte Ecke des Raums, was bewies, dass er ihn mit Absicht weggeschnippt hatte und er ihm nicht bloß aus der Hand gefallen war. Er machte keine Anstalten, ihn aufzuheben.

„Ich habe noch einen", sagte er rasch, langte in seine Innentasche und zog einen langen dunklen Bleistift hervor. William sah aus seinen halb geschlossenen Augen sofort, dass der Bleistift am einen Ende scharf angespitzt war, während auf dem anderen Ende eine Kappe aus durchsichtigem, glasartigem Material steckte, die etwa ein Drittel Zoll lang war. Er hörte es klicken, als sie gegen einen Mantelknopf stieß und sah, dass Hensig mit einer raschen Bewegung seiner Finger - zu schnell um von einem betrunkenen Mann bemerkt zu werden - die Kappe abzog, so dass das Ende frei lag. Etwas blitzte für einen Moment auf, etwas wie ein Punkt aus glänzendem Metall - die Spitze einer Nadel.

„Geben Sie mir Ihre Hand für eine Minute, dann suche ich den Nerv von dem ich spreche", fuhr der Doktor mit jener stählernen Stimme fort, die kein Anzeichen von Nervosität verriet, obwohl er gerade dabei war, einen Mord zu begehen. „So kann ich Ihnen besser zeigen, was ich meine."

Ohne eine Sekunde zu zögern - denn der Augenblick, etwas zu unternehmen war noch nicht ganz gekommen - ließ sich Williams nach vorn sacken und streckte unbeholfen seinen Arm über den Tisch. Hensig ergriff die Finger und drehte die Handfläche nach oben. Mit der anderen setzte er die Spitze des Bleistifts auf das Handgelenk und begann ihn in Richtung des Ellbogens zu bewegen, wozu er den Ärmel zurück schob. Es war die Berührung des Todes. Auf der Spitze der Nadel am anderen Ende des Bleistifts wusste Williams, klebten die Keime einer tödlichen Krankheit; hochgezüchtet und von ungeheurer Wirksamkeit. Während der nächsten paar Sekunden würde der Bleistift sich drehen und die Nadel *versehentlich* sein Handgelenk kratzen um das ansteckende Gift in sein Blut zu injizieren.

Er wusste es, doch zur gleichen Zeit gelang es ihm, sich selbst wieder unter Kontrolle zu bringen. Denn er erkannte auch, dass nun endlich, gerade zur richtigen Zeit, der Augenblick tatsächlich gekommen war, auf den er all diese schrecklichen Stunden gewartet hatte. Er war bereit zu handeln.

Das kleine, scheinbar unwichtige Detail, das ihm die Extra-Dosis an Angst verabreichte, die er gebraucht hatte, um diesen Punkt zu erreichen, war die Berührung. Die Berührung von Hensigs Hand hatte den Ausschlag gegeben, hatte jeden seiner Nerven bis zum Zerreißen zittern lassen und ihn über die Grenzen des Erträglichen hinaus mit schwärzester Angst erfüllt.

Mit einem Mal gewann Williams sein Selbstkontrolle zurück und fühlte sich stocknüchtern. Der Schrecken riss die lähmenden Schranken nieder, führte in an den Punkt, wo Abgestumpftheit das Übermaß besiegt und das Gehirn keine Gefühle mehr aufnehmen kann. Das Gefühl der Angst war erstorben und er war bereit mit aller Kraft seines Seins zu handeln - einer Kraft, die, lange unterdrückt, sich umso stärker entfaltete.

Er würde auch keinen Fehler machen, denn zur gleichen Zeit erreichte der Alkohol seine stärkste Wirkung - eine Art weißes Licht erfüllte sein Bewusstsein und zeigte ihm klar, was er zu tun hatte und auf welche Weise. Er folgte blindlings dieser inneren Lenkung, deren er sich die ganze Nacht über dumpf bewusst gewesen war. Was er tat, tat er instinktiv, ohne überlegten Plan.

Er *wartete darauf, dass der Bleistift sich drehte,* so dass die Nadel auf seine Vene zeigte. Dann, wenn Hensig völlig auf seinen Mordanschlag konzentriert war, würde seine Gelegenheit kommen. Denn in diesem äußersten Moment würde sich das Gehirn des Deutschen nur mit dieser Sache beschäftigen. Er würde nichts anderes um sich herum wahrnehmen, offen sein für einen erfolgreichen Angriff. Doch dieser Moment würde äußerstenfalls fünf Sekunden dauern.

Der Reporter hob den Blick und starrte seinem Gegner zum ersten Mal fest in die Augen, bis der Raum um ihn herum zu verschwinden schien und er nur noch die weiße Haut in ihrem eigenen Schein leuchten sah. Während er starrte, erfasste er den vollen Strom der Bosheit, des Hasses und der Rache, der ihn so lange über den Tisch hinweg überflutet hatte - erfasste ihn und hielt ihn für einen Moment, hielt ihn und lenkte ihn zurück ins Hirn des Anderen, mit all seiner ursprünglichen Kraft und verstärkt durch den Impuls seines eigenen, wiedergewonnen Willens.

Hensig spürte das und schien für einen Moment unschlüssig zu sein, überrascht durch die plötzliche Veränderung im Verhalten seines Opfers. Dann nutzte er eine kurze Ablenkung, als der große Mann in der Ecke geräuschvoll erwachte und versuchte aufzustehen. Er *drehte langsam den Bleistift*, so dass die Spitze der Nadel auf die Hand zeigte, die in der seinen lag. Der schläfrige Kellner half dem betrunkenen Mann bis zur Tür - eine weitere Ablenkung zu seinen Gunsten.

Aber Williams wusste was er tat und zitterte nicht einmal.

„Wenn diese Nadel mich ritzt", sagte er mit lauter, nüchterner Stimme, „bedeutet das - Tod."

Der Deutsche konnte seine Überraschung nicht verbergen, als er die Veränderung in Williams' Stimme hörte, aber er fühlte sich seines Opfers immer noch sicher und gierte sichtlich danach, seine Rache vollständig zu genießen. Nach einem kurzen Zögern sagte er mit gedämpfter Stimme:

„Ich glaube, Sie wollten dafür sorgen, dass ich verurteilt werde - und jetzt bestrafe ich Sie - das ist alles."

Seine Finger bewegten sich und die Spitze der Nadel senkte sich ein wenig tiefer. Williams fühlte ein fast unmerkliches Pieken auf seiner Haut - oder glaubte es zu fühlen. Der Deutsche senkte wieder den Kopf, um die Nadel exakt zu positionieren. Aber der Moment in dem er das tat, war auch der für seinen eigenen Angriff - er war endlich gekommen.

„Aber der Alkohol wird es verhindern!“, platzte er mit einem lauten und überraschenden Lachen heraus, das den Anderen völlig überrumpelte. Der Doktor hob verblüfft den Kopf. Im selben Moment drehte sich die Hand, die bisher so hilflos und schwach in der seinen gelegen hatte, blitzartig um, und bevor er begriff, was geschah, hatten sich die Positionen vertauscht. Williams hielt sein Handgelenk mit Bleistift und allem in einem eisernen Griff. Und von der anderen Hand des Reporters empfing der Deutsche einen Schlag ins Gesicht, der seine Brille zerschmetterte und ihn mit einem schmerzvollen Aufheulen nach hinten gegen die Wand schleuderte.

Es gab ein kurzes Handgemenge mit wilden Faustschlägen; Tisch und Stühle flogen zur Seite, dann bemerkte Williams, dass hinter ihm jemand einen Arm ausstreckte und etwas metallisch Glänzendes dicht an Hensigs blutendes Gesicht hielt. Ein kurzer Blick verriet ihm, dass es sich um eine Pistole handelte, und dass der Mann der sie hielt, kein anderer war als der, der anscheinend die ganze Nacht über in der Ecke geschlafen hatte. Dann erkannte er ihn plötzlich als Dowlings Kollegen, einen Polizeidetektiv.

Der Reporter stolperte zurück. Sein Bewusstsein verschwamm wieder und er konnte sich nur mühsam aufrecht halten.

„Ich habe Ihr Spiel den ganzen Abend lang beobachtet“, hörte er den Detektiv sagen, während er dem Deutschen, der keinen Widerstand leistete, Handschellen anlegte. „Wir sind schon seit Wochen auf Ihrer Spur, und ich hätte Sie festnehmen können, als sie aus der Brooklyn-Kirche kamen. Aber ich wollte sehen, was Sie vorhatten, wissen Sie? Berlin sucht Sie wegen ein paar schmutziger kleiner Tricks, aber die Anweisungen kamen erst diese Nacht. Kommen Sie jetzt mit.“

„Sie werden gar nichts bekommen“, sagte Hensig leises und wischte sich mit dem Ärmel über sein blutiges Gesicht. „Da, sehen Sie: Ich habe mich selbst gekratzt.“

Der Detektiv achtete nicht auf die Bemerkung. Er verstand wohl nicht, was gemeint war. Aber Williams folgte Hensigs Blick und bemerkte einen leicht blutenden Kratzer auf dessen Handgelenk. Dann verstand er, dass die Nadel im Handgemenge ein anderes Ziel als das beabsichtige gefunden hatte.

Von da an erinnerte er sich an nichts mehr, denn die Reaktion kam nun mit aller Macht über ihn. Die Anstrengungen dieser scheußlichen Nacht hatten ihn völlig erledigt und die unterdrückte Wirkung des Alkohols riss ihn mit sich wie eine Woge. Er sank bewusstlos zu Boden.

Die Krankheit danach war nicht mehr als „mit-den-Nerven-fertig-sein“, und in zwei Wochen hatte er sich davon erholt und nahm seine Arbeit bei der Zeitung wieder auf. Er stellte sofort Nachforschungen an und bemerkte, dass die Zeitungen von Hensigs Verhaftung kaum Notiz genommen hatten. Er fand kein interessantes Feature darüber und jetzt ergötzte sich New York bereits an neuen Schrecken.

Nur Dowling, der rührige Ire - immer auf der Suche nach der Gelegenheit, sich eine Beförderung zu verdienen - konnte ihm etwas dazu sagen.

„Leider nichts, Mr. Engländer“, sagte er bedauernd. „Leider gar nichts. Hätte 'ne mächtig gute Story werden können, aber es ist nichts davon in die Zeitungen gelangt. Dieser verdammte Deutsche Schmidt, alias Brunner, alias Hensig ist im Gefängnishospital gestorben, bevor ihn noch zu weiteren Vernehmungen vorführen ..."

„Woran ist er gestorben?", unterbrach ihn der Reporter rasch.

„Schwarzer Typhus haben sie es glaube ich genannt. Aber es ging furchtbar schnell und er war nach vier Tagen tot. Der Arzt sagte, dass er so einen Fall noch nicht erlebt hat."

„Ich bin froh, dass er nicht mehr da ist", sagte Williams.

„Naja, schon", sagte Dowlings zögernd. „Aber es war 'n sehr brauchbarer Fall. Hätte noch ein bisschen länger machen können, vielleicht hätte ich dann noch ein paar Punkte dabei sammeln können."

Hintergrund:

Max Hensig erschien zum ersten Mal 1907 in der Anthologie *The Listener and Other Stories* bei E. Nash, London, zusammen mit Klassikern wie *The Willows* und *The Listener.* 1929 nahm Blackwood den Stoff noch einmal in die Hand und entwickelte zusammen mit Frederick Kinsey Pile, ein Theaterstück daraus, das auch tatsächlich mehrfach aufgeführt wurde.

1962 wurde der Stoff als Episode der Fernsehserie *Tales of Mystery* für das britische Fernsehen verfilmt. John Laurie spielte darin die Rolle des Algernon Blackwood als Gastgeber.

Es ist eine für Blackwood eher untypische Erzählung, denn sie spielt weder in der Wildnis, noch in Spukhäusern oder anderen heimgesuchten Orten. Schauplatz sind die Häuserschluchten der Großstadt New York. Auch verwendet sie keinerlei übernatürliche Elemente. Ihre Spannung entwickelt sich allein aus der gegenseitigen Eskalation von unausweichlicher Bedrohung und ins Unerträgliche gesteigerter Angst.

Dennoch ist Blackwood auch in diesem Umfeld zu Hause und kann auf ähnlich lebenswirkliche Erfahrungen zurückgreifen, wie in seinen „Lagerfeuergeschichten".

Von 1893 an arbeitete er für 3$ die Woche als Reporter bei der Evening Sun in New York. Wie Williams bewohnte er ein Zimmer in einer schäbigen Pension auf der 19th Street, das er zeitweise nicht verlassen konnte, weil die Geldknappheit ihn dazu zwang, seine Kleider zu verpfänden. Vielleicht zum Glück für die Nachwelt, denn er nutzte diese Zeit, indem er Geschichten zu schreiben begann. Erst als er 1895 zur New York Times wechselte, besserte sich seine wirtschaftliche Situation.

Bei Blackwood hat dieser Lebensabschnitt wohl einen tiefen Eindruck hinterlassen, den er bietet einiges an Ambiente auf, das seine Hassliebe zu dieser Stadt reflektiert: Den alkoholdurchtränkten Reporteralltag, die Armut und den Schmutz, die sinistren Seitengassen, aber auch die brodelnde Lebendigkeit, die dieses Elend durchpulst.

Doktor Hensig mag als Persönlichkeit eher schablonenhaft angelegt sein. Er ist eben das personifizierte Böse, ohne dass darüber weiter reflektiert würde. Dennoch ist er ein durchaus origineller Charakter, der mit Sprüchen wie:

„... aber ich setze mich gern zu Ihnen und schaue Ihnen beim Trinken zu."

einen überaus feinsinnigen Spott entwickelt. Und wenn er die Gitterstäbe seiner Zelle umfasst und Williams starr in die Augen blickt, hat man unwillkürlich das Gefühl, den Großvater Hannibal Lecters vor sich zu sehen.

Man kann über Blackwoods „schlichte" Psychologie in der Schlussszene sicher mit gutem Grund streiten, was in einigen Rezensionen kritischerweise auch geschieht. Aber das ist sicher zu kurz gedacht, und es liegt auch wohl auch nicht in Blackwoods Absicht, allgemeinpsychologische Phänomene lehrbuchmäßig darzustellen - denn es ist Williams' „Psychologie", die da ausgebreitet wird. Die absurden

Konstruktionen eines von Alkohol und Drogen durchtränkten Gehirns.

Das Bild eines Mannes, zerrüttet durch Angst, Alkohol und Kokain, dessen letzter Ausweg das Einzige ist, das er noch zustande bringt, nämlich um sein Leben zu trinken, hat meiner Meinung nach etwas zutiefst Beklemmendes.

Noch eine Bemerkung zur Übersetzung:

Im Original verpasst Blackwood dem Deutschen einen wirklich üblen Akzent. Hier ein Beispiel dafür:

„Nothing can help my case in this tamned country where shustice is to be pought mit tollars!"

Möglicherweise geht ein wenig Authentizität der Geschichte dadurch verloren, aber ich habe mich entschlossen, nicht zu versuchen, einen Deutschen auf Deutsch so reden zu lassen wie einen Deutschen der auf Englisch radebrecht. Es geht einfach nicht.

A. Hildebrand 2015

Artikel

Katharina Bode

125 Jahre Howard Phillips Lovecraft – Through the Gates of life & fiction

Am 20. August diesen Jahres jährt sich der Geburtstag des amerikanischen Schriftstellers H. P. Lovecraft zum 125. Mal, und obwohl er nicht mehr leibhaftig unter uns weilt, so wirkt sein Geist doch noch immer nach.

Davon kann sich jeder überzeugen, der nur einmal nach dem Begriff Cthulhu sucht. Unzählige Zeichnungen, T-Shirt-Motive, Sticker und Nachbildungen stellen nur ein Minimum von dem Merchandising dar, das die Märkte weltweit überschwemmt. Die zunehmende Lovecraftisierung bis in die Populärkanäle hinein scheint dabei noch längst nicht am Ende zu sein.

„But what weight had the dreams of mystics against the harsh wisdom of the world?"
- H. P. Lovecraft in: Through the Gates of the Silver Key

Obwohl Cthulhu, wie auch Arkham mit seiner Miskatonic University zu den bekannten Größen des Lovecraftschen Universums avanciert sind, bilden sie doch nur die Spitze des Eisbergs.

Zumindest die Namen scheinen viele schon gehört zu haben, und das obwohl der gewaltige Cthulhu unter den großen Alien-Mächten Lovecrafts weder die einzige noch die mächtigste darstellt.

Collected Essays
Volume 5: Philosophy
Autobiography & Miscellany
HPL
H. P. LOVECRAFT
Edited by S. T. Joshi

Ein Umstand, an der die wissenschaftliche Forschung nicht ganz unbeteiligt war, indem sie das fiktionale Werk Lovecrafts thematisch überwiegend zwei Bereichen zuordnete: den Geschichten des sogenannten Cthulhu-Mythos[1] und jenen, die nicht dazu zählen. Doch allmählich scheinen wir uns einem Umbruch zu nähern. So lassen zumindest neuere Veröffentlichungen wie *The New Annotated H. P. Lovecraft*[2], 2014 von Leslie S. Klinger herausgegeben, hoffen, dass mit den irreführenden Labeln bald Schluss sein könnte. Denn das Werk Lovecrafts macht weit mehr aus als einen allenfalls schwammig um eine einzige seiner Schöpfungen konstruierten Mythos'[3].

Einige Themen, die Lovecraft offenbar intensiver beschäftigt hielten, kehren dagegen in seinem Werk in verschiedenen Facetten immer wieder.

---

[1] Von August Derleth so benannt, nicht von Lovecraft selbst.

[2] Dieses Werk bietet einen gelungenen Überblick über das Leben und Schreiben Lovecrafts, durch ausführliche Anmerkungen, ein umfassendes Vorwort des Herausgebers und einer Einleitung durch Alan Moore, inkl. 22 Original-Erzählungen Lovecrafts mit Farbillustrationen.

[3] Eher Anti-Mythos nach Schultz, Campbell und Klinger: „Lovecraft's anti-mythology informs humankind of the impossibility of an understanding of the universe." Vgl. Campbell, Joseph: The Masks of God, Vol. 4: Creative Mythology. New York: Penguin 1991. S. 4. Zitiert nach: Klinger 2014. S. 123f.

Dazu zählen: verwehrte Vorrangstellung, verbotenes Wissen, trügerische Erscheinungen, ungesundes Überleben und traumgenährter Objektivismus[4].

Ein Aspekt, den bereits das Zitat zu Beginn in den Vordergrund rückt, stellt dabei das Reich der Träume dar, das in Lovecrafts Fiktion einen Perspektivwechsel auf die Welt durch die Bewusstseinserweiterung der Menschen beinhaltet, und somit gleichberechtigt, wenn nicht gar übergeordnet, zu der gewöhnlichen menschlichen Wahrnehmung erscheint. Das weltliche Spektrum erweitert sich ins Kosmische und verweist auf unseren geringen Stellenwert und den großen Teil an Unverständnis und Nichtwissen gegenüber den Mechanismen der Dinge. Selbst unsere Denkkategorien geraten dabei in Zweifel.

So mag es doch eigentlich nicht verwundern, dass Lovecrafts fantasievolle Erzählungen neben den offensichtlichen Horror- und Sci-Fi-Elementen nicht nur von düsteren apokalyptischen Visionen geprägt werden, sondern sich - insbesondere die Traum-Geschichten um den Protagonisten und Träumer Randolph Carter - gleichermaßen durch einen feinen Humor auszeichnen, der nicht unbeachtet verhallen sollte.

„He was not sure he could be heard from this valley miles below, but realized that the inner world

---

[4] Vgl. Burleson, Donald R.: On Lovecraft's Themes: Touching the Glass. In: An Epicure in the Terrible. A Centennial Anthology of Essays in Honor of H. P. Lovecraft. Hrsg. v. David E. Schultz und S. T. Joshi. New York: Hippocampus 2011 S. 140. (Im Folgenden zu Epicure verkürzt.)

has strange laws. As he pondered he was struck by a flying bone so heavy that it must have been a skull, and therefore realising his nearness to the fateful crag he sent up as best he might that meeping cry which is the call of the ghoul."

Diese kurze Szene aus *The Dream-Quest of Unknown Kadath* aus dem Jahre 1927 verdeutlicht, wie Lovecraft sich durchaus darauf versteht, durch eine leichte Überzeichnung der Situation ein Stück Absurdität herbeizuführen, das nicht umhinkommt, Komik hervorzurufen.

Darüber hinaus verrät uns Lovecrafts Werk aber auch vieles über die Zeit seiner Entstehung und die Historie Neuenglands. Dies zeigt sich schon an den gewählten Handlungsschauplätzen, zu denen neben der Traumwelt überwiegend die realen Neuenglandstaaten der USA zählen.

Städte wie Providence und Boston werden um die erdachten Ortschaften Arkham, Dunwich und Kingsport erweitert. Die Beschreibungen der fiktionalen Handlungsorte bleiben dabei stark dem Erscheinungsbild der realen Städte verhaftet, mit denen Lovecraft gut vertraut war.

Hinzu kommt, dass immer wieder reale, wissenschaftliche Erkenntnisse und reale, geschichtliche Ereignisse, wie z.B. die Hexenprozesse von Salem ihren Eingang in seine Erzählungen finden - zumeist selbstverständlich in seinen Zwecken entsprechend überarbeiteter Form.

Howard Phillips Lovecraft, eigentlich als „antiquarian"[5] bekannt, lebte, was die wissenschaft-

[5] Joshi, S. T.: Introduction. In: Epicure. S. 33.

lichen Erkenntnisse und Errungenschaften anbelangt, tatsächlich am Puls der Zeit.

Nicht umsonst bezeichnete ihn einst Fritz Leiber Jr. als „Literary Copernicus“[6]. Bereits seit frühester Jugendzeit setzte sich Lovecraft mit den wissenschaftlichen Zweigen der Chemie, altertümlichen Mythenforschung und vor allem der Astronomie auseinander, verfasste selber eine Vielzahl von Artikeln im Bereich des Amateurjournalismus und beschäftigte sich mit den neuesten Studien und Veröffentlichungen der wissenschaftlichen Forschung.

Nachhaltig scheint ihn z.B. Einsteins Relativitätstheorie beeinflusst zu haben, wozu er in einigen Briefen Stellung nahm:

> *„My cynicism and scepticism are increasing [...] from an entirely new cause - the Einstein theory. [...] All is chance, accident and ephemeral illusion [...]. There are no values in all infinity [...]. I believe everything and nothing - for all is chaos, always has been, and always will be.”*[7]

Lovecrafts Interesse an dem Fortschritt der Wissenschaft und ihren neuen, relativierenden Erkennt-

---

[6] Leiber Jr., Fritz: A literary Copernicus. In: S. T. Joshi (Hrsg.): H. P. Lovecraft. Four Decades of Criticism. Ohio: Ohio University Press 1981. u.a. S. 50.

[7] Lovecraft, H. P.: Selected Letters: 1911-1937. Vol. 1. Hrsg. v. August Derleth, Donald Wandrei und James Turner. Sauk City: Arkham House 1965. S. 231.

nissen spiegelt sich aber eben nicht nur in seinen unzähligen Briefen und Artikeln wider.

Er griff die Erkenntnisse auf, ordnete sein Weltbild darum, zog Schlüsse darüber, was sie für die Zukunft bedeuten würden und verwob jene Vorstellungen zu der kosmischen Vision seines wirkungsmächtigen, fiktionalen Korpus'. Cosmicism ist hier das Schlagwort, das bei seiner Philosophie eine umfassende Rolle spielt und seine Kreativität offenbar überhaupt erst entflammte:

„It is man's relations to the cosmos - to the unknown - which alone arouses in me the spark of creative imagination. The humanocentric pose is impossible to me, for I cannot acquire the primitive myopia which magnifies the earth and ignores the background." [8]

Es mag fast verwundern, dass Lovecraft bei der Beschäftigung und Verarbeitung fortschrittlichen Gedankenguts, das durchaus dem heutigen in der westlichen Zivilisation verbreiteten Weltbild nahekommt, ansonsten eine eher konservative Haltung vertrat, die durchaus rassistische Tendenzen aufwies - wie die Forschung nicht müde wird zu betonen.

Die Psychoanalytiker unter den Rezipienten sahen in ihm gleich den neurotischen Eigenbrötler und versuchen seine Texte nach wie vor auf diese Weise zu lesen. Dabei übersehen sie gerne, dass Lovecraft

---

[8] Lovecraft, H. P.: [In Defence of Dagon]. In: Collected Essays: Volume 5: Philosophy; Autobiography and Miscellany. Hrsg. v. S. T. Joshi. New York: Hippocampus 2006. S. 53.

durchaus den Kontakt zu anderen Menschen und ihren Meinungen suchte; man erinnere sich an den regen Schriftverkehr, mehrere tausend Briefe allein aus seiner Hand. Abgesehen davon, dass Mutmaßungen über seine psychische Verfassung - und zu mehr als Vermutungen werden sie nun einmal nicht - uns dem Weltbild dieses faszinierenden Schriftstellers keinen Deut näher bringen.

Ob nun rückwärtig orientiert oder vorwärts gewandt, das Paradoxon Lovecraft spaltet die Leserschaft jedenfalls nachhaltig. So hat man in den eben erwähnten rassistischen Zügen anfänglich Gründe dafür gesucht, das lange Zögern der Wissenschaftler zu erklären, bis sie sich endlich zu einer eingehenderen Auseinandersetzung mit dem Werk des Schriftstellers aus Providence bereitfanden. Vielleicht waren sie auch einfach nur beleidigt; die ausbleibende Beschäftigung eine Trotzreaktion auf den kritischen Umgang Lovecrafts mit Wissenschaftlern und ihren Methoden?

Spott einmal beiseite, wurde Lovecrafts Werk, zu Lebzeiten überwiegend in den unter Wissenschaftlern und Literaturkritikern als Schundblättern verschrienen, sogenannten Pulps veröffentlicht - Magazinen wie den *Weird Tales* - sofern denn überhaupt beachtet, nicht für voll genommen, geschweige denn in seiner Außergewöhnlichkeit anerkannt. Stattdessen erntete es vielerorts Kritik, gegen die sich Lovecraft u.a. in seinen als *In Defence of Dagon* bezeichneten Essays zur Wehr setzte.

Dass Lovecrafts Werk unter diesen Voraussetzungen nicht vollkommen versandet ist, verdanken wir wohl den umso heißer glühenden Befürwortern wie seinen Freunden und Bewunderern Donald Wandrei und August Derleth.

Letzterer trägt allerdings, wie angesprochen, auch einen großen Anteil an der folgenden fehlerhaften Rezeptionsgeschichte. So gab er zwar die Erzählungen Lovecrafts in dem eigens dafür gegründeten Verlag Arkham House Publishers heraus, allerdings unter entfremdenden Interpretationen und Veränderungen, auf die auch die irreführende Bezeichnung des Cthulhu-Mythos zurückzuführen ist.

Nichtsdestotrotz sicherten Derleth und Wandrei ihrer Zeit auf diese Weise den Erhalt des Lovecraftschen Werkes und weckten bei einem breiteren Publikum das Interesse daran.

Zu leicht vermag man auch den Aspekt zu verkennen, der meiner Meinung nach einen ausschlaggebenden Grund für die lange Zeit spielt, in der das Werk weitestgehend unbeachtet blieb: seine Vielschichtigkeit und der nicht ganz geringe Anspruch, den man ihm zuweilen gerade wegen der Pulp Magazine in Abrede stellen wollte und noch will. Die Vielfältigkeit und Komplexität der Erzählungen - eine klare Stärke, die man beim ersten Lesen gar nicht in aller Tiefe ergründen mag - erweist sich bereits als das erste Problem bei der Beschäftigung damit. Lovecraft macht es uns schwer, seine Erzählungen eindeutig einem bestimmten Genre zuzuordnen und ist damit ein Dorn im Auge vieler definitionswütiger Interpreten.

Die weitschweifigen Debatten um die Zugehörigkeit des Werkes sollen uns jedoch nicht lange aufhalten, zumal dieses Schubladendenken, nachdem man meint, Kunst beurteilen zu müssen, stets seine Fragwürdigkeit behalten wird.

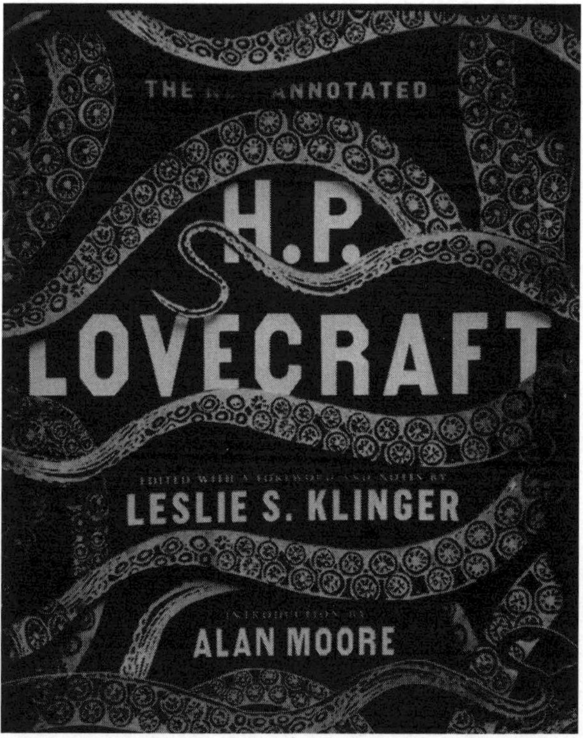
THE
ANNOTATED
H.P.
LOVECRAFT
LESLIE S. KLINGER
ALAN MOORE

Vollständigkeitshalber sei erwähnt: Weird Fiction, Gothic Novel, Horror, Fantasy, Sci-Fi, Modernist Grotesque u.v.m. finden sich unter den Genrebegriffen, denen man versucht hat, Lovecrafts Erzählungen - mit mehr oder minder großem Erfolg - zuzuordnen.

Genauso verhält es sich mit seinen Themen, seiner Herangehensweise, der Philosophie und Poetik. Viele seiner Erzählungen sind komplex, stecken voller Querverweise, sind bis in die kleinste Pore durchkomponiert. Allein die Architektur spricht Bände. Lovecraft kann eben nicht einfach abgehandelt werden, ohne dass man sich währenddessen womöglich selbst in Widersprüche zu verstricken droht. Zu oft hat man versucht, gar seiner Person zu Leibe zu rücken, indem man seine Schriften biographisch überanalysierte, wobei einigen seiner Erzählungen und vor allem Ähnlichkeiten mit Figuren autobiographische Tendenzen keineswegs gänzlich in Abrede gestellt werden sollen. Aber wie bei allem gibt es weder nur diesen einen Themenbereich; diese einzige Methodik, noch sollte man es damit zu weit treiben und das umfassende Werk somit letztlich wie durch Scheuklappen betrachten.

Lovecrafts Werk passt in keine Schublade, genauso wenig wie er selbst. Genau dieses jedoch - für einige wohl durchaus überraschende - Hindernis' aus dem Umfeld der Pulps, steht dabei gerade für die Stärke großer Literatur; Leser aus vielen Bereichen wurden und werden genreübergreifend darauf aufmerksam und in den Bann Lovecrafts atmosphärischer Erzählungen gezogen. Was könnte man sich Besseres für einen Autoren wünschen? Schade nur, dass er es, wie so mancher Schriftsteller, nicht selbst erleben konnte

H. P. Lovecraft
REVISED
&
UPDATED
Edited by S. T. Joshi

– er verstarb im März 1937 im Alter von 46 Jahren an Krebs und blieb zeitlebens nur einem kleinen Kreis bekannt.

Trotz der gesteigerten Aufmerksamkeit im Anschluss an seinen Tod und im Zuge der Veröffentlichungen aus dem Hause Arkham, wurde Lovecraft weiterhin in den Schatten eines seiner größten Vorbilder, Edgar Allan Poes, verbannt. Einige seiner v.a. anfänglichen Geschichten ähneln dessen Stil tatsächlich. Sie weisen aber ebenfalls Einflüsse vieler anderer Autoren auf, darunter Lord Dunsany oder Algernon Blackwood. Von derlei Einflüssen kann sich kein Schriftsteller freisprechen, im Gegenteil können diese Bezüge das Werk sogar bereichern. In jedem Falle bezeugen sie eine Findungsphase auf der Suche nach der eigenen literarischen Stimme.

Trotz großer Selbstzweifel Lovecrafts diesbezüglich, wage ich zu behaupten, dass er sie schlussendlich gefunden hat, womit ich mittlerweile auch längst nicht mehr alleine stehe. Die Welle der Publikationen von und um Lovecraft kam zwar erst um 1980 richtig ins Rollen, war dann aber spätestens ab den 90er bis 2000er Jahren nicht mehr aufzuhalten.

Endgültig bestätigte wohl die Aufnahme seines Werks in die Library of America im Jahre 2005 Howard Phillips Lovecrafts Rang unter den großen Autoren der Weltliteratur. Davon zeugt ebenfalls der große Einfluss, den er neben seinen zeitgenössischen Briefpartnern auch auf viele Autoren unserer Gegenwart ausübt. Stephen King, der sich selbst dazu zählt, umschrieb den Wirkungskreis der von Lovecraft beeinflussten Schriftsteller vollkommen zutreffend einmal folgendermaßen:

„Clark Ashton Smith, William Hope Hodgson, Fritz Leiber, Harlan Ellison, Jonathan Kellermann, Peter Straub, Charles Willeford, Poppy Z. Brite, James Crumley, John D. MacDonald, Michael Chabon, Ramsey Campbell, Kingsley Amis, Neil Gaiman, Flannery O'Connor und Tennessee Williams sind nur einige von vielen. Und noch nicht einmal die Wichtigsten."[9]

Es verwundert also nicht, dass man sich heute im Gegensatz zum 20. Jahrhundert kaum mehr vor Neuauflagen, Sonderausgaben, Comic-Adaptionen, wissenschaftlichen Publikationen und sogar Verfilmungen (wenn auch eher lose an die Vorlagen gebunden) retten kann. Für dieses Jahr sind darüber hinaus vielerorts Events und Conventions zu Lovecrafts Ehren angekündigt, darunter Portlands CthulhuCon, die sich bereits zum 20. Mal jährt.

Was kann man nun dem Erstleser wie auch dem jahrelangen Liebhaber Lovecrafts mit seinen knapp 80 Erzählungen und Gedichten, Zehntausenden von Briefen und unzähligen Artikeln mit auf den Weg geben? Einen Allzweck-Interpretationsansatz? Den Schlüssel zur angemessensten Sekundärliteratur? Wohl kaum. Kein Wort darüber vermag diesem außergewöhnlichen Werk der Literaturgeschichte gerecht zu werden. So wird man es wohl einfach für sich selbst sprechen lassen müssen. Was verweilen Sie also noch beim Lesen dieses Artikels? Na los, gleich mal dran an

---

[9] King, Stephen: Lovecrafts Kopfkissen. Vorwort in: Houellebecq, Michel: Gegen die Welt, gegen das Leben. H. P. Lovecraft. Deutsch von Ronald Vouillé. Hamburg: Rowohlt 2007. S. 16f.

die Erzählungen Grandpa Theobalds - wie Lovecraft sich selbst in einigen Briefen, Artikeln und Gedichten nannte - und dabei gilt es eigentlich nur eines zu beherzigen:

Für H. P. Lovecraft braucht man offensichtlich Zeit. Was sind schon 125 Jahre im Angesicht all dessen, das es in seinem Werk noch zu entdecken gibt? Man sollte auf die Begegnung mit dem Unbekannten gefasst bleiben. Wie sollte es auch sonst bei einem Autor sein, der sich unter anderem dem Versuch widmete, das Unbeschreibliche zu beschreiben?[10] So lehrt schon sein zeitloses Werk, dass kein Wissensstand jemals allumfassend sein wird und so manches Mal, entgegen jeder Erwartung, in seiner Bedeutung hinter Träumen zurückstehen mag.

„Time [...] is motionless, and without beginning or end. That it has motion, and is the cause of change, is an illusion. Indeed, it is itself really an illusion, for except to the narrow sight of beings in limited dimensions there are no such things as past, present, and future. Men think of time only because of what they call change, yet that too is illusion."[11]

---

[10] Vgl. Mariconda, Steven J.: Lovecraft's Cosmic Imagery. In: Epicure. S. 197.

[11] Lovecraft, H. P.: Through the Gates of the Silver Key. In: Necronomicon. The Best Weird Tales of H.P. Lovecraft. Commemorative Edition. Edited with an Afterword by Stephen Jones. London: Gollancz 2008. S. 409.

Daniel Neugebauer

?! oder Ein Blick auf Jonathan Carrolls magischen Realismus

Gebrauchte Bücher erzählen Geschichten. Mein *Schwarzer Cocktail* von Jonathan Carroll hat Kugelschreibernotizen an den Rändern. Sonst sind keine Seiten geknickt und auch der Buchrücken ist ungebrochen. Trotzdem hat es der Vorbesitzer gelesen, was nicht das Schicksal vieler Bücher ist. Manches erschien diesem Leser wichtig [!], sehr wichtig [!!!] und manche Abschnitte blieben ein Geheimnis [?]. Carroll zusammengefasst in zwei Zeichen.

Ein Freund machte mich auf Jonathan Carroll aufmerksam. Ein Händler hatte einen Stand mit gebrauchten Büchern auf einer Messe. Darunter waren hunderte schwarze Taschenbücher (Heyne), ein paar babyblaue (Moewig) und natürlich die pinken (Suhrkamp). Erstaunlich viele Bände von Jonathan Carroll waren da zu finden. Mein Freund zog einen Band nach dem anderen aus dem Regal und stapelte sie auf meinen Armen. „Die sind alle gut", sagte er. Er hatte Recht.

Aber alle Romane hier vorzustellen würde den Rahmen sprengen, darum beschränken sich die folgenden Zeilen auf einen kleinen Einblick in die Welt von Jonathan Carroll. *Land des Lachens*, sein erster Roman und *Schwarzer Cocktail* soll der Ausgangspunkt einer eigenen Entdeckungsreise werden, die man mit jedem weiteren Carroll Buch fortsetzen kann und die schleichend in die Welt des Magischen Realismus führt.

Ein kurzer biographischer Einschub

Viele Biographische Details gibt es nicht von Jonathan Carroll. Wikipedia hat zumindest ein Foto, aber der Eintrag beschreibt nur das nötigste über Carrolls Leben und mündet schnell in die Besprechung seines Werks. Aber aus einem Interview mit dem *Edge Magazine* erfahren wir von Carroll selbst einige Details. So ist für Carroll das Schreiben eine autobiographische Angelegenheit:

I think all writing is autobiographical in some sense or another. Whether you use the literal facts of your life or experiences, or you change them so they fit some ideal life you wish you had (or didn't), it's all you up there on the page but you in various different hats and makeup. Sometimes it's just you in a good black suit and white shirt.

Geboren wurde er am 26. Januar 1949 in New York, NY als Sohn des Drehbuchautors Sidney Carroll und der Schauspielerin und Lyrikerin June Sillman. Die Kindheit war ereignisreich. Carroll war ständig in Schwierigkeiten, geriet mit der Polizei aneinander. Diese Erinnerungen baute er in seinen Romanen ein, beispielsweise in *Die Stimme unseres Schattens* und *Schwarzer Cocktail.* Auf dem College entschloss er sich Schriftsteller zu werden und begann mit Creative Writing an der University of Virginia als M.A. Student. 1972 erhielt er das Emily Clark

Balch Stipendium für Kreatives Schreiben. Seit dem vorherigen Jahr arbeitete er als Englischlehrer und wechselte von der St. Louis Country Day School zur American International School in Wien.

Vienna is important to me in the way any home is important - it is where we are most comfortable, where we are at ease and feel safe, where we feel the psychic freedom to do the work we feel is necessary.

Carroll lebt mit seiner Frau in Wien und es verwundert nicht, dass diese altehrwürdige Stadt immer wieder in seinen Romane und Erzählungen als Schauplatz auftaucht. Sie hat einen ganz eigenen Charme, genauso wie Carrolls Geschichten.

Der erste Satz

Was wurde nicht alles über den ersten Satz geschrieben. Als Schriftsteller muss man den Leser mit diesem Satz am Hemdkragen packen und so schütteln, dass er gar nicht anders kann als weiterzulesen. Es gibt erste Sätze die so schlecht sind, dass sie preiswürdig sind und nach dem englischen Baron Bulwer-Lytton benannt sind und es gibt einfach den perfekten ersten Satz, der einfach das tut was er tun soll: Einen Weg in die Geschichte ermöglichen. Ohne billige Tricks. Jonathan Carroll schreibt solche Sätze. Aber dort hört es nicht auf. Darauf folgt der nächste Satz, der nächste, dann hat man den ersten Absatz gelesen, die erste Seite, das erste Kapitel ... alles geht Hand in Hand, ist plauderhaft im besten Sinne und knüpft sich zu wunderbaren Romanen.

In Carrolls erstem Roman *Land des Lachens* gibt es einen kleinen Abschnitt über Kreatives Schreiben:

Am College hatte ich einen Lehrer für „Kreatives Schreiben" gehabt, der am ersten Tag eine Kinderpuppe mitbrachte. Er hielt sie vor sich hin und sagte, vor die Aufgabe gestellt, die Puppe zu beschreiben, würden die meisten sich auf den normalen Blickwinkel beschränken. Er zog eine unsichtbare Linie von seinem Auge zur Puppe. Ein richtiger Schriftsteller, fuhr er fort, wisse jedoch, dass sich die Puppe auch aus mehreren anderen, interessanteren Blickwinkeln beschreiben lasse - von oben, unten -, und da beginne erst das Kreative Schreiben.

Alle Romane von Carroll sind ungewöhnlich und aus einer Perspektive geschrieben die etwas schräg zur Realität steht. Der Winkel ist entscheidend. Harlan Ellison sagte über seine Geschichten genau dasselbe. Er wirft einen Blick auf die Wirklichkeit und kippt seine Perspektive ein kleines bisschen und verwandelt das Alltägliche ins Phantastische.

Carrolls Geschichten starten so harmlos und normal und irgendwann kommt dieser Punkt an dem man noch einmal den gerade gelesenen Satz liest und feststellt, dass sich die Perspektive gerade um ein kleines Stückchen verschoben hat. In einer Rezension der Times hieß es, dass Carroll zum Magischen Realismus gezählt werden würde, hätte er zwei Vornamen und würde aus Südamerika stammen.

Ein kurzer Einschub über den Magischen Realismus

Der Magische Realismus ist der „literarische" Nachbar der Phantastik. Er wohnt heutzutage in Südamerika (realismo mágico) und hat sich in den 1920er Jahren als Kunstströmung in der Malerei und Literatur entwickelt. Man findet ihn auch in Europa und Nordamerika, aber besonders bekannt und beliebt ist er im spanischen Sprachraum und in der Literatur hat er Ruhm erlangt durch Jorge Luis Borges und Gabriel García Márquez.

Den Magischen Realismus zeichnet sich durch die Verschmelzung zweier Welten aus: Unsere, normale, rationale Welt und die Welt der Träume, Mythen und Magie.

Wenn beide Welten sich wie auf einer Farbpalette mischen, dann entsteht der Magische Realismus. Er ist wirklich und unwirklich; rational und magisch. Die Übergänge fließen ineinander. So erinnert er an den Surrealismus und seine absurden, phantastischen und grotesken Spielarten. Zugleich lauert unter dem Magischen Realismus eine dämonische Fratze und ein steter Schrecken. Die Stimmung ist, trotz aller Phantastik, beunruhigend.

Thomas Nussbaumer schreibt in seinem sehr guten Essay *Der magische Realismus - über die phantastische Seite der Wirklichkeit*, dass der Magische Realismus „eine der kreativsten Daseinsformen der zeitgenössischen Weltliteratur [ist], wenn auch nur wenige Autoren den Begriff auf ihr eigenes Werk anwenden." Er ist vielmehr künstlerisches Programm als Genre-Literatur. „Oder anders gesagt: es geht um Literatur und Unterhaltung, ja ums fantasievolle Geschichtenerzählen auf höchstem Niveau.“ So können wir uns also beruhigt in die Hände von Jonathan Carroll begeben, denn seine magische Realität entwirft ein *Land des Lachens.*

Land des Lachens

„Sagen Sie mal, Thomas, ich kann mir zwar denken, Sie sind das schon tausendmal gefragt wurden, aber wie war das denn so, der – „

„ – Sohn von Stephen Abbey zu sein?“ Immer das gleiche! Erst neulich hatte ich zu meiner Mutter gesagt, ich hätte manchmal das Gefühl, nicht „Thomas Abbey“ sondern „der Sohn von Stephen Abbey“ zu heißen.

- Jonathan Carroll
Land des Lachens

Thomas Abbey ist besessen von der phantastischen Welt des Schriftstellers Marshall France. Der mysteriöse France, mit vierundvierzig Jahren an einem Herzinfarkt verstorben, schrieb die schönsten Kinderbücher der Welt. Bücher wie *Das Land des Lachens, Der Sternenteich* oder *Die Trauer des grünen Hundes* waren außergewöhnlich erfolgreich und verzauberten den jungen Thomas. Doch je erfolgreicher France wurde, umso mehr zog er sich aus der Welt zurück bis er schließlich völlig von der Bildfläche verschwand. Es gibt ein Foto von Marshall France vor seinem Haus in der Kleinstadt Galen und es ist bekannt das er verheiratet war und aus der Ehe eine Tochter namens Anna hervorging. Doch sonst ...

Abbey dachte schon länger darüber nach eine Biographie über sein Idol zu schreiben und als er in einem Antiquariat, beim Kauf eines vergriffenes France Buches, auf Saxony Gardner trifft und sie sich ebenfalls großer France Fan herausstellt, tun sich beide zusammen. Sie gehen auf Spurensuche. Die erste Spur führt zu David Louis, dem Verleger und Nachlassverwalter von France. Er berichtet über einen unveröffentlichten France-Roman und die Schwierigkeiten mit Anna France, der Tochter des großen Schriftstellers:

Manchmal denke ich mir, sie versucht alles, was von ihm geblieben ist, vor der übrigen Welt zu verstecken. Am liebsten würde sie allen Leuten seine Bücher aus den Regalen räumen. [...] Es ist zum Verzweifeln – sie gibt den Roman nicht heraus, hintertreibt das Erscheinen einer Biographie, weist jeden Journalisten ab, der noch Galen kommt, weil er einen Artikel über ihn schreiben möchte ... Sie will ihn ganz für sich behalten, der übrigen Welt auch nicht das kleinste Stückchen von ihm abgeben.“

Doch an Anna führt kein Weg vorbei. Sie ist nicht nur die einzig lebende Verwandte von France, sie hat auch lange mit ihm in dem viktorianischen Haus in Galen gelebt. Abbey und Saxony machen sich auf den Weg nach Galen. Sie lernen Anna bei einem Barbecue kennen und sind überrascht: Wo ist die grauenvolle Medusa die der Verleger beschrieb? Anna ist freundlich und erklärt ruhig wo das Problem mit der Biographie liegt:

„Ich war immer dagegen, weil die Leute, die über ihn schreiben wollten, aus völlig falschen Gründen hierher in unsere Stadt gekommen sind. Jeder von denen spielt sich als der France-Kenner auf, aber wenn man mit ihnen redet, merkt man gleich, dass sich nicht dafür interessieren, was für ein Mensch er war. Für sie ist er bloß eine literarische Gestalt. [...] Wenn Sie meinen Vater gekannt hätten, Mr. Abbey, würden Sie verstehen, warum ich in diesem Punkt so empfindlich bin. Er war ein sehr privater Mensch. Die einzigen echten Freunde, die er außer meiner Mutter und Mrs. Lee hatte, waren Dan" sie lächelte und nickte dem Lebensmittelhändler zu; er zuckte die Achseln und schlug bescheiden die Augen nieder – „und noch ein paar Leute aus der Stadt. Jeder hat ihn gekannt, und alle mochten ihn gut leiden, aber es war ihm zuwider, im Blickpunkt der Öffentlichkeit zu stehen, und er hat sich ihr immer entzogen, wo immer es ging."

Thomas Abbey ist Anna sympathisch und lädt ihn und Saxony zum Abendessen ein. Das literarische Ermittlerduo zieht sogar bei der alten Dame Mrs. Fletcher ein, um weitere Nachforschungen in Galen anstellen zu können. Wenn wirklich jeder hier in der Stadt mit Marshall France zu tun hatte, dann könnte man reichlich Material für eine Biographie sammeln!

Während sich Thomas und Saxony sehr nahe kommen und die Nacht in Galen gemeinsam verbringen beginnt der morgen in Galen wie aus einem Bilderbuch:

Ein paar Autos fuhren vorbei, und ich gähnte. Dann kam ein kleiner Junge daher. Er leckte an seinem Eis und ließ die freie Hand über Mrs. Fletchers Zaun gleiten. Tom Sawyer mit einem hellgrünen Pistazieneis. Ich sah ihm verträumt zu und wunderte mich, dass es Leute gab, die um acht Uhr früh Eis aßen.

Ohne nach rechts oder links zu schauen, lief der Junge über die Straße, und im nächsten Moment erwischte ihn ein offener Lieferwagen. Er fuhr so schnell, dass der Junge in die Luft geschleudert wurde, weit über mein Blickfeld hinaus, das durch das Fenster begrenzt war. Er flog immer noch nach oben, als er verschwand.

Der Fahrer des Lieferwagens steigt aus. Abbey eilt zu Hilfe, der Junge ist schwer verletzt. Der Fahrer, einer der Gäste des Barbecues, ist geschockt. Abbey ruft einen Krankenwagen:

„Das ist alles verkehrt. Aber ich hab's ja gewusst. Ja, sicher, rufen Sie den Krankenwagen. Ich kann noch nichts sagen." Entsetzen stand ihm ins Gesicht geschrieben, aber was mich überraschte, war der Ton, in dem er sprach - halb wütend, halb weinerlich. Keine Rede von Angst. Oder von Bedauern. [...]

„Joe Jordan! Du warst doch gar nicht vorgesehen!"

Mrs. Fletcher hatte sich uns von hinten genährt und stand auf einmal da, mit einem rosa Geschirrtuch in der Hand.

„Weiß ich doch Gottverdammich!" Wie viel wird denn noch schiefgehen, ehe wir wieder alles auf Vordermann bringen? Hast du schon das von gestern

Abend gehört? Wie oft ist jetzt so was schon passiert, viermal? Fünfmal? Kein Schwein kennt sich mehr aus!“

„Beruhige dich Joe, Wart's doch erstmal ab. Rufen Sie bitte den Krankenwagen, Mr. Abbey?“

Und ab diesem Zeitpunkt läuft etwas schief in Galen und Thomas Abbey steckt mittendrin. Diese Kleinstadt aus dem Bilderbuch birgt ein Geheimnis und je tiefer Thomas Abbey in das Leben von Marshall France vordringt umso phantastischer wird Jonathan Carrolls Roman.

Doch der Übergang zum Magischen Realismus ist so sanft, dass man schon ein Phantastikliebhaber sein muss, um sofort zu bemerken was das Geheimnis von Galen ist. Die Pointe nun aufzulösen wäre, wie bei allen Romanen von Carroll, unfair.

Allerdings ist die Pointe nicht entscheidend. Die 240 Seiten bis zum Epilog sind voller Charaktere mit denen man sich gerne bei einem Barbecue unterhalten möchte und je zauberhafter die Titel von Marshall France Romanen sind, umso mehr wünscht man sich das dieser Schriftsteller wirklich existieren würde. Welche Bilderwelten schon entstehen wenn man die Titel von Frances hört: *Die Trauer des grünen Hundes, Pfirsichschatten* oder *Nacht fährt in Anna.*

So lebhaft und reich als wäre Marshall France und sein Werk real. Und dann sieht man nach der Lektüre den Titel des Romans Land des Lachens, ein Buch von Marshall France geschrieben, ein Buch von Jonathan Carroll geschrieben.

Schwarzer Cocktail

Was mir an Michael Billa von Anfang an gefiel, waren seine Geschichten. Es gibt manche Leute, die besitzen die herrliche Fähigkeit die kleinsten Ereignisse, und seien sie noch so vergessenswert, aufzugreifen und sie durch ihre Erzählkunst in Abenteuer zu verwandeln, die tief zu Herzen gehen - oder zumindest gut für eine gesunde Erheiterung sind und die den Staub von den langweiligen Regalen unseres Alltags fegen.

- Jonathan Carroll
Schwarzer Cocktail

Ingrim York ist Gastgeber in einer Radio-Talkshow. Keine gewöhnliche Radio-Talkshow, sondern eine von diesen Shows, in denen die besonders Verrückten anrufen. So ist Ausgerastet ein verflixt guter Titel für diese Show und trotz mancher Verrücktheiten mag York die Leute die in seine Show kommen. Er hört ihnen gern zu. Doch als York seinen Lebenspartner bei einem Erdbeben verliert, droht eine Depression und Selbstmord. Doch da lernt er, über seinen Schwager, Michael Billa kennen.

Ich drehte mich um und sah den Dicken, der die Zeitung gesenkt und das Gesicht zu einem breiten Lächeln verzogen hatte. Vielleicht war er gar nicht dick - nur groß. Breit, kräftig oder so. Gewichtheber oder ehemaliger Fußballspieler? Als er mich erblickte, winkte er und bedeutete mir, zu ihm zu kommen.

[...] Er war ein zappliger Mensch, und obwohl er ständig mit dem Geschirr spielte oder sein Wasserglas

auf dem Tisch herumschob, konnte kein Zweifel daran bestehen, dass er aufmerksam zuhörte.

Als die Zeit gekommen war, dass er von sich erzählte, hörte das Gezappel auf, und alles an Michael Billa dämpfte sich zu einer Plauderei-am-Kamin-Haltung. Er hatte viel zu sagen und wusste, dass man es begierig hören würde und gar nicht genug davon bekommen konnte, aber man musste sich seinem Tempo anpassen und durfte keine Ungeduld zeigen. Zunächst hielt ich das für einen ungezogenen Manierismus – da er einem das Gefühl gab, dass es kaum erwarten konnte, bis man schwieg, damit er seine Sachen loswerden konnte. Doch nachdem ich eine Weile mit ihm zusammen war, er kannte ich, dass Michael alles voller Ungeduld tat, außer sprechen. Er was sein einziges Hobby.

Die Verabredung läuft gut. Billa ist faszinierend und York lauscht einer Geschichte aus der Schulzeit seiner neuen Bekanntschaft. In der Schule war Billa alles andere beliebt. Als dicker Junge mit einer Vorliebe für Schokoladenkuchen war er oft das von Spot und Grausamkeit. Doch da gab es einen Jungen namens Clinton Deix. Er war total verrückt, aber war Billas Schutzengel in brenzligen Situationen. Clinton war nicht irgendein Schlägertyp, er prügelte mit den nächstbesten Gegenständen auf seine Opfer ein. Doch dann rastet Clinton aus und tötet einen Schüler, der Billa blutig schlug. Kurz darauf verschwindet er. Nur Billa sieht ihn ab und an.

„Was willst du mir zeigen?“

Er stieß mit einem Finger in die Luft. „Die Ampel dort drüben. Siehst du den Jungen, der sich an den Pfosten lehnt? Der mit dem Fußballtrikot? Nummer 23?"

„Mit dem roten Hemd?"

„Ja. Das ist Clinton."

Ich grinste. „Der Knabe ist vielleicht fünfzehn Jahre alt, Michael."

„Ich weiß." Er zog den Vorhang wieder vors Fenster.

Im letzten Moment blickte „Clinton" in unsere Richtung, als ob er wüsste, was vor sich ginge, wüsste, dass wir über ihn sprachen.

Da ist wieder dieser Punkt in Carrolls Prosa wo die Realität ins Unwirkliche stürzt. Und von hier an ist es eine Fahrt ins Ungewisse. Auf den nächsten Seiten folgt eine mystische Erklärung für die Anzahl unserer Finger, welche Farbe ein Mensch besitzt und was es mit dem alterslosen Psychopathen Clinton Deix auf sich hat. Als Deix dann eine ganz andere Geschichte erzählt und Billa beschuldigt Menschen in der Zeit einfrieren zu können, stellt sich die Frage wer hier überhaupt die Wahrheit sagt?!

Schwarzer Cocktail ist schnell gelesen. Mit 103 Seiten verbringt man nicht viele Stunden mit diesem Buch und es ist so süffig wie ein guter Cocktail. Man erlebt eine ganze Menge und hört gute Geschichten. Aber Ratlosigkeit bleibt zurück. Bei der ersten Lektüre nagt der Verdacht dass man irgendetwas übersehen hat. Die Geschichte wird so unbeschwert erzählt, dass man gar nicht glauben kann schon das

Ende erreicht zu haben. Dann liest man die letzten Worte über die eigene Farbe und rätselt?!

Wie beschrieben hat der Vorgänger meiner Ausgabe einige Passagen markiert. Interessanterweise hat er ein indirektes Zitat von Mark Twain, das Ingram York nutzt um seine Radioshow zu beschreiben, nicht markiert:

Dabei fällt mir immer wieder Mark Twains Text ein, dass es erstrebenswerter sei, in die Hölle zu kommen als in den Himmel, weil dort alle interessanten Leute sind.

Michael Billa ist ein verflixt interessanter Typ und Clinton Deix steht dem in nichts nach. Vielleicht ist dieser kleine Satz der Schlüssel zu *Schwarzer Cocktail.* Wer weiß?!

Plötzliches Ende

Carrolls Bücher polarisieren. Die Leser sind leidenschaftliche Liebhaber oder völlig abgestoßen. In einem Interview mit dem *Edge Magazine* beschreibt Carroll woran es seiner Meinung nach liegt:

I think because they begin realistically and then slowly begin to fly off into space like balloons. People get used to that realism and then can't believe they're suddenly off the earth alongside talking dogs and flying children. Very rarely does someone (including critics) say „I read your book and it was okay."

Falsche Erwartungen, die sogar zu körperlichen Konsequenzen führen können: Bei einer Lesung war ein Zuhörer so aufgebracht, dass er Carroll schlagen wollte: „Luckily having been a juvenile delinquent as a kid, I was delighted to be fighting again and I knocked him out. In the bookstore. In front of several hundred people."

Eine andere Kritik der sich Carroll häufig gegenüber sieht, auch von Liebhabern, sind die Enden seiner Geschichten. Sie sind schrecklich direkt, oftmals unklar und so völlig unbefriedigend. Carroll erklärt im selben Interview seine Sichtweise:

As far as I'm concerned however, the people who don't like my endings can go for a swim, or sushi, or a high colonic. They seem to want things spelled out (HE DIED. THEY MARRIED), but that's not the way life works– either real life or the life I create on the page. Things fall apart, the center cannot hold... etcetera. If things made more sense we wouldn't take out so much insurance on ourselves. That's what the endings of the books are saying. The story doesn't end, it just stops now and who knows what happens after the end.“

Das Ende von *Das Land des Lachens* ist sicherlich befriedigender als jenes von *Schwarzer Cocktail.* Als ich letzteres zur Seite legte hatte ich sofort das Bedürfnis mit jemandem über das Ende zu reden.

Wie bei einem Film von David Lynch hat man gefühlt was passiert, aber nicht so recht verstanden. Das kann unbefriedigend sein, denn schließlich mag die Welt kompliziert und sinnlos erscheinen, aber

Literatur sollte in ihrer kleinen Welt, zwischen zwei Buchdeckeln, Sinn ergeben.

Doch vielleicht erscheinen die Enden nur deshalb so plötzlich und endgültig, weil der Erzählfluss beendet ist. Noch vor einigen Seiten war man versunken in Carrolls Welten und dann enden sie.

Dieser Verlust kann im Grunde nur durch das nächste Buch gemildert werden, dessen erster Satz und dessen fein gezeichneten Charaktere wieder den alten Zauber wecken. Man kann nur hoffen, dass Carroll nie aufhört zu schreiben, sonst wäre unsere Realität wohl etwas weniger magischer.

Carroll auf Deutsch

Carrolls Bücher können ohne bestimmte Reihenfolge gelesen werden, aber in einigen tauchen gewisse Charaktere immer wieder auf. So entsteht ein Zusammenhang bei einigen Bänden. Tragischerweise haben deutsche Verlage wohl das Interesse an Carroll verloren, denn seit einigen Jahren sind keine Übersetzungen mehr erschienen. Und dabei war es doch Franz Rottensteiner, der Carroll noch vor dem US-Erfolg in der legendären Phantastischen Bibliothek im Suhrkamp Verlag herausbrachte. Erst 2014 erschien Carrolls neustes Buch *Bathing the Lion*, dessen erster Absatz so lautet:

Most men think they are good drivers. Most women think they are good in bed.
They aren't.

Wer möchte jetzt nicht weiterlesen?!

Romane
Land des Lachens (1980)
Die Stimme unseres Schattens (1989)
Schwarzer Cocktail (1993)
White Apples (2002)
Glass Soup (2006)
Eye of the Day (2006)
The Ghost in Love (2008)
Bathing the Lion (2014)

Answered Prayers Sextet
Laute Träume (1988)
Schlaf in den Flammen (1990)
Ein Kind am Himmel (1992)
Wenn Engel Zähne zeigen (1995)
Vor dem Hundemuseum (1993)
Wenn die Ruhe endet (1995)

Crane's View Trilogy
Pauline, umschwärmt (1999)
Fieberglas (2002)
Das hölzerne Meer (2003)

Kurzgeschichtensammlungen
Die Panische Hand (1996)
The Woman Who Married A Clou: Collected Stories (2012)

Quellen
Carroll, Jonathan: Land des Lachens (1986)
Carroll, Jonathan: Schwarzer Cocktail (1993)

Duwald, Frank: Künstleralltag und göttliche Visionen. Werk und Leben Jonathan Carrolls, in: Carroll, Jonathan: Schwarzer Cocktail

Houghton, Gerald: Long Loves and Short Loves, http://www.jonathancarroll.com/interviews/edge.html, abgerufen am 10.01.2015

Nussbaumer, Thomas: Der magische Realismus – über die phantastische Seite der Wirklichkeit, http://www.phantastik-couch.de/der-magische-realismus-teil-1.html, abgerufen am 10.01.2015

Eric Hantsch

Bruno Schulz - Die Mythologie der Häresie

Ein feinfühliger Demiurg

Nur selten ist es einem Autor so gut gelungen, das Fremde, Groteske und Dämonische in Reinform aus der Wirklichkeit zu destillieren wie Bruno Schulz. Sein Œuvre, das nur aus zwei Bänden mit kurzen Geschichten besteht, verzichtet gänzlich auf phantastische Motive, verrückt stattdessen alltägliche Begebenheiten und das Umfeld des Gewöhnlichen in die Nähe des Traumhaften.

Schulz entwarf in seinen Erzählungen eine Welt voll bunter Hyperbeln, durchdrängt von aufregenden Rätseln, wie sie sich nur einem Kind stellen könnte.

[...] Wenn es möglich wäre, die Entwicklung rückläufig zu machen, durch einen Umweg die Kindheit wiederholt einzufangen, noch einmal deren Fülle und Maßlosigkeit zu besitzen - dann wäre das die Erfüllung der „genialen Epoche“, der „messianischen Zeiten“, die uns von allen Mythologien versprochen und verheißen werden. [...][1]

In dieses Gewirr aus Farben und Formen, durch die Macht der Worte zu immer neuen Metamorpho-

[1] Brief an Andrzej Pleniewicz vom 04. März 1936, entnommen aus *Die Wirklichkeit ist Schatten des Wortes*, Seite 107, DTV, ISBN: 3423128224

sen angeregt, mischen sich jedoch auch Vision, die drohend und düster, Schatten in das so entstandene Universum werfen. Schatten, in denen etwas Fremdes und Unbeschreibliches wimmelt und gärt.

Zeit seines Lebens sah sich Bruno Schulz durch äußere Umstände in seinem kreativen Schaffen behindert. Vor allem sein Arbeitsverhältnis als Zeichen- und Handwerkslehrer ließ ihm kaum Luft.

Ich bin sehr niedergeschlagen: der Urlaub, mit dem ich so gerechnet habe, wurde mir nicht gewährt. Ich bleibe in Drohobycz, in der Schule, wo das Gesindel weiterhin auf meinen Nerven herumtrampeln wird. [...][1]

Was sich wie das Bekunden von einer großen Abneigung gegenüber dem Schulbetrieb liest, ließ sich auf sein Verhältnis zu seinen Schülern nicht anwenden. Schulz war bei seinen Schützlingen recht beliebt – vor allem deshalb, weil er es verstand, sie mit selbsterdachten Märchen für sich und seinen Unterricht zu Gewinnen.

Er erzählte uns Schülern der vierten Klasse, die wir sozusagen schon alte Hasen waren, die wunderbarsten Märchen. Wenn ich heute daran zurückdenke, bedaure ich, dass niemand diese wunderbaren Schulzschen Märchen aufgeschrieben hat, die er mit einigen Kreidestrichen an der Tafel illustrierte. Er trug diese überaus schönen und einzigartigen

[1] Brief an Tadeusz Breza vom 02. Dezember 1934, entnommen aus *Die Wirklichkeit ist Schatten des Wortes*, Seite 41, DTV, ISBN: 3423128224

Märchen in einem erlesenen Polnisch vor, mit einer Beredsamkeit, die niemand bei diesem Melancholiker erwartet hätte [...][2], berichtet ein ehemaliger Schüler von ihm. Dieses Erzählen stellte für Schulz auch die Möglichkeit dar, für kurze Zeit der Einförmigkeit zu entfliehen und die Reste der Zeit zu nutzen, die ihm andere übrig ließen, obwohl ihm das ein Graus war: „Ich kann nicht mit jemandem die Zeit teilen, ich kann nicht die Reste teilen, die jemand übriggelassen hat“, schrieb er dazu 1934 in einem Brief an seinen Schriftsteller-Kollegen Tadeusz Breza.

Schulz' Erzählungen, so sehr sie dem Wunsch ihres Erschaffers nach der Kindheit in sich tragen, sind auch gleichzeitig Spiegelbilder seines Seelenzustandes und Resultat der von ihm wahrgenommenen Realität. Und diese bedrückte den Autor aus den verschiedensten Gründen, wodurch sich das Groteske und Drohende in seinen Erzählungen erklären lässt.

Wenn Schulz diese düsteren Dissonanzen in seinem sonst so farbenprächtigen Werk tatsächlich aufgefallen sein sollten, so dürfte er sie als Teil der von ihm erschaffenen Welt betrachtet haben. Düsternis und Farbigkeit oszilliert darin auf eine ganz bestimmte Weise, die in jedem Leser eine seltsame, nicht zu beschreibende Resonanz auslöst.

„Der Demiurg“, sprach mein Vater, „besaß kein Schöpfungsmonopol - jeder Geist hat das Privileg der Schöpfung. Der Materie ist grenzenlose Fruchtbarkeit gegeben, unerschöpfliche Vitalität und zugleich eine verführerische Kraft der Versuchung,

---

2 *Bruno Schulz*, Jerzy Ficowski, Hanser Verlag, Seite 36, ISBN: 9783446230149

die uns zum Gestalten verlockt. In der Tiefe der Materie entsteht diffuses Gelächter, es bildet sich Spannung, es verdichtet sich Materie. [...]"[3]

Es ist die Kraft eines Demiurgen, eines Gottes, der von Vertreter der Gnosis und häretischen Christen als ein negativer Schöpfer gebrandmarkt wurde. Als ein solch „unheiliger Gott" schien sich Schulz gut zu gefallen. Seine Welt ist der „Realität" in gewisser Weise ähnlich, doch baut er einen Mythos darum.

Das Leben einer ganzen Familie (Vater, Mutter, Sohn), die ganz klar autobiographisch geprägt ist, macht eine ganze Welt aus, eine Welt, deren Realitätsgefüge in ständiger Wandlung begriffen scheint.

Verbindliche Normen gibt es nicht, der ständige Fluss von Ereignissen bestimmt das Leben der schulzschen Figuren. Darein mischen sich erotisch-masochistische Obsessionen, denen der Autor auch im realen Leben erlegen war.

Genesis

Als am 12. Juli 1892 Bruno Schulz als drittes und letztes Kind des jüdischen Ehepaars Jakub und Henriette Schulz (geb. Hendel-Kuhmerker) geboren wird, steht seine Heimatstadt Drohobycz bereits seit 97 Jahren unter der Krone von Österreich-Ungarn und gehört zu Galiziens (heute ein Gebiet, das zwischen der Ukraine und Polen aufgeteilt ist).

In einem von jüdischer Gemeinschaft geprägten Umfeld wuchs der kleine Bruno auf.

---

[3] *Die Zimtläden*, Bruno Schulz, Seite 63, Hanser Verlag, ISBN: 9783446230033

Als Kind war er von schwächlicher Konstitution, und als er 1910 zum Gymnasium wechselte, war er seinen Schulkameraden körperlich unterlegen. Sein wacher Geist dagegen und seine Freundlichkeit und Hilfsbereitschaft trugen ihm unter der Schülerschaft viel Sympathie ein.

Seine Eltern führten als Kleinhändler ein Textilwarengeschäft. Der heimische Haushalt mit dem Vater Jakub als Fixperson, sollte der Quell seiner mythologischen Geschichten sein.

So heißt es etwa in *Die große Saison*, in der Schulz das Familiengeschäft als Schauplatz wählt: *Das Innere des riesigen Ladens hatte sich verdunkelt und verschaffte sich jeden Tag reichere Vorräte an Tuch, Cheviot, Samt und Cord. Die dunkle, abgelagert Buntheit der Dinge und Stellagen der Speicher und Lager mit ihrer kühlen, filzigen Farbenpracht hatte hundertfachen Gewinn abgeworfen, das mächtige Kapital des Herbstes hatte sich vervielfacht und gesättigt.*[4]

Es ist die Beschreibung eines lebendigen Wesens. Der Laden scheint ein Eigenleben zu besitzen und „verschafft sich jeden Tag reiche Vorräte", während der Vater auf einem hochbeinigen Hocker hinter Stapeln von Papier sitzend, als Herz dieses beseelten Ladens fungiert.

Das Haus der Familie selbst, in dem sich unten das Geschäft, oben die Wohnung befand, wird als dunkel beschrieben.

---

[4] *Die Zimtläden*, Bruno Schulz, Seite 171, Hanser Verlag, ISBN: 9783446230033

Aus diesem Grund verirrte man sich ständig. Hatte man einmal den falschen Korridor und die falsche Treppe betreten, geriet man gewöhnlich in ein wahres Labyrinth von fremden Wohnungen, Galerien und überraschenden Ausgängen in fremde Höfe, man vergaß das eigentliche Ziel der Expedition, und erst wenn man nach vielen Tagen von den Abwegen wundersamer und verwickelter Abenteuer heimkehrte, fielen einem in grauer Morgenstunde das schlechte Gewissen und das Elternhaus wieder ein.[5]

Und Drohobycz selbst fällt mehr und mehr dem „chronischen Grau der Dämmerung anheim".

Es sind melancholische Bilder die Schulz heraufbeschwört und die ganz seinem Naturell entsprachen. Als Kind mag er anders von seiner Umgebung gedacht haben, denn unter der Obhut seiner Mutter wuchs er sehr behütet auf.

Aus diesem Grund fiel ihm das Studentenleben an der Fakultät für Architektur des Politechnicums zu Lemberg, welches er 1910 antrat, auch schwer. Knapp 85 Kilometer von der Heimat entfernt und unter fremden Menschen, fühlte er sich nicht wohl, zumal das Architekturstudium nicht seinem tatsächlichen Interesse entsprach, sondern auf Anraten des ältesten Bruders von ihm gewählt wurde.

Für das Studium der Kunst dagegen wäre er prädestiniert gewesen, denn schon auf dem Gymnasium zeigte sich sein Talent zum Zeichnen; außerdem waren seine Noten in Polnisch überdurchschnittlich

---

[5] *Die Zimtläden*, Bruno Schulz, Seite 26/27, Hanser Verlag, ISBN: 9783446230033

gut und der kleine Bruno ein mit sehr viel Phantasie gesegneter Schüler.

Als den Schülern in der zweiten oder dritten Gymnasialklasse bei einer Hausaufgabe die Wahl des Themas freigestellt wurde, füllte Schulz ein ganzes Heft mit einer märchenhaften Geschichte von einem Pferd.[6]

Weitere Gründe seines Unwohlseins rührten daher, dass sein Vater an Krebs erkrankt und das Haus, in dem er aufgewachsen war, bereits in seinem letzten Schuljahr am Gymnasium verkauft worden war. Mit der Erkrankung des Vaters war das Textilwarengeschäft nicht mehr lange zu halten gewesen. Die Familie lebte nun bei Brunos Schwester Hania Hoffmann. Ohne Zweifel fühlte sich Schulz heimatlos. Ein Gefühl, das in Lemberg noch verstärkt wurde.

Dennoch begann Schulz das Architekturstudium im akademischen Jahr 1910/1911, wurde dann aber krank. Man stellte eine Lungenentzündung und Herzinsuffizienz fest. Schulz ging zur Rekonvaleszenz in das nahegelegene Heilbad nach Truskawiec, und kehrte erst zum akademischen Jahr 1913/1914 nach Lemberg zurück.

Derweil verschlechterte sich der Gesundheitszustand seines Vaters immer mehr. Was Bruno Schulz nach einem weiteren Studienjahr zur Aufgabe zwang, waren jedoch nicht die familiären Widrigkeiten und finanziellen Probleme, sondern der Ausbruch des Ersten Weltkriegs.

---

[6] *Bruno Schulz*, Jerzy Ficowski, Hanser Verlag, Seite 23, ISBN: 9783446230149

Aus Angst vor den russischen Truppen versucht ein Teil der Familie nach Wien zu flüchten, doch misslang dieses Vorhaben durch das Leiden des Vaters. Dieser starb dann auch am 23. Juni 1915; ein Datum, das den wohl schwärzesten Tag im Leben des Autors markierte. In seiner Erzählungen *Das Sanatorium zur Sanduhr* thematisiert Schulz einige Jahre später dieses schreckliche Ereignis.

Im Sanatorium des Doktor Gotard wird der Vater Jakub eingeliefert. Dem Sohn Józef (natürlich ist der Sohn Schulz′ Alter Ego) hatte man dessen Weiterleben versprochen.

„Der ganze Trick ist der", sagte er, bereit, mir seinen Mechanismus an den schon dafür vorbereiteten Fingern zu demonstrieren, „dass wir die Zeit zurückgestellt haben. Wir hinken zeitlich um ein bestimmtes Intervall hinterher, dessen Ausmaß unmöglich genau bestimmt werden kann. Das Ganze wird auf einen simplen Relativismus zurückgeführt. Hier ist der Tod ihres Vaters ganz einfach noch nicht eingetreten, dieser Tod, der ihn in Ihrer Heimat bereits ereilt hat."[7]

Als Józef den Vater in der Anstalt besucht wird ihm nach einiger Zeit klar, dass etwas nicht stimmt. Jakub schläft fast nur, es herrscht eine bedrückende Atmosphäre von Verfall und depressivem Schweigen.

Hinzu kommen die seltsamen Verwicklungen der Zeit. Einmal sieht Józef den Vater in einer Kneipe der nahen Ortschaft des Sanatoriums sitzen, wo er

---

[7] *Das Sanatorium zur Sanduhr*, Bruno Schulz, Hanser Verlag, Seite 191, ISBN: 978344620890

wie toll lamentierend, immer neue Gerichte bestellt, bis sich der Tisch biegt, um ihn nur wenige später schlafend in seinem Zimmer vorzufinden. Einen neuen Tuchladen betreibt Jakub auch, während es doch den Eindruck macht, als wäre er, alt und gebrechlich, nicht mehr in der Lage dazu.

All diese Verschlingungen lassen Józef schließlich erkennen, dass es eine Dummheit war, den Vater in das Sanatorium zu schicken. Er kann nicht mehr gerettet werden, der Tod hat ihn schon lange geholt und das „Leben", welches er noch führt, ist eine schreckliche Existenz auf einem Nebengleis der „wirklichen" Zeit. Józef kommt zu der Einsicht: „Es lässt sich kaum leugnen: Wir sind ganz einfach in eine Falle getappt. [...]"[8]

Es ist reine Spekulation, ob sich Schulz auf diese Weise von den Gespenstern der Vergangenheit befreien wollte. Wenn dies der Fall ist, so macht es nicht den Eindruck als wäre dies gelungen. Nicht nur dass in seiner fiktiven Welt der Krieg Einzug hält, auch flieht sein Protagonist schließlich, wissend, dass die Zeit nicht betrogen werden kann, und endet letztlich als ein heruntergekommener Zugbegleiter in jener Bahn, die ihn zuvor zum Sanatorium brachte. Er fährt und fährt, immer weiter, ohne an einer Haltestelle auszusteigen, sondern hat sich vielmehr als ewig Reisender eingerichtet.

Von dem Nebengleis, auf dem er sich mit seinen Vater befunden hat, ist er zurück auf das Hauptgleis geflüchtet. Die Existenz dort mag keine Hoffnungsvollere sein, doch eine ehrlichere.

---

[8] Das Sanatorium zur Sanduhr, Bruno Schulz, Hanser Verlag, Seite 210, ISBN: 978344620890

Wie auch seinem Alter Ego in *Das Sanatorium zur Sanduhr* fällt es Schulz schwer, nach dem Tod seines Vaters in das normale Leben zurückzufinden. Ein erneuter Versuch 1917, das Studium noch einmal aufzunehmen (dieses Mal in Wien) scheitert schon nach kurzer Zeit. Hinzu kommen die Kriegswirren, der Umsturz in Österreich und die immer wahrscheinlicher werdende Unabhängigkeit Polens.

Bruno Schulz kehrte zum Ende des Krieges nach Drohobycz zurück und wird die Stadt ab diesen Zeitpunkt, bis auf einige wenige Reisen, nicht mehr verlassen.

Noch während des Krieges versuchte er seine künstlerischen Neigungen zu vertiefen und widmete sich dem Zeichnen. Zwischen 1920 bis 1924 sammelt er spezielle grafische Werke, die er zu dem Zyklus *Das Buch vom Götzendienst* zusammenfügte und an Freunde und Bekannte verschickte. Außerdem war er mit seinen Arbeiten auf einer Ausstellung 1922 im Gebäude der Warschauer Gesellschaft der Kunstfreunde vertreten. 1923 beteiligt er sich an einer Ausstellung jüdischer Künstler in Wilna.

1924 wurde Schulz auch als Zeichenlehrer auf Probe in seinem alten Gymnasium angenommen, obwohl er über keine derartige Ausbildung verfügte.

Die Schulbehörde stellte ihn unter der Bedingung ein, eine Prüfung abzulegen, was er im April 1926 tat. Dennoch fehlten ihm noch formale Voraussetzungen, um die sich der angehende Lehrer aber nicht kümmerte. Im Juni 1928 sollte deshalb sein letzter Schultag sein.

Derweil waren seine literarischen Ambitionen über die des Grafikers hinausgewachsen. Doch leben konnte er davon nicht, denn alle bisher verfassten Texte landeten in der Schublade. Schulz sah sich aus finanziellen Gründen gezwungen eine weitere Prüfung abzulegen, die ihm schließlich 1929 den Posten als Etatlehrer sicherte; 1932 sollte er schließlich durch einen Erlass des Kuratoriums für den Lemberger Schulsprengel eine Daueranstellung im Lehrerdienst erhalten.

Zwischen den Jahren 1928 bis 1931 folgen weiter Veranstaltungen, auf denen Schulz mit seinen Werken vertreten war, darunter in Krakau und Lemberg.

Obzwar der Dienst als Lehrer, der über die Jahre noch umfangreicher wurde (er wird zusätzlich Lehrer für Werken und gibt zeitweilig Mathematikunterricht), ihm im höchsten Maße zuwider war, kam er bis zur Besetzung Drohobrycz' im Jahr 1941 nicht davon los. Mehr und mehr nahmen seine literarischen Ambitionen Konturen an.

Durch den Kontakt mit dem Autor Wladyslaw Riff beflügelt, unternahm Schulz erste Schreibversuche, es ergaben sich anregende Diskussionen und Überlegungen, die für beide von Vorteil waren.

Doch Riff war nicht bei bester Gesundheit. Er litt an Lungentuberkulose und zog, sein Philosophiestudium abbrechend, nach Zakopane, wo ihn Schulz gelegentlich besuchte.

Schon im Alter von gerade einmal 26 Jahren starb Wladyslaw Riff und hinterließ einen gequälten Bruno Schulz, dem nicht nur der Freund sondern auch der Diskussionspartner fehlte. Erst 1930 sollte sich das ändern. Über den Autor Stanisław Ignacy Witkiewicz lernte er die Philosophin und Lyrikerin Debora Vogel kennen, zu der er ein inniges Verhältnis aufbaute. In Briefen an sie skizzierte er jene Geschichten, die drei Jahre später als *Die Zimtläden* veröffentlicht werden sollten. Der Briefverkehr zwischen Debora Vogel und Bruno Schulz gilt heute leider als verschollen.

Durch die Vermittlung von Vogel und der Bildhauerin Magdalena Gross gelang es, *Die Zimtläden* im Verlag Rój zu platzieren. Welche Auswirkungen dies haben sollte, war noch nicht abzusehen. Schulz sollte jedoch durch den Erfolg der *Zimtläden* mit weiteren Künstlern bekannt werden, darunter Witold Marian Gombrowicz, der selbst Romane und Erzählungen mit grotesken und phantastisch-mirakelhaften Inhalt verfasste.

Das Buch beinhaltet (in der deutschen Übersetzung von 2008) 15 Erzählungen, die alle im gleichen Milieu spielen: einer kleinen Stadt, in der man, ohne viel Mühe Drohobycz erkennen kann.

Schulz ging es nie darum, ein phantastisches Werk zu kreieren, sondern durch das Formen von Worten, Welten zu erschaffen. Für ihn war „die Wirklichkeit der Schatten des Wortes".

In *August* geht man zusammen mit Schulz´ Alter Ego Józef (der in jeder Geschichte des Bandes noch als Kind dargestellt wird) durch die vor Hitze flimmernden Gassen der Stadt. Man begegnet der schwachsinnigen Tluja, die, einmal aus ihrem Schlaf auf ihrem Müllberg erwacht, wilde, jammernde Laute von sich gibt und am Ende „ihre fleischige Scham zornig und hitzig gegen den Stamm des Holunders" stößt, der neben ihren Ramschhügel steht. Und man begegnet der Tante Agata, in deren unmäßiger Fruchtbarkeit etwas tragische liegt. Dazu bildet das gesamte Städtchen einen surrealen Hintergrund, vor dem Sonnenblumen an Elephantiasis leiden und „verblödetes" Unkraut wuchert.

Eine geradezu unheilige Fruchtbarkeit scheint sich der Natur und den Menschen in *August* bemächtigt zu haben. Und was zu Beginn der Geschichte noch übersteigert und teilweise sogar lächerlich wirkt, erhält durch die Darstellung von sinnloser, idiotischer Fertilität zunehmend etwas Beschwörendes und Beunruhigendes.

In *Die Heimsuchung* wird Józefs Stadt von „grauer Dämmerung" bedroht. Gleichzeitig fällt sein Vater einer Krankheit zum Opfer, die ihn mehr und mehr schrumpfen lässt.

Tritt in *Das Sanatorium zu Sanduhr* der Wunsch von Schulz zutage, seinen Vater ewig leben zu lassen - und schließlich die lastende Erkenntnis, dass es dann aber kein richtiges Leben mehr sei –, so dokumentiert *Die Heimsuchung* wohl auf gewissen Weise das langsame Siechtum Jakub Schulz´, dem Bruno beiwohnen musste. War es im wirklichen Leben der körperliche Verfall des Familienoberhauptes, so ist es in der Geschichte - vom Schrumpfungsprozess des Vaters abgesehen - ein geistiger Niedergang.

Manchmal kletterte er auf die Gardinenstange und nahm eine starre Pose ein, in Symmetrie zu dem großen, ausgestopften Geier, der dem Fenster gegenüber an der Wand befestigt war. Und in dieser Starre, zusammengekauert, mit vernebelten Blicken und listig grinsend, verharrte er stundenlang, um plötzlich, wenn irgendwer hereinkam, mit den Armen wie mit Flügeln zu schlagen und wie ein Hahn zu krähen.[9]

[9] Die Zimtläden, Bruno Schulz, Seite 37/38, Hanser Verlag, ISBN: 9783446230033

Hinter *Die Heimsuchung* könnte man fast eine Lust am Selbstquälerischen vermuten, durchläuft der Autor doch zum wiederholten Mal die schreckliche Zeit, in der sein Vater immer mehr verfiel.

Auch seine grafischen Werke zeigten nicht selten masochistische Themen. So sieht man z. B. in der Glasradierung *Bestie* (1921) einen Mann in demütiger Haltung auf den Boden liegen, der die Züge von Schulz trägt. Daneben, auf einer Bank sitzend, eine Frau, die Hochmütig und mit einer Peitsche in der Hand auf den Liegenden hinabblickt.

Das Motiv des Niedergangs wird in vielfacher Weise auch in den anderen Geschichten der *Zimtläden* behandelt. Der Vater bleibt in ihnen eine stetige Konstante. Er stirbt zwar nicht, doch hat sein Siechtum Auswirkungen auf seine Umgebung, die ebenfalls zu vergehen scheint.

In der Titelgeschichte gerät Józef, von seinen Eltern, mit denen er das Theater besuchen will, noch einmal nach Hause geschickt, bei Nacht in die verwinkelten „Zweifachstraßen", „Doppelgängergassen" und „Lug- und Trugstraßen" der Stadt. Ihm fällt ein, dass er die Zimtläden besuchen könnte, die bis spät geöffnet haben.

[...] Dort konnte man bengalisches Feuer finden, Zauberschatullen, Briefmarken aus längst untergegangenen Ländern, chinesische Abziehbilder, Indigo, Kolophonium aus Malabar, die Eier exotischer Insekten, Papageien und Pfefferfresser, lebende Salamander und Basilisken, Alraunwurzeln, Nürnberger Mechanismen, Homunculi in Blumentöpfen, Mikroskope und Fernrohre, doch vor allem seltene und besondere Bücher, alte Folianten mit wundersamen Stichen und betörenden Geschichten.[10]

Als eine Mischung aus Schauergeschichte, in der die Straßen und Gassen ein Eigenleben führen, und einem Kindermärchen könnte man *Die Zimtläden* bezeichnen. Zwar gelangt man nicht in die erwähnten obskuren Geschäfte, denn die „lebendigen“ Passagen führen Józef schließlich in das örtliche Gymnasium. Doch dort offenbaren sich Kindheitserinnerungen von Schulz, die er durch seinen Protagonisten kundtun lässt. In diesem Fall geht es um einen Professor für Zeichenkunst, der mitten in der Nacht seine Schüler zu unterrichten pflegt.

Die Geschichte *Die Krokodilstraße* widerspiegelt wohl am deutlichsten Schulz′ Meinung über den wirtschaftlichen Fortschritt in seinem Land. Galizien stand Anfang des 20. Jahrhunderts in pekuniärer Hinsicht in einer Blütezeit. Erdölvorkommen wurden gefunden und ausgebeutet. Auch in Drohobycz war diese Entwicklung zu spüren und erfasste gleichzeitig auch das soziale Gefüge der Stadt.

In der gleichnamigen Geschichte ist die Krokodilstraße ein neues, von der Industrie geprägtes Viertel. Schulz spricht von einem parasitären Viertel, das seine gierigen Wurzeln in der Stadt geschlagen hat. Den Menschen dort haftet immer irgendein Makel an, sei es, dass sie schielen, über einen aufgerissenen Mund verfügen oder ihnen die Nasenspitze fehlt.

[...] Übrigens entbehrte das Stadtbild keineswegs einer gewissen Selbstparodie. Die Reihen ebenerdiger kleiner Vorstadthäuser wechseln ab mit mehrstöcki-

---

[10] Die Zimtläden, Bruno Schulz, Seite 114, Hanser Verlag, ISBN: 9783446230033

gen, wie aus Pappe gebauten Zinshäusern, einem Konglomerat aus Schildern, blinden Bürofenstern, glasigen grauen Auslagen, Reklame und Hausnummern. An den Häusern fließt der Menschenstrom vorüber. [...][11]

In gewisser Weise greift die Erzählung die Verhältnisse unserer Welt des 21. Jahrhunderts voraus. Am Ende heißt es gar:

Dieses Viertel ist deshalb so fatal, weil hier nichts zustande kommt und nichts seine Definition erreicht, jede angefangene Bewegung bleibt in der Luft hängen, alle Gesten erschöpfen sich vorzeitig und können den toten Punkt nicht überwinden.[12]

Auch der heutige Mensch lebt wie in der Krokodilstraße: Wir versuchen viel zu tun, etwas zu schaffen, doch letztendlich erweist sich alles als sinnlos und wir hetzen weiter zur nächsten nutzlosen Tat. Wie die Häuser und die Gesichter der Menschen in Schulz´ Straße ist auch unsere Welt mehr Schein als Sein. Nicht etwa das Absurde und Groteske in *Die Krokodilstraße* erzeugt ein unheimliches Fluidum, sondern die Nähe zur Realität, die der Mensch des 21. Jahrhunderts noch mehr spüren dürfte, als der Autor und seine Zeitgenossen.

Als wohl unheimlichste Geschichte in *Die Zimtläden* kann *Die Kakerlaken* gelten. Schulz kannte Kafkas *Die Verwandlung* sicherlich hinreichend gut, denn die polnische Ausgabe von *Der Prozess* sah er

---

11 Die Zimtläden, Bruno Schulz, Seite 139, Hanser Verlag, ISBN: 9783446230033

12 Die Zimtläden, Bruno Schulz, Seite 139, Hanser Verlag, ISBN: 9783446230033

durch und beriet die Übersetzerin Józefina Szeliska, die im Übrigen für kurze Zeit seine Verlobte war.

Wie auch in Kafkas Geschichte verwandelt sich Vater Jakub langsam in ein Insekt, in eine Kakerlake. Anders als in *Die Verwandlung* wird diese Metamorphose sehr detailreich ausgearbeitet.

Mein Vater schob sich mit den vielgliedrigen, komplizierten Bewegungen eines seltsamen Rituals vorwärts, in dem ich mit Entsetzten eine Imitation des Zeremoniells der Kakerlaken erkannte.[13]

Interessanter ist jedoch, dass sich der Sohn Józef an dieses Ereignis zu Beginn der Erzählung nicht erinnern kann, und so seine Mutter bedrängt, ihm die Wahrheit zu erzählen. Kurz darauf kann er aber die Wandlung des Vaters detailgetreu erzählen. Hinzu kommt die Vermutung von Józef am Ende von *Die Kakerlaken*, Jakub wäre nicht etwa in einen Schädling transformiert worden, sondern in den ausgestopften Kondor in der Wohnung. Die Mutter beteuert dagegen immer, der Vater sei auf Handelsreise.

Die Geschichte ist voller Widersprüche und löst auf bedrückende Weise die Barriere zwischen Wahn und Wirklichkeit auf. Hat sich der Vater nun in einen Kakerlak verwandelt, oder ist er der präparierte Kondor - oder doch nur auf Reisen? Die Ungewissheit in ihrer Reinstform macht hier das Schaurige und Düstere aus.

In Geschichten wie *Die Vögel, Die Schneiderpuppe, Nimrod* oder *Der Sturm* tritt mehr das Bunt-

---

13 Die Zimtläden, Bruno Schulz, Seite 155, Hanser Verlag, ISBN: 9783446230033

Phantastische oder das melancholisch an die Kindheit Erinnernde hervor.

In *Die Nacht der Großen Saison* berührt Schulz gar den biblischen Sündenfall.

Die Zimtläden zu lesen bedeute sich in einen Orkan der Eindrücke zu stürzen; hilflos und gefangen treibend zwischen seinen wirbelnden Wänden, aus denen es keinen Entkommen gibt - aus denen man auch gar nicht entkommen will.

Die Zimtläden blieben nicht unbeachtet, sondern wurden mit großem Hallo aufgenommen. Das Buch wurde sogar ein Jahr später für den Jahrespreis des Warschauer Literaturmagazins Wiadomo ci Literackie vorgeschlagen.

Von dem Erfolg und den positiven Kritiken aus literarischen Kreisen beflügelt, wollte sich Schulz umgehend an ein neues Werk machen. Allein es gelang ihm nicht. Ein Roman mit dem Titel *Der Messias* kam in seiner Entstehung nur stockend voran, der schulische Alltag ließ ihm nur wenig Freiraum. Schulz bemühte sich deshalb um ein Jahr bezahlten Urlaub.

Zur Zeit bin ich in meiner Entwicklung an einem Punkt angelangt, bei dem ich es nicht auf halbe Ergebnisse beruhen lassen kann und die Verwirklichung meiner Pläne in eine unbekannte Zukunft hinausschieben darf. Ich muss alle meine Kräfte auf die ganze künstlerische Leistung konzentrieren, derer ich fähig bin.[14]

Erst 1936, nach einigen Irrungen und Wirrungen, wird ihm diese Bitte gewährt. Im selben Jahr erfolgt auch die Veröffentlichung seiner zweiten Geschichtensammlung: *Das Sanatorium zur Sanduhr*, in der auch frühere Texte enthalten sind. Die Vollendung des angestrebten Romans wird dagegen nicht verwirklicht. Es schien ganz so, als sei sein Ideenborn versiegt.

„Man kann sein Gedächtnis noch so martern", schrieb er an Debora Vogel, „doch in der eigenen Biographie findet man nichts, was Gegenstand der Erzählung sein könnte."[15]

Eine dreitägige Reise nach Stockholm in den letzten Tagen seines langen Urlaubs konnte daran ebenfalls nichts ändern.

Auch seinen Bemühungen *Die Zimtläden* im Ausland bekannt zu machen, war kein Glück beschieden. Noch im Jahr 1936 schrieb er einen Brief an den in Wien lebenden jiddischen Autor und Rechtsanwalt Mendel Neugröschl, anbelangend einer Übersetzung ins Deutsche und zur Publikation in Österreich bestimmt.

Meine liebe Freundin Debora Vogel berichtete mir, dass Sie in einem Schreiben an sie einiges Interesse für mein Buch Sklepy cynamonowa bekundet hätten.

---

[14] Brief an das Ministerium für Kultur und Öffentliche Bildung vom 09. Mai 1934, entnommen aus *Die Wirklichkeit ist Schatten des Wortes*, Seite 41, DTV, ISBN: 3423128224

[15] *Bruno Schulz*, Jerzy Ficowski, Hanser Verlag, Seite 105, ISBN: 9783446230149

Ich erlaube mir mit gleicher Post, Ihnen ein Exemplar des Buches zu übersenden und es würde mich sehr freuen, wenn Sie es der Mühe wert finden, einiges daraus, oder gar das ganze Buch zu übersetzen. Für diesen Fall gilt dies Schreiben als Erteilung des Übersetzungsrechts [...][16]

Es sollte nie zu einer solchen Übersetzung kommen – und auch in Russland war man nicht an seinen Werken interessiert.

Schulz war in dieser Zeit nicht selten deprimiert. In einem Brief an seine langjährige Freundin Romana Halper sprach er von einer „Niederlage im künstlerischen Schaffen". An anderer Stelle schrieb er von „sehr konkreten und schweren persönlichen Dingen", was kein Wunder war, denn neben seinem erfolglosen Streben außerhalb Polens bekannt zu werden, stand auch sein Liebesleben unter keinem guten Stern.

Seit 1933 war Bruno Schulz mit der Lehrerin Józefina Szelika bekannt; drei Jahre später verlobten sie sich. Doch Schulz gelang es nicht, das Zusammenleben zu festigen. Eine Eheschließung erwies sich (er ein Jude, sie eine Katholikin) als fast unmöglich, und das Wesen des „Herrn der Zimtläden" war scheinbar nicht für die praktischen Dinge des Lebens gemacht. Noch im selben Jahr ihrer Verlobung bekam die Gemeinschaft Risse. Und als Schulz nach seinem halbjährigen Schaffensurlaub, den er größtenteils in Warschau und in Gesellschaft von Józefina verbracht hatte, schließlich nach Drohobycz zurückkehrte,

---

16 *Brief an Mendel Neugröschl vom 04. November 1936, entnommen aus Die Wirklichkeit ist Schatten des Wortes,* Seite 41, DTV, ISBN: 3423128224

wurde das gemeinsame Band immer spröder, bis es 1937 vollständig zerriss.

Die letzte große Reise, welche Schulz in seinem Leben noch unternahm, führte ihn 1938 nach Paris, im Gepäck die Illusion, seine Werke in Frankreich bekannt zu machen. Der Versuch scheiterte.

Eine Publikation in Deutschland zog er noch nicht einmal in Erwägung, waren doch seit 1933 die Nazis an der Macht. Der Versuch, die Novelle *Die Heimkehr,* welche er auf Deutsch schrieb und an Thomas Mann nach Zürich sandte, in der Schweiz zu veröffentlichen, blieb ebenfalls erfolglos. Und kein italienischer Verlag bekundete auch nur das geringste Interesse an der Option einer Übersetzung ins Italienische.

Ein klein wenig Freude mag ihm hingegen die Auszeichnung 1938 mit dem Goldenen Lorbeer der Polnischen Akademie für Literatur gemacht haben.

Im Abgrund der Realität

Von jeher wurde Schulz von depressiven Anfällen geplagt. Seit seiner Trennung von Józefina Szelika waren diese fraglos schlimmer geworden. Vielleicht mag es auch eine unterschwellige Ahnung des heraufziehenden Unheils gewesen sein, die sie vermehrten.

Noch im Juni 1939 ließ Schulz verlauten, er arbeite gerade an einem Buch mit vier längeren Erzählungen, das sich in der Endphase befände. Zu einer Veröffentlichung sollte es aber nie kommen.

Im September wird Polen von Hitler-Deutschland überfallen. Die Reichsarme zieht in Drohobycz ein und die ersten Morde an Juden lassen nicht lange auf sich warten. Durch den Nichtangriffspakt zwischen der Sowjetunion und Deutschland wird Polen wenig später aufgeteilt. Ostgalizien fällt an die Ukrainische Sowjetrepublik.

Härter als zuvor wurde Schulz nun mit der Realität konfrontiert. Seine Literatur schien nicht in das Kunstbild der Besatzer zu passen. Dennoch musste er sich als loyal erweisen. Außerdem benötige er mehr als zuvor Geld. Als „Handwerksmaler" führte er neben seiner Lehrtätigkeit Zeichenaufträge für die sowjetischen Funktionäre aus. Darunter ein Ölbild zum Thema „Die Befreiung des Volkes der Westukraine" oder ein Portrait von Stalin, das am Rathaus von Drohobycz montiert wurde.

Diese Arbeiten waren Schulz mehr als verhasst. Und als das Stalinportrait von Dohlen beschmutzt wurde, lässt er einen Freund wissen, dass ihm die Beschädigung eines seiner Werke das erste Mal in seinem Leben Genugtuung verschaffe.[17]

Als er 1940 zur Mitarbeit an der Monatsschrift Nowe Widnokregi aufgefordert wird, schreibt er in fast verzweifelten Ton an seine Freundin Anna Płockier: „Doch was kann ich für diese Leute schon schreiben? Ich komme immer mehr zu der Überzeugung, wie fern ich vom wirklichen Leben bin und wie wenig ich mich im Geist der Zeit zurechtfinde. Alle haben irgendwie einen Wirkungskreis gefunden, ich bin auf dem Eis geblieben."[18]

---

[17] Lebens- und Werkchronik, entnommen aus *Die Wirklichkeit ist Schatten des Wortes*, Seite 366, DTV, ISBN: 3423128224

Schließlich reichte er die Geschichte *Meister des Kaleidoskops* ein, erhält im Mai 1941 aber ein Schreiben, in dem ihm die Redaktion mitteilt, dass sein Text nicht zu gebrauchen sei.

Seit seiner Bekanntschaft mit Anna Płockier im selben Jahr schrieb er wieder mit mehr Lust, wenn auch nur im Rahmen von Briefen, wie Jahre zuvor bei Debora Vogel. Die Bekanntschaft mit der Płockier setzte neue kreative Kräfte in ihm frei und hätte sicherlich zu einem weiteren außergewöhnlich Werk wie *Die Zimtläden* geführt. Doch mit dem Überfall Deutschlands auf die Sowjetunion 1941 wird diese Möglichkeit endgültig zerstört. Am 1. Juli wird Drohobycz erneut von den Nazis besetzt; bereits Ende des Monats läuft die grausame Vernichtungsmaschinerie: Juden zwischen 16 bis 65 Jahren werden zur Zwangsarbeit verpflichtet; ab den sechsten Lebensjahr muss jeder Jude einen Davidstern tragen; die Benutzung von Autos und Landauern ist nur noch dem „arischen" Volk vorbehalten; es beginnen Massenmorde; jüdische Waisenkinder werden erschossen.

Unter den neuen, noch brutaleren Besatzern war es Schulz nicht mehr möglich, als Lehrer zu arbeiten. Auf das Anraten von Freunden beantragte er beim örtlichen Judenrat den Status eines „notwendigen Juden" unter Vorlage seiner Zeichnungen.

Seine künstlerischen Arbeiten erregten das Interesse des Gestapobeamten Felix Landau. Landau war einer der brutalsten und eifrigsten Organisatoren der

---

[18] Brief an Anna Plockier vom 15. November 1940, entnommen aus *Die Wirklichkeit ist Schatten des Wortes*, Seite 186, DTV, ISBN: 3423128224

Judenmorde in Galizien. Doch seine Protektion sollte Schulz Sicherheit gewähren - vorerst.

Der Gestapomann ließ Schulz vor allem für sich privat arbeiten. Er porträtiert Landau und schuf Zeichnungen für ihn. Außerdem musste er das Innerste seiner Villa mit Malereien ausschmücken; das Kinderzimmer für dessen Sohn staffierte er mit den Darstellungen der grimmschen Märchen aus. Dafür erhielt Schulz extra Rationen, die er seiner Schwester, seinem Neffen und einer Cousine zukommen ließ.

Auch die hiesigen Gestapodomizile musste er mit Zeichnungen equipieren, darunter Freskenarbeiten, die er so lange wie möglich hinauszögerte, immer in der Angst, irgendwann nicht mehr gebraucht zu werden.

Als ihn im November die Nachricht vom Tod seiner Freundin Anna Płockier erreicht ist er am Boden zerstört. Płockier wurde, neben vielen anderen jüdischstämmigen Bürgern, das Opfer eines Nazi-Massakers bei Boryslaw. Zur gleichen Zeit musste Schulz mit seinen Verwandten ins Judenghetto von Drohobycz übersiedeln. Der Gedanke zur Flucht begann in ihm zu reifen.

Wohl in der Ahnung kommenden Unheils begann Schulz 1942 seine literarischen Arbeiten, Briefe und Grafiken an verschiedene Freunde und Bekannte zu verschicken. Auch um seine Gesundheit stand es nicht zum Besten. Oft musste er sich in einem jüdischen Krankenhaus behandeln lassen, darüber hinaus setzten ihm Angst und Hunger zu. Der Wille zur Flucht wurde übermächtig. Von Freunden in Warschau erhofft er sich Hilfe. Diesen gelingt es auch, durch das Mitwirken des polnischen Untergrundes, „arisches Papier“ und Geld für ihn zu besorgen. Schulz wurde derweil zum Katalogisieren von geraubten Kunstschätzen abkommandiert. Eine Arbeit, die ihn körperlich weniger belastete und seinen schwachen Gesundheitszustand berücksichtigte. Doch Hunger und Angst blieben.

Wegen des quälenden Hungers und des alles bestimmenden Kampfes um das biologische Überleben konnte Schulz in Phasen tiefster Depression mit Freunden nur noch vom Essen sprechen, von der Wonne, den Hunger zu stillen, von der Freude am vielfältigen Geschmack der Speisen.[19]

Der 19. November 1942 sollte für ihn der Tag der Befreiung werden. Doch Schulz konnte nicht ahnen, welches Ereignis kurz zuvor stattgefunden hatte und sein Ende besiegeln sollte. So hatte seine Gönner Felix Landau den örtlichen Zahnarzt Löw erschossen, den Günstling des SS-Scharfschützen Karl Günther.

Als am 19. November im Ghetto von Drohobycz die „wilde Aktion“, von den Überlebenden auch als „schwarzer Donnerstag“ bezeichnet, ausbrach, war Schulz gerade auf dem Weg um Brot zu hohlen. Gestapo-Männer stürmten durch das Ghetto und erschossen wahllos Bewohner. Für Karl Günther war dies die Gelegenheit: Bruno Schulz geriet ihm vor den Revolverlauf. Zwei Kugeln in den Kopf töteten den Erschaffer der „häretischen Mythologie“ auf der Stelle.

---

[19] *Bruno Schulz*, Jerzy Ficowski, Hanser Verlag, Seite 140, ISBN: 9783446230149

Äußerungen Drohobyczer Einwohnern zufolge soll Günther, der am 19. November mehrere Passanten getötet hatte, sich vor seinen Kollegen gerühmt haben, er hätte einen Juden getötet, der ein Schützling seines persönlichen Feindes - Landau - gewesen sei.[20]

Nach seinem gewaltsamen Tod und dem Zweiten Weltkrieg blieb Schulz´ Werk einige Jahre verschollen. Sein Buch *Die Zimtläden* wurde erst 1957 wiederentdeckt, vier Jahre später gelangte es als deutsche Übersetzung in die Buchhandlungen. Die Resonanz hier blieb überschaubar, zu „speziell" erschien seine Prosa, zu überladen mit Adjektiven und ohne sichtbares Muster. Seit einer neuübersetzten Auflage hat sich dieses Bild ein wenig gewandelt; sowohl *Die Welt* als auch die *FAZ* haben sich des Buches positiv angenommen. 2011 folgte *Das Sanatorium zur Sanduhr* (vorher *Das Sanatorium zur Todesanzeige*) in neuer Übersetzung. Mittlerweile sind seine Werke in 30 Sprachen übertragen worden.

Die schulzsche Welt blieb dabei allerdings nicht nur der Literatur vorbehalten. In Polen erfolgte bereits 1973 die Verfilmung von *Das Sanatorium zur Sanduhr (Sanatorium pod klepsydr)*, eine Elektrorock-Band benannte sich nach dem Schriftsteller, und seit 2008 findet sogar das internationale Bruno Schulz Festival in Drohobycz statt. In Deutschland publizierte der Autor Maxim Biller die Novelle *Im Kopf von Bruno Schulz* (KiWi), welche biographische

---

20 *Lebens- und Werkchronik, entnommen aus Die Wirklichkeit ist Schatten des Wortes*, Seite 369, DTV, ISBN: 3423128224

Details über den Autor und phantastische Motive verquickt.

Und der Illustrator Dieter Jüdt veröffentlichte bereits 1995 einen Band mit Graphic-Novel Adaptionen aus *Die Zimtläden* (*Die Heimsuchung*, Feest Comics).

In dem Wissen, dass dieser Ruhm zu spät für den Autor kommt, wünscht man sich, die Zeit wie in *Das Sanatorium zur Sanduhr* betrügen zu könnten. Und vielleicht ist „Bruno Schulz“ ihm tatsächlich irgendwie gelungen, auf ein Nebengleis der Zeit zu flüchten und von dort zufrieden beobachten zu können, wie seine Werke die Menschen auch heute noch erstaunt und fasziniert.

Bibliographie

Die Zimtläden, Hanser Verlag, ISBN:9783446230033

Die Zimtläden, DTV, ISBN: 9783423138383

Das Sanatorium zur Sanduhr, Hanser Verlag, ISBN: 9783446208902

Das Sanatorium zur Sanduhr, DTV, ISBN: 9783423142069

Das graphische Werk: 1892 - 1942, DTV, ISBN: 9783423128230

Autoreninfos

Algernon Blackwood,

1869 - 1951, war ein englischer Autor von gruseligen Kurzgeschichten. Blackwoods Werk wurde stark von den Eindrücken seiner zahlreichen Reisen geprägt. Weiterhin gab er an selber Geistererscheinungen gesehen zu haben und dies in seinen Geschichten umzusetzen. Dem Publikum wurde Blackwood auch als Radiomoderator bekannt, seine eindringliche Art phantastische Geschichten zu erzählen, fesselte damals eine treue Schar Zuhörer an die Radioempfänger.

Henrike Curdt,

geboren 1970 in Siegen, ist promovierte Wirtschaftswissenschaftlerin und arbeitet hauptberuflich in einer Bank. Auch schriftstellerisch setzt sie sich zuweilen mit Blutsaugern auseinander, ist aber ebenso gerne in anderen Genres unterwegs: Sie schreibt Phantastisches und Realistisches, Romane und Kurzprosa, für Kinder, Jugendliche und Erwachsene.

Björn Ian Craig

wurde am 22. März 1980 in Basel (Schweiz) geboren. Seine Ausbildung zum Grafiker hat er an der Fachhochschule Nordwestschweiz absolviert und arbeitet seither auch auf diesem Gebiet. Nebenberuflich kreiert er Illustrationen (Markus K. Korb Die Ernten des Schreckens) und Coverdesigns für Bücher aus dem Gebiet der unheimlichen Phantastik (Torsten Scheib Casus Belli, Stephan Peters Die Hexe von Gerresheim). Seine neuesten Arbeiten sind in Malte S. Sembtens neuem Werk Dhormengrhuul zu sehen. Das Titelbild gewann den Vincent Preis 2012.

Seit Zwielicht 3 gestaltet er auch die Titelbilder des Magazins Zwielicht, dabei gewann Zwielicht 3 den Vincent Preis 2013.

Jerk Götterwind,

(*1967) Sänger/Programming des Minimal/EBM Projekts „Relative Kälte“ sowie Sänger der Metal-Punkband „Dying“. Hrsg. des Punkzines „Der Letzte Versuch“ sowie verschiedener Anthologien und Mit-Hrsg. des Underground - Literaturmagazins „Maulhure“.

Aktuelle Einzeltitel:

„Am Ende des Tages“, Poetry, Songdog Verlag, Wien.

„Das Leben ist schön“, Laborbefund Nr. 11, Berlin

Tanja Hanika

wurde 1988 in Speyer geboren und studierte an der Universität Trier Germanistik und Philosophie. Nun lebt sie mit Mann, Sohn und zwei Katzen in der Eifel. Sie veröffentlicht Kurzgeschichten in Anthologien und Literaturzeitschriften. www.tanja-hanika.de

Eric Hantsch

wurde 1986 in Dresden geboren und lebt heute in Neustadt i. Sa. Seit frühster Kindheit ist er der phantastischen Literatur verfallen, durch deren breites Spektrum er sich mit Vergnügen wühlt. Vor allem ihr unheimlicher Ableger hat es ihm angetan. Er ist Verfasser einiger Sekundär-Texte und Herausgeber der Buchreihe Edition CL.

Achim Hildebrand,

geboren am 12. September 1957 schreibt seit seinen Teenagerjahren über Themen, die er auch gerne liest: Science Fiction, Fantasy, Horror und alles was mit abenteuerlicher Fantastik zu tun hat.

Inzwischen sind mehrere seiner Texte in diversen Anthologien erschienen und 2008 sein erster Roman Meuchelsänger - Das Auge des Chaos im Skalding-Verlag.

Das Geld für Papier und Bleistifte verdient er als Technischer Redakteur in der Nähe von Montabaur.

Jörg Kleudgen

lebt seit einigen Jahren mit Frau und Tochter in Büdingen/Wetterau. Neben etlichen phantastischen Büchern veröffentlichte Kleudgen 2002 in der Reihe „Die Schwarzen Führer“ des Eulen-Verlages sein Band „Eifel-Mosel“, 2005 die Sammlung „Cosmogenesis“ im Blitz-Verlag, ebenfalls dort 2010 die von ihm herausgegebene Anthologie „Necrologio“. Von seiner Rockgruppe THE HOUSE OF USHER erschienen bislang neun Alben, außerdem trat die Band auf bedeutenden Festivals, u. a. in Deutschland, Belgien, Italien, Frankreich, England und dem Libanon auf. Die Erzählung „Penventinue“ entstand 2002 während eines Aufenthaltes der Band für die Arbeiten am Album „Radio Cornwall“ auf dem gleichnamigen Anwesen.

Sascha Lützeler,

Jahrgang 1973, lebt in Köln. Betrieb in den 90ern ein Punkrock-Fanzine, überzeichnete im Blog „Die Geschichte schreibt der Sieger“ eigene Erlebnisse zu den noirhaften Abenteuern des Antihelden Rock Holiday.

Widmet sich seit 2012 mit professionellem Anspruch seiner Leidenschaft, dem Schreiben stygischer Erzählungen aus dem Spannungsfeld von Rausch und Wahn, Angst und Sehnsucht, Leben und Sterben.

2015 erscheinen in verschiedenen Magazinen erste Kurzgeschichten.

Unter https://www.facebook.com/SLoffiziell gibt es laufend Neuigkeiten zu Veröffentlichungen und Projekten.

Daniel Neugebauer,

Jahrgang 1982, studierte Politikwissenschaften in Duisburg und lebt im Ruhrgebiet. Er interessiert sich für Kurzgeschichten und Romane aus dem Bereich Horror und Phantastik.

Lothar Nietsch

wurde am 06.02.1966 in diese Welt entlassen. Er war Installateur, Kraftsportler, Fitnesstrainer, Landschaftsgestalter, Gründer eines Fahrradkurierdiensts und ist seit 2009 selbstständiger Handwerker. In seiner Freizeit schreibt er phantastische Stories, veröffentlicht in Literaturmagazinen und Anthologien. Seit Sommer 2013 betreut ihn die Agentur Ashera und in 2015 erblicken zwei seiner Romane das Licht der Welt.

Marcus Richter

lebt und arbeitet in Magdeburg, einer Stadt, der das Grauen auf den Leib geschrieben steht.

Er hat bisher in einigen Anthologien und Zeitschriften veröffentlicht. Drei seiner Geschichten wurden für den Vincent Preis nominiert.

Michael Schmidt

wurde 1970 in Koblenz geboren. Er veröffentlichte bisher über 30 Kurzgeschichten, die sich zumeist mit der dunklen Seite der Menschen beschäftigt.

Als Herausgeber zeichnete er schon für diverse Anthologien verantwortlich. Zwielicht gewann dabei dreimal in Folge den Vincent Preis.

Seine Sammlungen Teutonic Horror und Silbermond sind bei Create Space Publishing erschienen. Sein Blog befindet sich auf www.defms.de.

Michael Tillmann

wurde im Sommer der Liebe 1969 in der ehemaligen Bergbaustadt Gelsenkirchen geboren. Nach einer Ausbildung zum Elektroinstallateur absolvierte er die Abendschule. Neben Arbeit und Schule verpflichtete er sich zusätzlich für acht Jahre im Katastrophenschutz. Dort war er u.a. als Krankenwagenfahrer tätig.

Es folgten Studien zur Ökologie und Chemie an der Universität Essen, welche er als Dipl. -Umweltwissenschaftler abschloss. Anschließend folgten Projekte in der chemischen und der Automobilindustrie. Inzwischen arbeite er als Qualitäts- und Umweltmanager im Bereich Lebens- und Futtermittel.

Tillmann hat circa 50 Erzählungen in einschlägigen Phantastik-/Fantasy- und Science-Fiction-Publikationen wie z.B. EXODUS oder phantastisch! veröffentlicht, aber auch Social Beat Stories in

Obdachlosenmagazinen und Jugendgeschichten bei BELTZ/GULLIVER.

Bei MEDUSENBLUT sind zwei Bücher aus seiner Feder erschienen „Ein Gänsekiel aus Schwermetall. Heavy-Metal-Phantastik“ (2010) und „Schatten suchen keine Ewigkeit. Postmoderne Gespenstergeschichten“ (2013). 2012 war er mit seiner Geschichte „Das Himmelreich der Autisten“ für den Vincent Preis nominiert.

Näheres zu seinem schriftstellerischen Werk unter www.michaeltillmann.de

Tanja Wendorff,

Jahrgang 1993, studiert Mediendesign in Salzgitter, betreibt Ju-Jutsu und schreibt begeistert Kurzgeschichten vor allem im Fantasy-Bereich. Vier ihrer Geschichten wurden bereits in Anthologien veröffentlicht.

Christian Weis,

Jahrgang 1966, lebt im Norden Bayerns. Nach dem Abitur absolvierte er Aus- und Fortbildung im öffentlichen Dienst. Seine Erzählungen, die überwiegend der Science Fiction und dem Horrorgenre zuzuordnen sind, wurden in Magazinen (unter anderem c't, Exodus, Nova, phantastisch!, Zwielicht) und Anthologien veröffentlicht. Bei Bastei Lübbe erschien sein Kurzroman „Tief unter der Stadt“ in der Reihe Horror Factory. Beim Deutschen Science Fiction Preis 2010 erreichte seine Novelle Schöpfungsliberalismus den 3. Platz. Mehr über ihn in seinem Blog Schreibkram & Bücherwelten (www.chweis.wordpress.com).

Bereits erschienen

Deutschlands einziges
Horrormagazin

Zwielicht 3

ISBN: 978-3-943948-11-0
9,95 Euro

Das Horrormagazin bietet in der ersten Abteilung viele unterschiedliche Kurzgeschichten, die in der zweiten Abteilung durch Artikel über Autoren, Preise und weiteres ergänzt wird.

Bereits erschienen

Deutschlands einziges
Horrormagazin

Zwielicht 5

ISBN: 978-3-943948-24-0
12,95 Euro

Die fünfte Ausgabe des Horrormagazins bietet Neuigkeiten aus dem Reich des Zwielichts und der dunklen Phantastik. Horror vom Feinsten von und über deutsche und internationale Autoren.

Bereits erschienen

Aus der Reihe:
9 mm para bellum

Andreas Groß
Der blutige Pfad Gottes

ISBN: 978-3-943948-37-0
12,95 Euro

Ein Kriminalroman mit blutiger Spannung. Angesiedelt in der nordhessischen Metropole Kassel. Ein Serienkiller hinterlässt eine blutige Spur.